NIEDERRHEIN KRIMI 15

Thomas Hesse, Jahrgang 1953, ist Redakteur bei der Rheinischen Post in Wesel. Im Emons Verlag erschienen von ihm – zusammen mit Thomas Niermann – die Krimis »Der Esel«, »Der Rabe« sowie »Mord vor Ort I und II«.
Renate Wirth, Jahrgang 1957, lebt in Xanten und arbeitet als Heilpädagogin, Referentin und Gestalttherapeutin. Sie veröffentlichte diverse Kurzkrimis in Anthologien.
Von beiden Autoren gemeinsam erschien im Emons Verlag »Das Dorf«.

Dieses Buch ist ein Roman. Handlung, Personen und manche Orte sind frei erfunden. Ähnlichkeiten mit lebenden oder toten Personen sind rein zufällig.

THOMAS HESSE / RENATE WIRTH

DIE FÜCHSE

NIEDERRHEIN KRIMI

Emons Verlag

© Hermann-Josef Emons Verlag
Alle Rechte vorbehalten
Umschlagzeichnung: Heribert Stragholz
Druck und Bindung: Clausen & Bosse GmbH, Leck
Printed in Germany 2006
ISBN-10: 3-89705-423-X
ISBN-13: 978-3-89705-423-3

Unser Newsletter informiert Sie
regelmäßig über Neues von emons:
Kostenlos bestellen unter
www.emons-verlag.de

In unregelmäßigen Abständen zerschnitten Schüsse die morgendliche Stille im taufeuchten Forst. Ein mit durchschnittlichem Gehör und leichtem Schlaf ausgestatteter Mensch muss dies über Kilometer hinweg hören, dachte er. Über ihren Köpfen kreischte ein Eichelhäher, Tauben stoben mit knatterndem Flügelschlag aus den Wipfeln. Damwild brach durch das Unterholz.

Die peitschenden Geräusche passten nicht in die friedliche Landschaft. Jedenfalls nicht an einem Mittwoch im Mai in aller Herrgottsfrühe, wenn anständige Bürger noch hinter herabgelassenen Rollläden schliefen. Er hatte sich freiwillig darauf eingelassen, niemand hatte ihn dazu gezwungen, mit den beiden anderen alten Männern gemeinsam diesen skurrilen Ausflug zu unternehmen. Verrückt. Jetzt stand Alfons hier wie ein halbgarer Bengel im Wald und zielte auf Scheiben und alte Blechdosen. Verdammt, konnte das schmerzen, wenn man eine Pistole falsch angewinkelt hielt und der Rückstoß durch das Handgelenk zuckte. Und wieder nichts getroffen.

»Bei Schimanski sieht das eindeutig lockerer aus.«

Heinz-Hermann Trüttgen, diese ahle Pip, verblüffte stets mit tiefgründigen Weisheiten aus Funk, Fernsehen und niederrheinischer Provinz.

»Der stellt sich ganz anders hin, ungefähr so. Der Rest ist reine Reaktion.«

Mit dem Rücken zum Ziel drehte er sich blitzschnell um, bückte sich, leicht die Knie beugend, mit ausgestreckten Armen nach vorn, beide Hände um die alte Waffe gelegt. Er feuerte zügig zwei Schüsse hintereinander ab, siegessicher lächelnd. In Alfons' Gehörgang explodierte der Schall, er drückte sich panisch die flachen Hände auf die schmerzenden Kopfseiten. Heinz-Hermanns Gesicht verzerrte sich zu einer Fratze im Gewaltrausch, und aus seinen Armen zischten Flammensalven.

Jetzt baute sich der spargeldürre Walter Gesthuysen auf, dieser

bekloppte Berufsjugendliche mit dem ausgebleichten Stones-Sweatshirt, auf dem die Zunge nur noch zu erahnen war.
»Lass mal nen echten Kerl ran.«
Er redete lautsprecherisch wie ein Angeber, während sich sein Gesicht zu einer Totenkopffratze wandelte und sein fusseliger grauer Zopf wie eine Peitsche nach hinten wirbelte. Gesthuysens großkotzige Bewegungen wie ein James Bond vom Niederrhein passten zum hämischen Tonfall, in dem er plötzlich Tod und Verderben verkündete. Alfons blickte entgeistert zur Seite und sah zu seinem Erstaunen keine angreifenden finsteren Bösewichte, sondern eine leere, angerostete Raviolidose auf einer alten Bunkermauer, die der Totenkopfmann dauerhaft verfehlte. Die Szene löste sich langsam in düstere Schatten auf.
Alfons, Alfons, was machst du hier? Er befand sich mitten im Geschehen und sah sich ungläubig erneut, wie in Zeitlupe, nach der Waffe greifen. Wie die Helden in Krimiserien voller Action hielt er den Griff der Pistole diesmal nicht senkrecht, sondern waagerecht und drückte ab. Leicht zeitverzögert kippte die angepeilte Dose von der Mauerkante.
»Nee, Alfons, das war kein Abschuss. Hat doch gar nicht gescheppert.«
Er schaute sichernd ins dichte Grün. Er verteidigte seinen Treffer. Die einzige abgestürzte Dose, ein Flop? Da half nur eins, ab hinter die Mauer und das Corpus Delicti mit dem Loch als Beweis suchen. Der Totenkopfmann und die Fratze folgten.
Sie mussten sich den Weg durch bizarr wucherndes, feuerrot blühendes Unterholz bahnen, das nach ihnen zu greifen schien. Sie befanden sich mitten in der Xantener Hees auf dem ehemaligen Gelände einer Munitionsfabrik aus dem Zweiten Weltkrieg, wo noch Blindgänger im Boden lagern konnten, analysierte Alfons erstaunlich kühl. Glatte Betonplatten, meterhoch, bedrohlich, versperrten den direkten Zugang zur Rückseite des einstigen Depotgebäudes. An den Flanken stieg der Waldboden steil an, eröffnete von der Kuppe aus betrachtet einen baumbewachsenen, vielleicht zehn Meter tiefen Trichter. Die drei standen am Rand und starrten zu ihren Füßen in die Tiefe. Keiner rührte sich, sekundenlanges, schweres Schweigen. Die Fratze, die sich langsam wieder zu Heinz-Her-

manns sanftem Gesicht wandelte, bewegte sich als Erste, kletterte ungelenk hinab, rutschte schließlich hinunter.

»Nee, dat gibbet doch gar nich!«

Alfons hörte klar und deutlich und erfreut, wie normal Heinz-Hermann wieder sprach. Langsam mutierte auch Walter in seinen Normalzustand und schien zu kapieren, dass die Blechdose, die dort hinuntergekullert war, neben einem regungslosen Mann lag.

»Was ist das denn für eine Schweinerei? Was macht der da unten?«

Heinz-Hermann hielt ihnen die Dose entgegen. »Eindeutig nicht getroffen. Das Loch hat er. Mitten in der Stirn. Wer hat zuletzt geschossen?«

Vor Alfons' Augen zuckten Blitze, sein Kopf schien zu bersten. Er fühlte zwei Fäuste, die ihn in Blickrichtung des Toten zwangen, die ihn in den Trichter drängten, bis er unkoordiniert in die Tiefe stürzte, sich fühlte, als falle und falle er ins Unendliche, bis er exakt neben der Leiche aufkam. Der Tote schien ihn aus leblosen Augen zu fixieren. Alfons stützte sich heftig rücklings ab, robbte auf Entfernung, da – bumm – explodierte der Wald, und alles versank unter zersplitterten Holzfasern und herabprasselnder Erde. Also doch, irgendwo verstreute Munition war hochgegangen. Alfons fühlte sich in einen langen Tunnel gezogen, an dessen Ende es leuchtete. Nein, er musste dagegen ankämpfen. Mühsam gruben seine Hände einen Schacht zum Licht …

Fahler Geschmack im Mund. Dunkelheit. Feuchte Stirn. Kälte im Körper. Bevor sich das gespenstische Bild eines innerlich zerstörten alten Mannes in seinem Kopf komplettieren konnte, wurde er von einer jungen Stimme geweckt.

»Opa, hallo, aufwachen, Opa!«

Auf Dauer würden diese Albträume seinem Blutdruck erheblich mehr schaden als der doppelte Cognac, den er sich mittlerweile nach jedem Ausflug in die Hölle genehmigte. Nervennahrung.

»Opa, was ist los? Sag doch was, bitte.«
Heute wären es glatt drei bis vier ziemlich Doppelte geworden, um diese Bilder im Kopf in bleierner Erträglichkeit zu ertränken. Nein, Alfons Mackedei würde sich beherrschen, schließlich war seine Enkelin Theresa im Haus. Bloß nicht vor einer Sechzehnjährigen Schwäche zeigen. Hatte seine Frau Irene schlau eingefädelt, dass Theresa mehrmals pro Woche zu Besuch kam.
»Hallo, aufwachen!«
Theresa beugte sich über seinen Relax-Chair, und das Erste, was er aus schmalen Augenschlitzen wahrnahm, war Haut. Viel Haut. Wegschauen unmöglich. Bauchfrei, trägerlos, in knappem Mini und barfüßig hauchte sie ihm das exotische fruchtige Aroma eines Kaugummis ins Gesicht und kraulte sein spärliches Haupthaar.
»Opa, komm schon, du hast geblinzelt. Ich hab's genau gesehen. Fehlt dir was?«
»Mit mir ist alles in Ordnung, mein Kind. Pass du lieber auf, dass du dir die Nieren nicht verkühlst. Wo ist Oma?«
»Die ist zu irgendeiner Benefizveranstaltung. Spenden für Soundso. Essen steht in der Mikro. Soll ich dir was warm machen?«
Alle Frauen in seiner Familie glänzten in Zeiten der größten Not durch Abwesenheit. Er könnte hier elendig an einem Herzinfarkt krepieren, und wo war seine Gattin? Beim Edelkaffee in betuchten Kreisen Spenden für arme Negerkinder sammeln. Und die Tochter? Arbeitete sich zugrunde, statt sich einen Mann zu suchen, der sie ordentlich ernährte. Seine Enkelin? Theresa wirkte manchmal sehr vernünftig, war jedoch ein Teenager. Die Alten und Schwachen ließen sie allein in diesem Land. Demontage der Werte. Wer konnte sagen, wohin das eines Tages führen würde? Ihn beschlich eine Ahnung. Schließlich hatte er selbst in den letzten Wochen einen ganzen Sack altgedienter Werte unfreiwillig über Bord geworfen. Wie tief ein Mensch in kürzester Zeit sinken konnte, war erstaunlich. Selbst das Wetter schwächelte. Landregen fiel perlfein und schnurgrade aus dichtem Grau.
»Mensch, Opa, ständig träumst du mittags irgendein wirres Zeug. Was geht denn da ab?«
Die Sprache der Jugend heutzutage war himmelschreiend. Nie hätte er eine Sekretärin mit derartigem Umgangston geduldet. Gleich

würde sie wieder ihre Zustimmung mit einem lang gezogenen »Cool!« ausdrücken.
»Mama sagt immer, wenn man drüber spricht, ist es nur noch halb so schlimm. Manchmal ist die ja schon krass, ein echtes Muttertier eben, aber da ist was dran.«
»Das mag stimmen, mein Kind, aber für meine Geschichte bist du wirklich noch zu jung.«
Diesen Gesichtsausdruck kannte er. Gleich würde sie mit rollenden Augen lauthals maulen.
»Ich geh auf die siebzehn zu, und es ist erwiesen, dass junge Frauen in meinem Alter wesentlich reifer und vernünftiger sind als Jungs. Du kannst das also schlecht beurteilen. Im Übrigen weiß ich ganz genau, was häufig wiederkehrende Albträume bedeuten. Ich träum immer schlecht, wenn ich Mist gebaut habe. Komm, Opa, erzähl. Die Ränder unter deinen Augen sprechen Bände. Was hast du angestellt, Schenkmanns lästigen Kläffer vergiftet oder im Supermarkt Kondome geklaut?«
Respektvoll lauschte er ihren Gedanken und Argumenten, musste bei ihrer jugendlichen Vorstellung von Missetaten grinsen. Den Humor hatte sie eindeutig von den Mackedeis.
Vielleicht sollte er ihr Angebot annehmen und sein Gewissen ordentlich abspecken. Theresa würde verstehen, wie schwierig es war, mit wachem Hirn zum alten Eisen sortiert zu werden. Und sie könnte seine Suche nach alternativer Beschäftigung nachvollziehen. Er würde eine ehrliche Version erzählen.
»Gut. Lass uns in die Küche gehen, einen Cappuccino trinken. Wenn ich dazu einen doppelten Cognac kriege, erzähle ich dir, was mich plagt. Eine geheimnisvolle Geschichte, eine erstaunliche Begebenheit, deren Facetten ich erst hinterher verstanden habe. Als die Katastrophe schon passiert war. Eine Geschichte, die nicht nur am Niederrhein spielt, sondern auch nach Berlin führt. Ich berichte dir unter dem Siegel der Verschwiegenheit, versteht sich. Klar?«
»Cool!«

Eins

Im März hatten sie ihn ausgemustert. Im Rahmen einer feierlichen Stunde im Sitzungsraum der Firma, mit dem obligaten Glas Sekt und der goldenen Armbanduhr, hatten sie Herrn Direktor Alfons Mackedei mit huldigenden Reden in den wohlverdienten Ruhestand geschickt. Dass dieser metallverarbeitende Betrieb heute noch existierte und rund hundert Arbeitsplätze in der Region sicherte, die Öffnung für den internationalen Markt, stabile Konkurrenzfähigkeit – all das war ihm zu verdanken. Jetzt saß da ein öliger junger Spund als Nachfolger hinter seinem Schreibtisch, der das Büro schon eifrig umorganisierte, als Alfons noch nicht zum Hauptportal rausgegangen war. Beim Blick in den Rückspiegel sah er den Pförtner mit einem Taschentuch winken. Alfons wusste, dass sein Lebenswerk ohne sein Zutun weiterfunktionieren würde, als wäre er nie ein maßgeblicher Teil davon gewesen. Die Erkenntnis, ersetzbar zu sein, traf ihn wie ein Schlag ins Gesicht.

Vor dem, was folgte, hatten ihn viele Bekannte gewarnt. Große Leere, Sinnfragen, nichts als Quatsch. Er war vorbereitet. Das halbe Regal im Hobbykeller war dicht gefüllt mit Videokassetten, die seine Frau im Laufe der letzten Jahre für ihn aufgenommen hatte. Dokumentarfilme, Politkabarett, die großen Spielfilme. Er würde Jahre im Keller neben dem veralteten Videorekorder verbringen, um als Rentner nachzuholen, was er ein Berufsleben lang versäumt hatte.

Er konnte endlich ausschlafen, wachte jedoch pünktlich um halb sieben auf, frühstückte ausgiebig mit dem Wirtschaftsteil der Tageszeitung und war um halb acht fix und fertig. Und? Den surrenden Motor der S-Klasse per Knopfdruck starten, den gewohnten Weg fahren? Sein Nachfolger hatte ihm unmissverständlich zu verstehen gegeben, dass seine Dienste nicht mehr benötigt wurden. Am helllichten Morgen im dunklen Keller vor dem Bildschirm hocken? Stattdessen starrte er durch das Wohnzimmerfenster Löcher in die Luft, frühstückte zum zweiten Mal, lernte die Zeitung fast auswendig, während Irene zum Nordic Walking aufbrach. Er solle doch mitkommen, es täte seiner Figur bestimmt gut. Alfons verspürte kein Fünkchen Lust, mit zwei Stöcken in den Händen inmitten eines Haufens gackernder Hausfrauen um den Auesee in der Weseler Rheinaue zu rennen.

Er kam sich überflüssig vor. Frau Direktor Irene hatte alles unter Kontrolle und vorbildlich durchorganisiert. Arbeitsame Geister wie Putzfrau, Gärtner und Lieferdienste gaben sich die Klinke in die Hand. Den Rest der Zeit widmete die umtriebige Hausherrin ihrem persönlichen Wohltätigkeitsfimmel.

Also konzentrierte Alfons sich auf sein Boot. Die »Comtesse Irene« lag im Weseler Jachthafen. Der Kiel musste gereinigt und neu gestrichen werden, bevor es im Frühjahr auf große Fahrt ging. Im »Kajütchen«, dem Hafencafé, lernte er Heinz-Hermann Trüttgen kennen. Ein Leidensgenosse, der sich ebenfalls im Unruhestand befand und glücklich über jeden Auftrag war. Ein Typ mit Auge und Händchen für jede handwerkliche Aufgabe. Solche Männer kannte er aus der Firma. Die konnten nicht fünf Minuten am Pausentisch sitzen, ohne zumindest einen Plan gezeichnet oder eine Materialliste erstellt zu haben. Von denen starb keiner an Herzverfettung, sondern eher an einem Gipsarm, der zum Nichtstun zwang.

Alfons beneidete Heinz-Hermann um sein Geschick und die Möglichkeiten, die sich ihm reihenweise boten. Während er gelangweilt seine »Comtesse« über den Rhein schipperte, würde der einen Haufen interessanter Leute kennenlernen und mit Werkstolz seine erledigten Aufträge begutachten. Herausforderungen halten jung. Sein neuer Bekannter konnte das Wort Langeweile nicht buchstabieren. Es fehlte schlicht und einfach in seinem Vokabular.

»Geht nich gibbet nich. Nicht dösen, Probleme lösen«, sagte Heinz-Hermann.

Da sprach eine agile Seele, die einfach alle Werkzeuge und Materialien beherrschte. Und er? Seine Hände waren falsch justiert. Wenn er einen Nagel in die Wand schlug, blieb der nur aus reiner Boshaftigkeit so lange dort stecken, bis er mit dem Bild zusammen abstürzen konnte. Am Schreibtisch war er ein Ass gewesen. Arbeitsaufträge sichern, Bilanzen vorstellen, Jahresabschlüsse, Prognosen, Forschungsaufträge sichern, verhandeln, taktieren. Wenn bei ihm der Kopf brummte, rappelten bei Trüttgen die Finger. Das war der Unterschied zwischen Schreibtischtäter und Handwerker. Trüttgen hatte innerhalb des ersten Jahres als Rentner bereits das ganze Haus umgebaut und renoviert. Erst als seine Ehefrau wegen der ständigen Lärmbelästigung und der nicht zu bändigenden Staubschicht die Scheidung einreichen wollte, musste er sich ein neues Betätigungsfeld suchen, klapperte zunächst Xanten und Umgebung ab und gelangte schließlich zum Hafen. Jeder Skipper lobte seine Arbeit. »Frag mal Heinz-Hermann«, hieß es bei allen möglichen Problemen. Der Mann wirkte auf Alfons wie ein Aufputschmittel. Regelmäßige Einnahme dringend empfohlen. Er überschüttete den niederrheinischen Handwerkerkönig mit kleineren und größeren Aufträgen, damit Heinz-Hermanns Hyperaktivität ihn am Leben erhielt.

Den ganzen April hindurch verließ er morgens das Haus wieder zur gewohnten Zeit und kehrte erst spätabends zurück. Niemand vermisste ihn, während der Hafen zu seinem zweiten Wohnsitz wurde. Selbst sein empfindlicher Magen rebellierte nicht mehr gegen die einfache Kost im »Kajütchen«. Nach vollbrachtem Tagewerk mit seinem neuen Bekannten ein gepflegtes Pils mit stattlicher Blume zu genießen, entwickelte sich zum neuen Feierabendritual. So flott wurde man vom Weinkenner zum Biertrinker.

Das Boot war mittlerweile von innen und außen nicht wiederzuerkennen. Erst wollte er Heinz-Hermann zu einer exklusiven, langen Bootstour einladen. Dann fiel ihm auf, dass der Mann nicht still sitzen konnte. Stunden mit einer Wibbelfutt an Bord einer Nussschale verbringen zu müssen, diese Vorstellung grenzte an seelische Grausamkeit für alle Beteiligten. Also machte er den Handlanger für den Meister, schaute ihm über die Schulter, lernte in fortgeschrittenem Alter den Unterschied zwischen Schraubenschlüssel und Knarre.

Am warmen Nachmittag des dritten Mai saßen sie vor dem »Kajütchen«, Heinz-Hermann plante lang und breit den Wintergarten, den er seiner Gattin zu Weihnachten schenken wollte, als zänkisches Gezeter von der Mole her die Aufmerksamkeit der Gäste weckte. Neugierige Hälse reckten sich und beobachteten einen

Disput zwischen dem spindeldürren Angler, der dort häufig fischend saß, und einer leicht bekleideten Skipperfrau in mittleren Jahren. Sie schrie und tobte, der Wortlaut ging in der Geräuschkulisse unter, er schien unberührt, bewegte süffisant lächelnd knapp die Lippen und formte damit offensichtlich sein taktisches Aus.

»Sie ekelhaftes Schwein, Sie!«
Am Siedepunkt ihrer Selbstbeherrschung scheuerte sie ihm eine. Das Klatschen kam im »Kajütchen« an, und einige Gäste johlten applaudierend der aufgebrachten Frau entgegen, die mit hochrotem Kopf auf sie zukam.

»Dieser Scheißkerl! Grapscht jede Frau an, die an ihm vorbeikommt. Sitzt genau an der engsten Stelle vom Steg. Wer dahinten sein Boot liegen hat, muss Spießruten laufen, wenn der da ist. Kann man dem nicht das Angeln an der Stelle verbieten?«

Der Wirt, Klausi, beruhigte sie geschickt, wie Kneipenwirte renitente Gäste wieder auf den Boden zu holen pflegen, und als sie nach einem Baileys auf Kosten des Hauses fort war, setzte er sich zu den Männern.

»Ist doch 'ne arme Sau, der Angler. Ist euch klar, dass der sein Abendessen fängt? Na gut, ist ein bisschen gestört. Der baggert wirklich alles an. Kennt da keine Hemmungen. Habt ihr die vorhin erlebt? Frau Doktor mag es bestimmt nur frisch geduscht. 'ne echte Emanze, so übrig geblieben aus den frühen Siebzigern. Mal ehrlich, die soll doch froh sein, wenn da einer zupackt. Haha. Guckt ihn euch an, den Hering. Kein Wunder, dass den keine auch nur mit der Kneifzange anfasst. Nur Haut und Knochen. Der war noch nie hier drin. Angelt, packt und fährt mit seinem stinkenden Roller wieder weg. Kommt manchmal wochenlang nicht, und dann kriegt er wieder von irgendeiner Frau 'ne rote Karte. Ein Loser ist das. Wird nicht schlau. Da fällt dir nix mehr ein, ehrlich.«

Klausi war bekannt für seine Monologe, die er mit einer ausladenden Handbewegung über den Tisch, an dem er seine Meinung abgeladen hatte, zu beenden pflegte.

Alfons schätzte den unbekannten Macho anders ein. Für ihn gab es nur zwei Kategorien Männer im Hafen, die in Lohn und Brot und die Rentner.

»Wetten, der ist Frührentner?«

Heinz-Hermann lachte schallend und schlug sich auf den Schenkel.

»Nie und nimmer.«

»Doch, Frührentner und Single. Der ist bestimmt nicht verheiratet, so wie der herumläuft. Da gibt es keine Frau, die in der Herrenabteilung mit dem Verkäufer seine Vorlieben und figürlichen Schwächen erörtert, damit der losspurtet und mit einer Auswahl zurückkehrt. Beim Friseur war der seit Jahren nicht mehr. Irgendwie kann ich die Farbe seiner Kleidung nicht genau definieren. Da hat alles einen fahlen Grauschimmer.«

»Früher, als es in der Werbung noch das Männchen gab, das immer in die Luft ging, nannte die gute alte Klementine den Zustand Grauschleier und empfahl ihr Waschmittel. Passiert bei uns auch manchmal, wenn ich so einen dunklen Polierlappen in der Hosentasche vergessen hab. Dann ist eine ganze Waschladung verfärbt, und meine Gattin flucht wie ein Tagelöhner. Genauso verwaschen sieht der Kerl aus. Der kennt bestimmt nur ein Waschprogramm und sortiert die dunklen Socken nicht aus. Guck en dir an, den Verlierer. Der kann gerade mal das Dach für sich und seine Waschmaschine bezahlen und den Sprit für seinen Roller. Mehr nicht, wetten? Arbeitslos, und wenn de mich fragst, Langzeit.«

Es gab nur eine Möglichkeit, herauszufinden, wer recht hatte. Einen Tag später luden sie Walter Gesthuysen zum Frühschoppen ein. Aus Voerde kam er und angelte gelegentlich im Hafen, weil er dort nicht erst durch Kies und Sand stapfen musste, um sein Abendbrot zu fangen. Unvorstellbar für Alfons, dass sich in der heutigen Zeit jemand von Geschicklichkeit und Zufall ernähren musste. Aus Mitleid spendierte er dieser gescheiterten Existenz Frikadellen und Bier. Dabei saß ihnen ein hochkarätiger Computerfachmann gegenüber, der auf alles eine Antwort hatte, was für Alfons computertechnisch mit sieben Siegeln versehen war. Und ein Hochstapler, wenn es um Frauen ging. Mit Kusshand hätten sensationsgeile Privatsender ihn zu Talkrunden wie »Ich bin gut bestückt« oder »Meine Erfahrungen mit den Schlampen der Welt« eingeladen. Er wäre beim voyeuristischen Publikum gut angekommen. Die realen Frauen mieden ihn, also besuchte er sie auf Internetseiten und bei diversen Adressen, die alle eins gemeinsam hatten: Sie kosteten ihn den letzten Cent.

Dauernd surfte er, flirtete im Chat, grenzenlos. Frauen und Computer in Kombination fraßen sein Geld schneller, als die Arge, die in alten, verständlicheren Zeiten noch Arbeitsamt hieß, es ihm überwies. Noch nie hatte Alfons Auge in Auge mit personifizierter Hoffnungslosigkeit am Tisch gesessen. Privat kannte er niemanden, und in der Firma wäre Walter Gesthuysen nicht einmal bis zu seiner Sekretärin vorgedrungen. Bildschirmsüchtig, erfolglos und einsam. Am Ende des Monats dazu noch hungrig.

Ein Schmarotzer, der sich andocken würde. Bald würden sie ihn durchfüttern müssen, wenn sie nicht auf Distanz gingen. Heinz-Hermann schlug das letzte Bierchen zum Frühschoppen aus und trollte sich mit der halbherzigen Entschuldigung, er müsse noch etwas am Boot tun. Die Laune war zerbröckelt. Gesthuysen spürte, dass die freigiebige Einladung beendet war, und erhob sich. Lässig und mit einem gemurmelten Gruß machte er sich davon.

Alfons ertappte sich dabei, dass er vom Parkplatz aus runter zum Anleger spähte, ob die Luft rein sei. Ein kurzer Pfiff, Trüttgen winkte mit dem Polierlappen vom Deck eines weit außen angelegten Motorbootes. Sie verschwanden zur konspirativen Sitzung unter Deck.

»Guck, Alfons, ich hab die Sitzecke neu bezogen. Nicht vom Original zu unterscheiden, oder? Hör mal, da gibbet ein Problem, mit dem ich nicht klarkomme.«

»Du fragst mich um Rat? Ich fühle mich geehrt.«

»Geht nicht ums Prutschen. Hast du eine Idee, wie wir diesen Abstauber wieder loswerden? Trinkfest und arbeitsscheu und nur dem Computer treu! Ist ja unmöglich. Ich kann et nich mehr hören, dieset hohle Geblubber. Immer um die Frauen, ach, nicht einmal das, mehr um weibliche Körper. Früher, mit fünfzehn oder so, hatte ich auch ziemlich feuchte Fantasien. Mein Lebtag hätt ich mich nicht getraut, die auszusprechen. Schon gar nicht in der Öffentlichkeit. Keinen Krümel Anstand hat der Kerl. Ich halt et nich mehr aus. Den versenke ich eigenhändig im Hafenbecken, wenn der mir heute über den Weg läuft.«

»Immer mit der Ruhe. An dem machen wir uns die Finger nicht schmutzig. Mir geht seine Abstaubermentalität auch auf die Nerven. Der wird uns freiwillig nicht von der Seite weichen. Nein, das müssen wir anders aufziehen. Wir müssen ihn beschäftigen.«

Heinz-Hermann polierte wie besessen die Messingbeschläge der Einbauschränke.

»Der hat sein Lebtag noch nicht gearbeitet, glaub mir. Dem kannze einfach nix in die Hand geben. Und wennze mich fragst, der kann auch nix.«

»Doch, der ist ein leidenschaftlicher Computerfachmann. Ein Könner. Das Gerät beherrscht er bestimmt besser als wir beide zusammen.«

»Klar, sich stundenlang davorhocken, draufstarren, den Zeigefinger bewegen und seine ganze Kohle für Schweinkram ausgeben, das können wir beide nicht. 'ne Dauerkarte fürs Pornokino, damit wäre er von der Straße weg.«

Alfons blickte verstohlen aus dem kleinen Bullauge. Noch war niemand zu sehen.

»Weißt du, als damals die Betriebsräte Einzug in die Firmen hielten und durch den Kündigungsschutz niemand mehr ganz schnell verschwinden konnte, wenn er nicht mehr zum Haus passte, da musste ich umdenken. Entweder ich riskierte einen Kampf vor dem Arbeitsgericht, der mit Drohgebärden der Anwälte und Abfindungszahlungen ausging, oder ich bot die Zahlung mit Auflösung des Arbeitsvertrags gleich an. Wenn der Mitarbeiter jedoch ablehnte, hatte ich ein Problem.«

»Und? Wie bist du aus der Nummer rausgekommen?«

Es knatterte ganz in ihrer Nähe. Ein schneller Blick aus dem runden Fensterchen bestätigte die Vermutung: Mister Casanova stieg wie in »Easy Rider« mit schwarzem Helm, auf dem ein Totenkopf prangte, von seiner ömmeligen Vespa. Er ließ seinen Blick durch verspiegelte Sonnengläser über das Hafengelände schweifen, den rachitischen Körper in einem ärmellosen Netzhemd präsentierend, die Daumen lässig in die Hosentaschen gehängt. Unter den Fransen der abgeschnittenen Jeans stakten dürre weiße Beinchen in billigen Kunststoffsportschuhen. Die verwaschenen Tennissocken waren bis zu den winzigen Wadenkugeln hochgezogen. Lässig, locker pfiff er eine schräge Interpretation von »Sexbomb«.

Sie lugten schweigend hinüber zum Unglück aus Voerde.

»Kein Kunt in de Büx, aber Tom Jones pfeifen. Da haste den Salat. Jetzt lässt Graf Rotz seine Angel schon zu Hause. Guck genau hin, siehst du die irgendwo? Der verlässt sich einfach auf unsere Geldbörsen. Voll dreist! Mensch, um elf kommt der Skipper. Noch zehn Minuten, dann müssen wir uns dem Grauen stellen. Los, Alfons, wie biste so einen in der Firma losgeworden? Gib zu, mit oder ohne Betriebsrat ab unter die Walze. Oder eingeschmolzen? Hast du da noch Beziehungen?«

»Deine Fantasie geht mit dir durch. Nein, mein Motto lautet: Erfolg durch gezielten Einsatz von Diplomatie und Taktik. Wenn jemand nicht gehen wollte, habe ich ihn hochgelobt. Der wurde versetzt an eine gut dotierte Stelle, die ihm zunächst schmeichelte, um ihn im nächsten Moment restlos zu überfordern. Entweder warf der Kandidat freiwillig das Handtuch, oder er wurde ordentlich gekündigt, weil er durch sein fehlerhaftes Verhalten dem Betrieb Schaden zufügen konnte. So einfach.«

»Du Schlauberger. Und? Der Vogel da draußen ist nicht bei uns angestellt. Den können wir nicht aus dem Hafen kündigen. Vielen Dank, Herr Direktor. Ich bin für die klare Art und geh jetzt raus und hau ihn um.«

Alfons hatte Mühe, den aufgebrachten Heinz-Hermann, der die schmale Stiege hinaufhasten wollte, in der Kajüte zu halten.

»Warte. Meine Idee zu Gesthuysen ist folgende: vor den eigenen Karren spannen. Wir suchen doch Beschäftigung, was Kleines, aber auch Lukratives nebenbei, oder? Du musst werkeln, ich könnte organisieren. Lass uns nachdenken, was der im Internet für uns leisten kann. Seite einrichten, E-Mails annehmen und so weiter.«

»Internetseite, ha. Für was denn?«

»Wir bieten Dienstleistungen an. Du kannst alles Mögliche reparieren. Zum Ende des Jahres hast du fast alle Boote im Hafen aufgemöbelt. Und dann brauchst du neues Futter. Wo? Was? Ich kann zum Beispiel Finanzberatung machen, Konten ordnen, Archive aufarbeiten und so was. Und der da, der kann lernen, was Housekeeping ist. Rollläden bewegen, Blumen gießen, Post reinholen trau ich ihm zu. Keine Firma oder so, nein, mehr eine Initiative. Wir bieten unsere Fähigkeiten quasi ohne Gebührenordnung an und handeln mit jedem Kunden aus, was er geben kann und will. Heinz-Hermann, erinnere dich, die haben uns zum alten Eisen gepackt. Wir zeigen denen, was noch in uns steckt.«

»Und? Wie soll dat Ganze heißen? Alte-Säcke-Company, oder wie? Mann, Mann, Mann, du kommst vielleicht auf Ideen.«

Alfons blickte lauernd nach draußen, keine Gefahr auf dem Steg.

»Natürlich muss der Name ansprechend sein und gleichzeitig modern. Andererseits nicht zu reißerisch, schließlich wollen wir alle Generationen damit erreichen. Also semimodern und vertrauenerweckend.«

»Heutzutage kann man ja alles mieten, bloß et heißt ausländisch, zum Beispiel ›rent a car‹. Wie wäre es mit ›rent a Rentner‹ oder ›Rentner for rent‹. Ausländisch ist schon lange modern. Ist sogar schon am Niederrhein angekommen.«

»Nun mal nicht übertreiben. Wir sind nicht zu mieten, sondern bieten unsere Dienstleistung an, die ehrliche und kompetente Arbeit von ältern, erfahrenen Spezialisten. Alles Vertrauenssache, und das muss der Begriff ausstrahlen.«

»Jau, du Träumer, wir gründen die Opa-Firma.«

Die Messingbeschläge glänzten wie neu. Heinz-Hermann führte den Stofffetzen immer wieder mit stoischen, kreisenden Bewegungen darüber, schmunzelte kopfschüttelnd in sich hinein. Alfons zupfte versonnen an seinem Kinn.

»Gar nicht schlecht. Klingt zwar betulich, aber auch erfahren, zuverlässig, vertrauenswürdig, korrekt, nicht auf den schnellen Euro aus. O-P-A – das könnte ein richtiges Markenzeichen werden. Genau, lass uns mal herumspinnen, was sich alles hinter den drei Buchstaben verstecken könnte.«

»Hinter Opa? Kann ich dir haarklein erzählen, steht eindeutig für Geldbörse aufhalten bei Geburtstag, Weihnachten und Kirmes, Kinder hüten –«

Alfons unterbrach die Auflistung aus dem Erfahrungsschatz unwirsch.
»Nein, so meine ich das nicht. Heinz-Hermann, lass uns ernsthaft überlegen. Wofür könnte das O stehen? O wie Ordnung, Organisation, optimal, verstehst du? Wir verknüpfen die drei Buchstaben mit Grundprinzipien der Arbeit. Mit dem, wofür wir stehen.«
»Verstehe. P wie Palaver mit Gesthuysen.«
»P könnte für präzise stehen oder punktgenau.«
»Das A steht für anständig.«
»Oder anders, nein, die Arbeit unterscheidet sich im Ergebnis ja nicht von der anderer Unternehmen. Ich hab's, A steht für Arbeit. Optimale Präzise Arbeit – das ist O-Punkt, P-Punkt, A-Punkt. Eben O.P.A. Das ist eingängig, das ist gut, das wird einschlagen, sage ich dir. Und jetzt zu Gesthuysens Aufgabe. Der soll uns eine Internetseite mit unseren Angeboten einrichten. Und wir versuchen, eine wohlklingende Adresse zu kriegen, die sich abhebt. So etwas wie www.opa.de. Du wirst schon sehen. Das wird ein Renner. Schließlich wird unsere Lobby ständig größer. Guck dich um, dann siehst du, dass es in Wesel oder Voerde oder in Xanten und rundherum vor älteren Leuten nur so wimmelt. Da suchen bestimmt einige Dienstleistungen bei vertrauenswürdigen Fachleuten in ihrem Alter, weil die jüngeren sie nicht ernst nehmen. Wenn der Handwerker aussieht wie dein Enkel, sich benimmt wie dein zehnjähriger Urenkel, aber eine Rechnung schreibt wie ein hoch dotierter Akademiker, dann suchst du nach Alternativen. Dazu kommt, dass unsere Generation das Internet erobert. Da werden die Besucher Schlange stehen, um herauszufinden, worum es sich bei www.o.p.a.de – ich finde, die Punkte müssen sein – handelt und wer dahintersteht.«

Die Idee gefiel Alfons, fesselte ihn. Mit hochroten Wangen war er bereit zu einem Gespräch mit Walter Gesthuysen.

Heinz-Hermann sagte in bedauerndem Tonfall: »Dann geh du mal deinen Plan verklickern, aber pass auf, dass er nicht wieder holländisch speist.«

»Wie meinst du das?«

»Na, der ernährt sich doch ständig *van anderen*.«

Es dauerte, bis der Witz bei Alfons ankam. Als es so weit war, hatte Heinz-Hermann vor Lachen bereits Tränen in den Augen.

Ein Pfiff ertönte vom Ufer her, verhieß nichts Gutes. Alfons verließ das Boot.

»Besser, ich geh rauf und weihe ihn in unsere Pläne ein, bevor Casanova wieder Unheil anrichtet.«

Während Heinz-Hermann mit dem begeisterten Skipper die erledigten Arbeiten durchging, erläuterte Alfons die Grundzüge seiner Idee dem schweigsamen Gesthuysen. Wie ein von der Schlange hypnotisiertes Kaninchen starrte dieser auf das sich nähernde Glas Leitungswasser, das Alfons ihm konsequent bestellt hatte, um zu verdeutlichen, dass ab jetzt ein anderer Wind wehte. Klausi hatte den Wink mit dem Zaunpfahl verstanden und servierte mit großem Vergnügen.

»Bitte schön der Herr, Aqua de Kajütchen, heute ausnahmsweise auf Kosten des Hauses.«

Eine Stunde später ließen die drei Männer zur Besiegelung ihres Projekts ihre Hände aufeinanderklatschen, schüttelten sie kräftig.

»Auf die Gründung des Unternehmens O.P.A.«

Gesthuysen wuchs mit dem ihm entgegengebrachten Vertrauen um einige Zentimeter. Das war spürbar ein Job nach seinem Geschmack. Bequem daheim am PC und nicht stundenweise Briefe austragen für City-Mail oder was die Arbeitsvermittlung sonst so vorschlug. Ein verflixtes Jahr fehlte ihm noch, bis er vorzeitig die Rente beantragen konnte. Noch ein Jahr, in dem sie ihm alles Mögliche anbieten konnten. Dieser Auftrag forderte ihn heraus. Er würde alles geben. Heiser und gerührt gelobte er fachkundige Arbeit. Mit krächzender Stimme stellte er die Parole in die Runde.

»Einer für alle, alle für einen.«

Heinz-Hermann beherrschte sich offensichtlich, und auch Alfons fiel es schwer, den dürren Netzhemdträger mit den streichholzschmal auf die Brust tätowierten Buchstaben MSV DUISBURG auf der Brust mit tapferen Musketieren in einer Reihe zu sehen. Es gab Kämpfer und Flüchter. Es fiel nicht schwer, Gesthuysen einzugruppieren. Hoffentlich rannte der Kerl nicht weg, wenn es um echte Arbeit ging. Man würde sehen.

Theresa hatte mit hochroten Wangen gelauscht. Sie erwies sich als gute Zuhörerin, die es zwischendurch nicht wagte, laut zu atmen, nur um ihren Großvater nicht zu unterbrechen.

»Genial! Mein Opa ist ein alternativer Unternehmer und nicht so ein Langweiler wie Herr Schenkmann, der nur noch mit dem kläffenden Köter zum Gassigehen über den Grünstreifen flaniert. Hast du den vorhin gesehen? Im grünen Freizeitanzug, krass, oder? Mann, und du traust dich was.«
Sie schlug ihre vor Silberschmuck klimpernde Hand gegen die Stirn.
»Ich habe mich schon über dein neues Outfit gewundert. Jetzt kapiere ich, was T-Shirt und Jacke mit dem Aufdruck zu bedeuten haben. O.P.A. – das ist euer Logo. Irre! Mir war das alles gar nicht klar, aber ich wollte dich immer schon fragen.«
»Ich habe auch schon bemerkt, dass Sechszehnjährige mit allen möglichen Dingen beschäftigt sind, nur nicht mit dem, was sich direkt um sie herum abspielt«, versuchte sich Alfons in einfühlsamem Verständnis für eine pubertierende Jugendliche.
Theresa überhörte es, denn es hielt sie kaum noch auf dem Stuhl. Sie fuchtelte mit den Händen.
»Und? Erzähl weiter. Bestimmt könnt ihr euch vor Aufträgen nicht retten und plant schon eine Zweitniederlassung linksrheinisch in Xanten. Ich verstehe bloß nicht, warum dir diese fantastische Aktion Albträume verschafft.«
Alfons sackte in sich zusammen. Der Cognac wärmte seinen Magen, lag als schwerer Geschmack auf der Zunge, und die Bilder in seinem Kopf drängten wieder in den Vordergrund. Der Unbekannte auf dem Waldboden, eine Waffe durch drei Hände gereicht. Jede konnte den tödlichen Schuss abgegeben haben. Oder auch nicht. Erschöpfung machte sich breit.
»Heute nicht mehr, Liebelein.«
»Doch, bitte! Du kannst so toll erzählen, als wäre alles echt. Aber diesen fiesen Macho, den hast du doch dazuerfunden. Macht nichts, mir gefällt die Story. Mensch, ich muss zur Musikschule. Danach komme ich sofort zu dir, und du erzählst weiter. Ja?«
»Ach, ich dachte, du wolltest mit dem Saxofonunterricht in der alten Zitadelle aufhören? Wie das so ist in deinem Alter.«

»Nee, nee, ich hab's mir überlegt, es macht doch Spaß. Und die Lehrerin ist wirklich nett.«

Alfons träumte schon lange Opas Traum vom Konzert der Enkelin in der Musikschulenaula. Er sah sie aufspringen und in minimalistischer Bekleidung in den lästigen Regen hinausplatschen.

»Tschüss, Opilein.«

»Die Nieren«, rief er ihr nach, »verkühl dich nicht!«

Erfundener Macho, na gut. War vielleicht besser, wenn sie nicht alles für bare Münze nahm. Schließlich war das erst der Anfang. Bis Theresa zurückgekehrt war, drängte es Alfred regelrecht, seine Geschichte weiterzuerzählen. Auch die Ereignisse, die sich in Berlin überschlugen und deren Puzzleteile er erst am Ende entwirren konnte.

»Eins nach dem anderen«, sagte Alfred, während sich das Mädchen im Schneidersitz zu seinen Füßen niederließ und ihn gebannt anschaute. Er schnaufte bedeutungsvoll durch und berichtete.

Ihre Adresse im Internet war am Ende tatsächlich »www.o.p.a.de«. Gesthuysen hatte wirklich erstaunlich gut gearbeitet, das Angebot war geschmackvoll gestaltet, und die Seite wurde innerhalb kürzester Zeit oft besucht. Die große Palette angebotener Dienste im Bereich Handwerk und Organisation wurde ergänzt durch kurzzeitigen Objektschutz bei Krankenhausaufenthalten oder Abwesenheit zur Kur. Doch, der Gesthuysen konnte tatsächlich was und präsentierte täglich die neuesten Anfragen. Alfons spendierte die einheitliche Dienstkleidung, und Heinz-Hermann ließ seinen alten Transporter beschriften. Gesthuysen druckte Visitenkarten und Flyer, legte sie bei Hausärzten, Internisten und in Altenzentren aus. Das Abenteuer lief an.

Bei der verblüfften ersten Kundin in Obrighoven, einer stark geschminkten, aufgeregten älteren Dame in gestärkter weißer Bluse, wurden sie mit Kaffee und einem Eckes Kirschlikör empfangen. Sie kam nicht mehr an ihre Medikamente, da der Schlüssel zu dem

Fach sich nach vierzig Jahren Dienst knapp hinter dem Bart abgeschliffen hatte und im Schloss abgebrochen war. In der langen Eichenschrankwand gab es kein Schloss mehr, das einwandfrei funktionierte.

»Noch ein Likörchen, oder soll ich Schnittchen machen, meine Herren?«

Sie lehnten heroisch ab und legten los. Nach einer knappen halben Stunde hinterließen sie fünf tadellos reparierte Schrankschlösser und einen bleibenden guten Eindruck. Die Dame entlohnte die Arbeit mit zwanzig Euro und schmachtenden Blicken, klopfte jedem noch mal auf die Schulter und behielt einen Stapel Visitenkärtchen, um sie bei ihren Freundinnen vom Bridgeclub zu verteilen. Sie winkte ihnen aus dem Fenster nach.

Zufrieden fuhren die drei zurück zum Hafen, um auf ihren ersten Auftrag anzustoßen. Sie fühlten sich ein kleines bisschen euphorisch, die Geschäfte schienen gut anzulaufen, und das musste symbolisch gefeiert werden.

»Genau das ist progressive Werbung. Der Kunde muss rundum zufrieden sein. Das bringt Mundpropaganda, und das Geschäft blüht. Ihr werdet sehen.«

Alfons wurde sanft in seinem Vortrag unterbrochen, als Klausi vom »Kajütchen« zur Feier des Tages drei Glas Sekt zum Einstand servierte. Als Betriebsdirektor hatte Alfons im Laufe seines Berufslebens mit zig Millionen kalkuliert, erst D-Mark, dann Euro, aber seit Langem hatte ihn nichts so fasziniert wie dieser blaue Schein in der Tischmitte, glatt gestrichen, das schillernde Hologrammband am rechten Rand, die klitzekleinen gelben Sternchen auf blauem Grund. Er geriet ins Schwärmen. Ein vielversprechender Anblick, bis der Zwanziger den Gang aller Scheine in diesem Lokal ging, von Klausi in die Börse sortiert wurde, fein säuberlich und anonym zwischen den anderen blauen Scheinen verschwand.

Auf zur nächsten guten Tat.

Von der geschwungenen Außentreppe aus erblickte die niederrheinische Antwort auf Jack Nicholson ein weibliches Wesen im Anstieg auf den Deich. Gesthuysens Körper spannte sich, er federte breitbeinig die nächsten Stufen hinab, zwei Finger bereit zum Pfiff, als Heinz-Hermann ihn bei der Schulter packte.

»Hör zu, Casanova, solange du Dienstkleidung trägst, ist Schluss mit Baggern. Ist das in deinem Hirn angekommen? Du versaust uns sonst im Handumdrehen den Ruf, den wir gerade aufbauen. Noch einmal zum Mitschreiben: kein Pfeifen, kein Johlen, kein Grölen, kein Baggern, kein Klatsch auf irgendeinen Hintern, kein Grapschen im Dienst. Und der geht exakt so lange, bis du dich umgezogen hast. Kapiert?«

Sichtlich von der Vehemenz der Zurechtweisung beeindruckt, murmelte Gesthuysen eine Art Zustimmung und schielte stumm der verpassten Gelegenheit nach.

Es hagelte Anfragen, und selbst Alfons war überrascht, wie schnell sich seine Idee etabliert hatte. Abends haftete der Geruch fremder Wohnungen wie schlechtes Parfüm an ihm. Selbst duschen half nicht. Dafür fühlte er sich rechtschaffen müde, wusste, was er geschafft hatte, und nickte mit Regelmäßigkeit zur Tagesschau in seinem Luxussessel ein.

Gesthuysen erwies sich körperlich als Schlappmann, machte andauernd Raucherpausen und verkrümelte seinen Tabak, aus dem er sich unförmige Stinker drehte. Heinz-Hermann blieb frisch und strotzte noch nach Feierabend vor Energie. Von Alfons dagegen forderte die körperliche Arbeit ihren Tribut.

Am ersten Wochenende konnte er sich kaum noch rühren, vermutete nach gründlicher Eigendiagnose Muskelfaserrisse, Bänderdehnungen und einen Bandscheibenvorfall hinter all den diffusen Schmerzen, die seine Irene lapidar auf Muskelkater zurückführte.

Er pausierte danach zwei Tage und überließ den anderen das Feld, erschien geheilt und voller Tatendrang wieder im zentralen Treffpunkt, dem »Kajütchen«. Konto und Erfahrungsschatz wuchsen täglich. Alfons übernahm es, sich nach den steuerfreien Zuverdienstgrenzen von Rentnern zu erkundigen, schließlich wollte man keinen Ärger mit den Ämtern, deren Argusaugen über bewegtem Kapital kreisten. Heinz-Hermann hatte kein Problem damit.

»Notfalls spenden wir den Rest an irgendeine Organisation.«

Alfons fiel umgehend die Leidenschaft seiner Ehefrau ein.

»Gute Idee. Ich kann Irene fragen, die kennt sich damit aus. Sich für einen karitativen Zweck zu engagieren, bringt ebenfalls Pluspunkte auf der Werbeskala.«

Um nach allen Seiten hin abgesichert zu sein, sollte sich Gesthuysen ebenfalls nach seinem Limit erkundigen, was er zunächst nicht einsah.

»Mensch, endlich kommt mal wieder Kohle in Sicht, und ich soll ehrlich bleiben? Was erwartet ihr von mir? Dass ich zugucke, wie ihr arme Kinder speist, während mein Kühlschrank leer bleibt?«

»Stell dich nicht so an. Du verhungerst schon nicht. Musste eben bisschen weniger in erfolglose Damenkontakte investieren, dann kommste auch mit deinen Kröten aus.«

Zum ersten Mal schien Gesthuysen beleidigt zu sein, zog schmollend ab. Das war also seine Schmerzgrenze. Er knatterte davon und ließ sich nicht mehr blicken. Alfons und Heinz-Hermann befürchteten das vorzeitige Ende des Unternehmens O.P.A. und beschlossen, den dritten Mann zu Hause zu besuchen, um Klarheit zu erlangen.

Alfons' sternenbesetztes Auto schwebte mit dem wohlklingenden Schnurren der einhundertfünfzig Pferdestärken unter der Haube vom Weseler Jachthafen in Richtung Voerde, schweigende Männer an Bord. Geräuschlos hob sich das Verdeck, faltete sich kunstvoll zusammen und verschwand im Heck.

Die mechanische Stimme des Navigationsgeräts, weiblich mit leichtem bayrischen Akzent, bestimmte in eintönigem Stakkato den Weg. Alfons bog rechts auf die Reeser Landstraße, überquerte die Schillstraße und blieb auf der B8 Richtung Voerde, wie seine freundliche Begleiterin es befahl. Hinter dem Lippeschlösschen mischte sich Heinz-Hermann ein.

»Komm, schalt die Frau ab. Reicht, wenn zu Hause immer eine bestimmt, wo et langgeht. Da, fahr an der Ampel rechts, los, mach. Wir fahren über die Frankfurter Straße. Is die schönere Strecke, ehrlich.«

Hinter der Kanalbrücke durchquerten sie Friedrichsfeld. Im Hintergrund wuchs das Kohlekraftwerk der STEAG ins Blickfeld, nahm gigantische Ausmaße an. Mit dem Wind aus Westen verteilten sich riesige Dampfschwaden aus dem Kühlturm in den leicht bewölkten Himmel, bevor sie sich auflösten.
»Schönere Strecke?«
»Nu warte mal ab.«
Heinz-Hermann lotste Alfons am alten Voerder Rathaus vorbei und vor der Eisenbahnunterführung links in die Allee.
»Fahr mal langsamer. Da, guck, Hochlandrinder. Und auf der anderen Seite, siehst du das alte Gebäude? Ein richtiges Kleinod. Haus Voerde, ein altes Wasserschlösschen. Drinnen gibbet ein Restaurant und ein Standesamt. Da hat nämlich die Cousine meiner Frau geheiratet.«
Alfons stimmte beifällig nickend zu, dass es sich lohnte, diese reizvolle Strecke zu fahren. Weiter ging es durch Wald und Feld, am Freibad, an Schulen vorbei und an der Bahnhofstraße, der sie in verschraubter Streckenführung in die verkehrsberuhigte Zone folgten. Dort musste Heinz-Hermann zugeben, dass er die Orientierung verloren hatte. Gegenüber einer Buchhandlung hielten sie in einer Parkbucht, damit Alfons die Navigatorin wieder einnorden konnte.
»An der nächsten Ampel links abbiegen.«
Heinz-Hermann blickte verwundert auf Gittersäulen, die mit Glyzinien bewachsen waren und das Ende der verkehrsberuhigten Zone kennzeichneten. Folgsam bogen sie links in die Friedrichsfelder Straße ab.
»Da hat sich einer was ausgedacht. Ach, jetzt versteh ich auch das Geschraube vorhin. War bestimmt mal eine schnurgrade Durchgangsstraße, haben die mächtig verändert.«
Sie durchquerten einen Kreisverkehr und wurden auf riesige Mietshäuser zugelotst. Rechts ein futuristisches Gebäude, blau und beige gestrichen, inmitten einer freundlichen Grünanlage. Alfons' Beifahrer war schwer beeindruckt.
»Donnerwetter, Jugendzentrum steht auf dem Schild. Dagegen ist unsere Jugend-Kultur-Werkstatt in Xanten aber arg blass.«
Als die freundliche Stimme aus Süddeutschland sie an einem

Park mit einem kleinen eingezäunten Enteteich links in eine Straße namens Teichacker lenkte, schmunzelten sie noch.

»Sie sind am Ziel.«

Winkelig gebaute, schmucklose Häuser, vor denen sich, ausgerechnet jetzt, Sperrmüllberge gigantischen Ausmaßes türmten, dominierten das Straßenbild. Kinder erkletterten die Halden und wedelten mit ihren Trophäen, um sie Momente später achtlos am Straßenrand zu entsorgen. Erwachsene mit brauchbaren Einzelteilen von Schränken und Regalen unter dem Arm schlenderten über die Fahrbahn. Abgemeldete Autos unter dicken Dreckschichten und eingewischten, unflätigen Beschimpfungen verrosteten auf den Parkplätzen zwischen von Omas gesponserten Kleinwagen und aufgemotzten Polos und Fiestas, deren tiefergelegte Karosserien den Asphalt zu berühren schienen. Zwei rekordverdächtig beleibte Mütter in stark dehnungsfähigen Leggins und hautengen T-Shirts schoben Kinderwagen über den Bürgersteig, ihre größeren Kinder, die fasziniert im Sperrmüllchaos herumturnten, lautstark aus der Ferne reglementierend.

»Chantal, lass den Scheiß da liegen, sonst gibbet Ärger!«

»Wenn du dat versiffte Kissen nich sofort, aber sofort wieder wegtust, gehen wir sofort nach Hause, und wenn wir oben sind, wanderst du sofort ab in die Kiste. Ohne Fernsehen! Da, wat sag ich, der hört einfach nich, versteh ich gar nich.«

»Kevin, hör auf Mama. Los, schmeiß weg, dat olle Ding.«

Schmunzeln ade. In einem dieser Häuser lebte Gesthuysen. Alfons umklammerte mit feuchten Händen sein Lenkrad und weigerte sich, sein Auto in dieser trostlosen Gegend abzustellen. Sie wendeten, bogen rechts in das Osterfeld und parkten knapp hundert Meter weiter zwischen dem postmodernen Rathaus und einem ansprechend angelegten Park mit Bänken und Wasserspielen. Stadtmitte. Der Rathausplatz bot ein Beispiel dafür, wie Stadtplaner mit liebevollen Details an dem Versuch scheiterten, einem Platz ohne Gesicht Atmosphäre einzuhauchen.

Mit gemischten Gefühlen machten sie sich auf den Weg zu ihrem Geschäftspartner. Schlimmer konnte es nicht kommen. Dachten sie. Es konnte. Gesthuysen empfing die beiden mit sichtlichem Erstaunen, fand schnell zum Platzhirsch im eigenen Revier zurück.

»Das ist aber mal eine Überraschung! Ihr hier? Kommt rein.«

Sein Apartment glich einer Höhle. Seit der Steinzeit war außer beachtlicher technischer Aufrüstung offensichtlich nichts passiert. Die Tapeten fristeten ihr Dasein vermutlich schon mehr als dreißig Jahre geduldig unter einem hartnäckigen, konservierenden Nikotinschleier. Die Luft ließ sich für Ungeübte nur in winzigen Zügen einatmen. Überall waren die Fenster durch schmuddelig gelbe Rollos abgedunkelt. Drei Monitore waren im Wohnzimmer mit unterschiedlichen Programmen in Betrieb, diverse andere standen auf dem Boden oder waren auf dem Sideboard abgestellt, verworrenes Kabelgewirr bildete bizarre, schmutzig graue Haufen auf verstaubtem PVC.

»Ich bastele eben gerne und rüste für Freunde auch mal was auf. Just for fun, versteht sich.«

Gesthuysen scharrte mit dem Fuß, die Augen gesenkt, bot Platz hinter einem hoffnungslos überfüllten Couchtisch an. Überquellende Aschenbecher neben einer Batterie leerer Bierdosen, dazwischen Tabakkrümel der Sorte Schwarzer Krauser, seinem bevorzugten Kraut zum Selbstdrehen.

Alfons zog es vor, im Türrahmen stehen zu bleiben. Ohne sich anzulehnen. Er fand als Erster zur Sprache zurück, nachdem Heinz-Hermann neben eingetrockneten Flecken Platz genommen hatte, über die er nicht weiter nachdenken wollte.

»Und?«, begann Alfons. »Wieso lässt du uns hängen? Wir haben gemeinsam zu tun, und du bist eine wichtige Person in unserem Projekt. Also, wie sieht es aus?«

Gesthuysen zog schweigend sein Zopfgummi zurecht.

»Komm, äußere dich, ich erwarte eine Stellungnahme. Können wir weiter mit dir rechnen, oder müssen wir uns einen anderen Fachmann suchen?«

Sichtlich unsicher rollte Gesthuysen auf seinem Computerstuhl zentimeterweise vor und zurück, sah dabei abwechselnd auf die verschiedenen Bildschirme, räusperte sich.

»Ich brauchte eine Auszeit. Musste nachdenken. Mann, unser Laden läuft, und ich darf nicht richtig absahnen. Das hat mich echt umgehauen. Wenn ich jeden Euro ehrlich angebe, streichen die mir die Zahlungen zusammen, und ich hab genauso viel, wie wenn ich hier bequem hocken bleibe. Da müsst ihr mich auch verstehen.«

Er kurbelte sich nervös eine unförmige Zigarette und bot ihnen ein Dosenbier an, das sie dankend ablehnten. Alfons wagte nicht, Wände, Türzargen oder Inventar in seiner Nähe zu berühren, aus Angst, sich eine Krankheit einzufangen. Er begab sich ein Stück weiter in den Raum, in sichere Distanz zu den schmuddeligen Gegebenheiten.

»Natürlich kann ich begreifen, was du meinst, bloß, wenn wir uns da irgendwas zuschulden kommen lassen, können wir wieder einpacken. Der Heinz-Hermann und ich wollten raus aus unseren Bequemlichkeiten und weiter was Sinnvolles auf die Beine stellen. Genau das haben wir geschafft. Mensch, komm, dir wird schon genügend nebenbei in die Tasche fallen. Los, gib dir einen Ruck. Wer weiß, was in Zukunft noch aus unserem Projekt werden kann. Mit dir als maßgeblich aktivem Computerfachmann erreichen wir ein hohes Wettbewerbsniveau.«

Das klang zu geschraubt, aber es gelang Alfons trotzdem, in einem relativ kurzen und gezielten Dialog Gesthuysen dermaßen zu motivieren, dass er umgehend die neuesten Anfragen ausdruckte und emsig den Plan für die kommende Woche mitgestaltete.

Na also, dachte Alfons, es klappte noch immer, Leute in die Position zu loben, in der er sie sehen wollte.

Sie blieben keine Sekunde zu lange. Gesthuysen spürte den Widerwillen.

»Nächstes Mal meldet ihr euch an. Und dann treffen wir uns auf meiner Ponderosa. Das ist mein Gartenhäuschen zwischen Möllen und Götterswickerhamm. Alt und richtig urig, ihr werdet sehen, rundherum eine alte Buchsbaumhecke, echt nett, viel Natur und Landschaft, bloß ohne Strom.«

Die beiden hörten wohl dies verlockende Angebot, aber im Hier und Jetzt waren ihre Gedanken auf den Fluchtweg gerichtet. Heinz-Hermann schüttelte im Treppenhaus den Kopf. Auch hier fiel das Atmen nicht leicht. Internationale Küche lag bleischwer zwischen den Etagen.

»Bah, wat en verkommenes Subjekt, unser Kollege. In dem Loch hätten wir gut zwei Wochen zu tun. In Schutzanzügen, mit Sagrotan im Anschlag und mit Gummihandschuhen.«

Auf dem Weg zum Auto betrachtete Alfons angewidert seine

Hände. Der Handschlag zum Abschied hatte sich nicht vermeiden lassen. Das Bedürfnis nach Wasser und Seife machte sich breit. Am Rathausplatz kein Café, nichts in Sicht. Heinz-Hermann meinte, in jedem Rathaus gebe es so eine Gelegenheit, und sie fanden die Besuchertoilette im Erdgeschoss dann auch ohne Probleme. Seltsamerweise war der Raum mit irritierendem ultravioletten Licht beleuchtet. Alfons konnte sich keinen Reim darauf machen, Heinz-Hermann hatte die Erklärung auf dem dritten Bildungsweg erworben. Durch das Fernsehen.

»Kenn ich, hatten se letztens auf West drei en Bericht drüber. Ist gegen unerwünschte Nutzung durch Fixer. Bei dem Licht finden die ihre Adern nicht, und es kann hier nicht zu bösen Überraschungen kommen.«

Alfons schüttelte den Kopf, blickte hektisch zu den Kabinen. Niemand sonst im Raum.

»Ist das dein Ernst? Wo sind wir hingeraten? Sodom und Gomorrha! Nichts wie fort von hier.«

Dieses undefinierbare Jucken am linken Mundwinkel, das waren bestimmt schon die ersten Herpesbläschen.

»Wieso? Ist doch normaler Alltag. Alfons, nimmet mir nich krumm, aber ich glaube, du hast die letzten Jahrzehnte fein beschützt in deiner gut betuchten Welt gelebt und nicht mitgekriegt, wie böse et hier draußen zugeht.«

Da war etwas dran. Sein Leben war glatt und geradeaus gelaufen. Bis jetzt.

Mit frisch gewaschenen Fingern konnte er ohne Bedenken zu seinem lederbezogenen Lenkrad zurückkehren.

Zwei

Der Mann mit den gepflegten Händen streifte den Siegelring ab und griff zu den bereitliegenden Einweghandschuhen. Er pellte das feine Gummi sorgfältig über jeden einzelnen Finger. Dann legte er frisches Papier in den Drucker und drückte auf der Computertastatur die Enter-Taste. Kurz darauf griff er spurenfrei zu den beiden ausgedruckten Briefbögen und begann zu lesen. Noch war er nicht ganz zufrieden, verbesserte handschriftlich hier und da. Er war es gewohnt, genau und mit Bedacht zu formulieren. Auch zwischen den Zeilen. Niemand würde merken, dass er in eine Rolle schlüpfte, in die Rolle des echten Täters, der für den Adressaten so zum vermeintlichen Dieb wurde. Niemand würde wissen, dass er einst Nutznießer der Tat war und nur dadurch mit Detailkenntnissen genügend überzeugen konnte, um Angst und Schrecken zu erzeugen und sein Ziel zu erreichen. Dies war ein Notfall. Er brauchte Geld.

Sehr geehrter Herr Plaschke,
ich habe mir Ihren Namen genau gemerkt, damals. Einen Wachmann in der Nähe eines Schaltkastens, der einen Schlüssel mit rotem Plastikanhänger immer und immer wieder durch die Finger gleiten lässt, an den erinnert man sich bei besonderen Gelegenheiten. Ich erzähle Ihnen jetzt eine unglaubliche Geschichte, die Sie mit großem Interesse lesen werden.

Stellen Sie sich vor, es ist ein Arbeitstag wie jeder andere im September 1989. Sie haben Dienst in den Räumen der Nationalgalerie im Schloss Charlottenburg in Berlin. Sie befinden sich in der Nähe des Saales der Romantiker. Wahrscheinlich kennen Sie die Gemälde auswendig, wissen genau, wo welches hängt, vielleicht taxieren Sie gerade gelangweilt den x-ten Besucher des Tages von oben bis unten. Trägt er geputzte Schuhe, hat er einen ordentlichen Haarschnitt? Nein, Sie schauen zur Uhr. Nur noch eine halbe Stunde, dann dürfen Sie diese ange-

staubten alten Schinken verlassen und endlich die platt getretenen Füße pflegen.
Kaum noch Besucher im Haus. Da wird ein Rollstuhlfahrer an Ihnen vorbeigeschoben. Offensichtlich ein körperbehinderter Mann mit einer spastischen Lähmung. Verdrehte Gliedmaßen, verzerrtes Gesicht, ein Speichelfaden hängt zitternd vom Kinn. Die Begleitperson, die den Rolli schiebt, lächelt liebevoll. Arme Sau, denken Sie sich, und was koche ich heute Abend?
Wissen Sie, es war so einfach, dass wir es nicht fassen konnten. Gut, von den Bauarbeiten wussten wir und hatten uns gedacht, alles wird improvisiert. Wir rollten zu dem »Armen Poeten« (passend zur armen Sau, haha), mein Kollege nahm das Bild von der Wand. Ich war mit allen Muskelfasern startklar, um aus dem Raum zu spurten, wenn der Alarm losgeht. Und? Kein Alarm, keine aufgeregten Schritte, nichts.
Wir konnten das nicht begreifen. Wirklich kein Saft im Alarmdraht! In aller Seelenruhe schnitten wir die Leinwand aus dem Rahmen, den wir ordnungsgemäß wieder aufhängten. Und weil es so schön funktionierte, ritzten wir den »Liebesbrief« daneben auch noch aus dem Rahmen. Ich verstaute die Bilder unter meiner Decke, der karierten Decke, die die nutzlosen Beine des armen Krüppels wärmten. So gelassen, wie wir das Gebäude betreten und durchquert hatten, verließen wir es auch wieder. Sie, Herr Plaschke, saßen auf einem Stuhl zwischen zwei Räumen, spielten geistesabwesend mit dem Schlüssel, Ihr Namensschild in meiner Sichthöhe. Plaschke. Habe ich mir später notiert. Den Rollstuhl ließen wir als Andenken zurück. Wissen Sie noch? »Null Problemo« stand auf dem Aufkleber auf der Rückenlehne. Passend, nicht?
Sicherlich wäre es Ihnen heute noch peinlich, wenn die ganze Geschichte an die Öffentlichkeit gelangen würde. Die Bild-Zeitung zahlt Höchstpreise für so eine Story. Schlamperei ohne Ende. Ich habe lange gebraucht, um zu kapieren, warum der Alarm nicht funktionierte. Sie haben schlicht und einfach schon vor Feierabend die Anlage ausgeschaltet, damit das Putzschwader nicht versehentlich einen Großeinsatz auslöst. Erst als klar war, dass die beiden Sahnehäubchen fehlten, haben sie die

Anlage klammheimlich wieder aktiviert, richtig? Höllenlärm, Aufregung, Bilder futsch.

Wie würde es Ihnen gefallen, jetzt, nach siebzehn Jahren, für so viel Blödheit in den Knast zu wandern und wegen Schadenersatzforderungen belangt zu werden? Sie haben die Wahl: Entweder Sie zahlen ein, sagen wir angemessenes Lösegeld, oder Sie wandern nach Moabit hinter Gitter. Wenn es Ihnen an Kohle oder Fantasie fehlt, dann fragen Sie doch Ihre Vorgesetzten. Für die wäre eine Veröffentlichung ein Feuerstuhl. Weg vom Amt. Bei der Aufgabe versagt. Aus, rausgeschmissen in Schimpf und Schande. Die legen bestimmt noch was dazu.

Unterhalten wir uns doch heute über eines der Bilder. Der »Poet« hat lange genug geschlummert. Es geht ihm gut, danke der Nachfrage. Anbei eine Leinwandprobe, die Sie gerne prüfen lassen dürfen, und ein nettes Foto mit einer aktuellen Zeitung im Hintergrund.

Ich kriege einhunderttausend Euro in kleinen Scheinen von Ihnen, und im Gegenzug werden Sie garantiert nicht berühmt. Sie werden nicht bekannt, weil das verloren geglaubte Bild wieder aufgetaucht ist, sondern Ihnen bleibt Ihre Ruhe, weil es verschwindet. Für immer! Sie glauben mir nicht? Doch, ich bin bereit, Ihnen ein ordentliches Stück Leinwand in filigranen Fetzen zu geben. Dann sind wir beide sicher, dass niemand das Bild je verwerten kann. Wir beide auch nicht.

Ist das ein Deal? Der beste. Folgen Sie meinen Anweisungen ohne die kleinste Abweichung. Noch glänzt der »Arme Poet« in makellosem Zustand.

Reisen Sie schleunigst in den äußersten Westen der Republik. Sobald Sie vor Ort sind, geben Sie im Weseler Regionalteil der WAZ eine Anzeige auf. Stichwort: »Wiedervereinigung kurz vor der Vollendung.«

Wenn ich diesen Wortlaut entdecke, melde ich mich auf Ihrem Handy und gebe Ihnen eine Telefonnummer durch. So werden wir sporadisch in Kontakt bleiben.

Woher ich Ihre Nummer habe? Es gibt kaum noch Geheimnisse im Zeitalter des Internets. Herr Plaschke, ich weiß mehr über Sie, als Sie ahnen.

Falls Sie mein Schreiben ignorieren, reagiere ich auf mehreren Ebenen. Ich werde umgehend Ihre Chefetage informieren. Sie wissen, was das bedeutet. Sie wissen auch, dass die Spezialisten für Kunstraub jahrelang an solchen Fällen arbeiten und schonungslos Hintergründe aufdecken. Außerdem informiere ich die Staatsanwaltschaft in Berlin. Den Rest können Sie sich denken.
Sie haben die Wahl, Herr Plaschke. Aber, null Problemo, Sie werden sich richtig entscheiden.
Die arme Sau

Der Mann besserte den Briefentwurf aus, bevor er ihn erneut speicherte. Der Ausdruck mit den schriftlichen Anmerkungen landete in den scharfen Klingen des Aktenvernichters. Dann tat der Drucker ein weiteres Mal seinen Dienst. Zufrieden schaute der Mann auf das Ergebnis. Die Hände in den Einweghandschuhen falteten den Brief, der an die Verwaltung der Nationalgalerie in Berlin adressiert war. An Matthias Plaschke, tätig im Schloss Charlottenburg. Persönlich. Den Brief an seine Arbeitsstelle zu schicken, würde den Druck noch erhöhen. Plaschke wäre fertig, wenn etwas herauskäme, fristlos entlassen und ohne Pensionsanspruch. Alles kaputt. Das würde der nie riskieren, und deshalb würde er bezahlen. Der Mann war sich sicher, sein Plan war klug, und er schnaubte verächtlich, als er an diesen kleingeistigen Aufseher dachte.

Feinsäuberlich nahmen die eingehüllten Finger einen schmalen, knapp drei Zentimeter langen Streifen Leinwand aus einer Pappschachtel und klebten ihn mit Tesafilm auf die Rückseite eines Polaroidfotos. Beides, Brief und Foto, wurde in ein Kuvert geschoben, sorgfältig selbstklebend verschlossen und ausreichend frankiert, ebenfalls selbstklebend. Eine praktische Erfindung, die keine Spuren hinterließ. Der Brief verschwand in einer Jackentasche.

Der Drucker produzierte eine zweite Version. Natürlich nicht für den Staatsanwalt, das war nur eine Drohung gewesen. Der Mann würde nichts tun, was möglicherweise seine eigene Identität zum Vorschein brachte. Ein offizieller Strafverfolger für eine Tat, die so viele Jahre zurückliegt und die keinen Polizisten interessierte, der nicht zur Fahndung verpflichtet war, hatte ihm noch gefehlt.

Nein, der Mann wusste, dass die Fahnder diese Art von Verbrechen am liebsten vergaßen und nicht besonders ernst nahmen. Der fanatische Sammler, der auf Bestellung stehlen lässt, war eine nicht totzukriegende Legende. Darum stellten sie ihre Ermittlungen bei Kunstdiebstahl glücklicherweise immer recht bald ein und überließen den Versicherungsdetektiven die Arbeit. Die wiederum wollten nur für möglichst wenig Geld das Kunstwerk wieder zurücktauschen, und sie mochten es gar nicht, wenn die Polizei weiter mitmischte. Ein Geschäft, nicht mehr. Und auf Geschäfte verstehe ich mich, dachte der Mann, der doppelt kassieren wollte, ohne schlechtes Gewissen. Was interessierte ihn der dumme Plaschke, und die Versicherung war sowieso reich genug. Er adressierte den zweiten Brief an eine Berliner Versicherung, an einen ganz bestimmten Namen, und fügte dem Text hinzu, dass man sich finanziell einigen könnte. Ware gegen Geld. Die zweite Person sollte über die Konkurrenz informiert sein. Es würde den Ergeiz anstacheln, das Bild in Gefahr zu wissen.

Der Mann belächelte seinen raffinierten Schachzug und streifte die Handschuhe ab. Seine schweißfeuchten Finger stanken penetrant nach Latex. Widerlich. Den USB-Stick, auf dem er die Briefe gespeichert hatte, zog er aus dem Laptop und ließ ihn in einer Schutzbox verschwinden.

Er mied in diesem Fall die Post, fuhr lieber zu einem Versender, wo er ganz sicher unbekannt war und der gegen einen ordentlichen Aufpreis Sonntagszustellung und persönliche Übergabe garantierte. Er hatte nichts dem Zufall überlassen, sondern im Internet sorgfältig überprüft, wer ihm diese Dienstleistung bot, und war schließlich zu seinem Erstaunen in einem Kiosk fündig geworden, der für einen bundesweit tätigen Brief- und Paketlogistiker Sendungen annahm. Und der nicht auf Personalienfeststellung pochen würde, sodass ein Fantasieabsender genügte.

»Persönlich beim Adressaten abliefern«, bestätigte ihm die eifrige Bedienung. Pünktlich. Gut. Er würde nie wieder diese Klitsche betreten.

Matthias Plaschke nahm die sommerliche Atmosphäre unter den alten Kastanienbäumen nicht wahr. Er saß am Ende eines Klapptisches auf dem zigmal lackierten Klappstuhl, blickte gleichgültig auf die bunte Biergartenbeleuchtung und die Menschen um ihn herum, die sich in der lauen Abendluft amüsierten.

Für ihn existierte momentan nur sein Problem. Wie ein Traumwandler war er zur »Luise« gelangt, hatte die U-Bahn bis Dahlem-Dorf genommen. Im Biergarten in der Königin-Luise-Straße unter dem mächtigen alten Baumbestand konnte er sicher sein, dass ihn kein Bekannter belästigen würde. Außerdem gab es am Rande ein ungestörtes Plätzchen, das er gerade in diesem Moment zu schätzen wusste. Plaschkes Innentasche in seiner abgewetzten Jacke brannte heiß und ließ die Schweißflecken unter seinen Achseln peinlich anwachsen. Den ganzen Nachmittag lang hatte er nichts anderes geschafft, als dem brennenden Gefühl nachzuspüren, das der Brief hinterließ. Irgendjemand wusste ganz genau, was damals abgelaufen war, wo er gesessen hatte, wie nachlässig er gehandelt hatte. Irgendein Drecksack hatte ihn in der Hand. So kurz vor seiner Rente. Zwei Stunden vor Dienstschluss hatte er sich krankgemeldet und war durch die Stadt gelaufen. Gedanken ordnen. Er wurde mit seinen eigenen Unzulänglichkeiten erpresst. Hunderttausend Euro. Wo sollte er die hernehmen?

Klar, da war die Lebensversicherung, die er in ein paar Jahren mit seiner Doris verjuckeln wollte. Doris. Die wusste von nichts. Schließlich kannten sie sich erst seit zehn Jahren. Von der unrühmlichen Geschichte mit dem Kunstraub, damals, 1989, hatte er ihr nie erzählt. Warum auch? Sie hatten eine prima Zeit miteinander, wollten ihren Lebensabend auf Mallorca verbringen, immer Sonne, sanftes Mittelmeerklima. Raus aus diesem Kreuzberg, das seit der Wende nicht mehr das Alte war. Und jetzt schlug das Schicksal zu. Doris durfte auf keinen Fall etwas erfahren.

Er musste handeln, er musste diesen Erpresser stoppen, der ihn, seinen Frieden und seine Existenz bedrohte. Zur Polizei gehen konnte er nicht, dann würde die alte Sache auffliegen, mit allen Konsequenzen für eine fristlose Entlassung. Pension weg, seine Lebensgrundlage würde bersten und Doris ihn garantiert verlassen. Er musste etwas tun. Nur was?

Gegen Abend hatte er eine Berliner Weiße in diesem Biergarten getrunken, und nach der zweiten sprudelte die hoffentlich rettende Idee durch sein Hirn. Der Versicherungsagent, der damals den Fall bearbeitet hatte. Der Name. Plaschke brauchte den Namen. Steinmann oder so. Großspurig hatte der von organisiertem Verbrechen gesprochen, mit seinen Erfolgen bei Verhandlungen mit der Unterwelt geprahlt. In Gesprächen mit dem Kurator offen darüber geredet, man könne die Polizei auch außen vor lassen. Um das Bild nicht zu gefährden. Die seien zu allem fähig. Kein Respekt vor Kulturgütern. Er hatte seine Dienste als Unterhändler angeboten. Von Lösegeld sprach der nie, das wollten die Versicherungen nicht hören. Aber »Belohnungen« gab es für Informationen, die dazu führten, dass gestohlene Kunstgegenstände unversehrt »aufgefunden« wurden, hatte er erzählt. Das war einer, den man nicht vergisst. Dieser Versicherungsagent wollte nicht nur einen Fall zu Ende bringen. Der wollte Kulturgüter retten. »Der Welt zurückgeben, was Teil ihrer zivilisatorischen Geschichte ist.« So geschraubt hatte der sich ausgedrückt und sich nicht beirren lassen. Ein Fanatiker, fand Plaschke damals.

Noch etwas anderes an ihm war unverkennbar. Der Agent war kein Berliner, das wusste Plaschke genau. Merkwürdiger Dialekt. Aber die Versicherungsfirma, für die er tätig war, hatte ihren Sitz in der Hauptstadt. Der Mann hatte jedenfalls davon gesprochen, öfter in Berlin über ein paar Wochen zu leben.

Wenn man lange genug grübelt, fällt einem alles wieder ein, besonders bei solch einem Typen. Die Grübelphasen verlängern sich nur mit zunehmendem Alter. Nauenstein, der clevere Harald Nauenstein. »Das ist er«, sagte Plaschke laut und einvernehmlich in den Biergarten. Seine Visitenkarte musste hinten in der Schreibtischschublade zwischen den anderen Karten liegen, die sich im Laufe der Zeit angesammelt hatten. Der Wirt kam, weil er Plaschkes Ausruf gehört hatte. Der zahlte schweigend, ging und fuhr nach Hause.

Die Tür in dem hohen alten Hausflur würde quietschen, wenn er sie weit aufsperrte. Vorsichtig zwängte er sich durch die Enge des halb geöffneten Eingangs. Doris schlief schon. Zum Glück. Er zog die Schuhe aus. Die alten Dielen im langen Flur knarrten trotzdem unter seinen Füßen. Er hielt kurz inne. Nichts zu hören. Hinten links war sein Refugium. Er tastete nach dem Lichtschalter und schloss lautlos die Tür hinter sich. In seinem Arbeitszimmer stapelten sich Bücher und Papiere, Träume und unerledigte Widrigkeiten, die Regale waren hoffnungslos überfüllt. Die einzige freie Wand war gepflastert mit Postern von Sonderausstellungen der Nationalgalerie. Doris meckerte immer wieder über seine düstere »Müllhalde«, die sie eines Tages aus dem Fenster werfen würde.

Die Schublade des Schreibtisches zog er behutsam heraus, trug sie mit beiden Händen zum alten Sofa, setzte sich neben diesen bunt gefüllten Kasten. Ganz hinten, unter den alten Postkarten, zwischen den Stadtplänen und Wanderkarten aus Mallorca und unter den entwerteten Konzertkarten von Pink Floyds »The Wall«, dieser gigantischen Vorstellung nach dem Mauerfall, lagen mit einem brüchigen Gummiband zusammengehaltene Visitenkarten. Kleinstikonen der Eitelkeit. Mittendrin fand er sie, edel erhaben auf marmoriertem Untergrund gedruckt. Harald Nauenstein, Versicherungsagent, dienstlich und privat.

Die Tür ging auf, und Doris blinzelte im verknautschten Nachthemd ins Licht.

»Komm schlafen, sonst biste morgen wieder nicht zu genießen.«

Plaschke sprang auf.

»Lass det ma meine Sorje sein. Muss noch ma weg.«

Er ließ sie verdutzt stehen. Ärger würde es geben, da war er sich in diesem Moment sehr sicher.

Das nächste öffentliche Telefon um die Ecke entpuppte sich als hörerlose Ruine. Dann musste er eben zu Hotte ins »Yorckschlösschen«. Der würde ihn in Ruhe reden lassen. Hotte stellte nie so blöde Fragen wie Doris. Wo kommst du her? Was hast du gemacht? Wie viel hast du getrunken? Hotte war ein wahrer Freund. Plaschke hatte keine Augen für den schönen Altbau mit dem auffällig ausgebauten Dachgeschoss an der Ecke Yorck- und Hornstraße. Er bemerkte auch die seit dreißig Jahren nur im Dunkelheitsgrad veränderten Brauntöne und die dicke Nikotinschicht an den Wänden nicht. Er dachte nicht an die gute und preiswerte Hausmarke für den Kiezadel, das Tannhäuser Bier, und er suchte auch nicht die Gemütlichkeit der plüschigen Sofas. Plaschke schätzte in seiner Situation einzig das verwinkelte Innere der Kneipe mit ihren ruhigeren Ecken. Hier ließ sich unbeobachtet und ungehört telefonieren. Er griff zum Handy.

Trotz der späten Stunde meldete sich Nauenstein forsch und munter. Plaschke legte los, als bestünde alte Vertrautheit zwischen ihnen. Nauenstein konnte ihn relativ schnell einordnen, den Diebstahl und dessen Fakten aus dem Gedächtnis rekapitulieren. Plaschke berichtete von dem Erpresserbrief, der ein Loch in seine Jacke brannte.

»Wat is nu, haben Se Interesse zu erfahren, wo der jute alte Spitzweg abjeblieben is, oder nich?«

»Herr Plaschke, ganz langsam, wir müssen uns der Sache umsichtig nähern und nichts überstürzen.«

»Sie haben jut reden. Wenn ick mir nich umjehend melde, bin ick meine Arbeit los und sitze hinter Jittern. Vierzigtausend fehlen mir noch, dann kann ick hin, da janz in den Westen, Momang, Ruhr, nee, an den Rhein. Ruhrgebiet, dat kenn ick noch, von wejen Fußballvereine und so. Aber wat so am Rhein is, ne, ick bin Berlina.«

»Da kenne ich mich ein wenig aus, beruflich. Wo, sagen Sie, hat er Sie hinzitiert?«

»Momang, da steht, ick soll 'ne Anzeige aufgeben im Regionalteil der WAZ. Aber die is groß, im Teil für den Kreis Wesel. Wesel – dat kenn ick nur von dem Esel, dat Echo, wissen Se. Keine Ahnung, wo dat jenau liecht und ob et da nen Landkreis jibt.«

»An den Niederrhein lockt er sie. Reizvolle Flussebene. Kulturell eher Provinz, aber einige wertvolle Highlights. Versteckte Perlen, wissen Sie? Das K20 in Düsseldorf, die Beuyssammlung in Schloss Moyland, das Otto-Pankok-Museum in Drevenack, das Preußen-Museum in Wesel, schon nett dort. Herr Plaschke, geben Sie mir bis morgen, sagen wir morgen Mittag Zeit, dann melde ich mich bei Ihnen. Irgendwie werden wir eine passable Lösung stricken. Schließlich liegt uns beiden viel am glimpflichen Ausgang der Geschichte, habe ich recht?«

Hatte er. Plaschke gab seine Handynummer durch. Erleichtert legte er auf. Erleichtert, weil ihm die goldene Lösung eingefallen war. Nauenstein würde ihm das Geld beschaffen, und gemeinsam würden sie dem Erpresser einen Handel abringen, bei dem der Erpresser Geld, er seine Freiheit und Nauenstein das Bild bekommen würde. So würden alle erhalten, was sie wollten. Plaschke lächelte, als ihn ein plötzliches Hochgefühl überkam.

Nauenstein drückte auf die Taste mit dem roten Hörer. Sein Audi TT schoss über die nächtlich leere Autobahn von Berlin in Richtung Nordrhein-Westfalen. Wunderbare Erfindungen, Rufumleitung und Freisprechanlage. Er konnte problemlos die Gespräche vom Festnetzanschluss fern von zu Hause annehmen, ohne dass sein Gesprächspartner wusste, wo er sich aufhielt.

Da war also noch jemand im Spiel. Als Unterhändler musste er auf alles gefasst sein, aber damit hatte er nicht gerechnet. Die Situation war offensichtlich unberechenbar. Wer weiß, auf wen er noch stoßen würde bei der Suche nach diesem prachtvollen Zeugnis der Malerei aus dem Biedermeier. Dieses kostbare Kleinod. So lange still verschollen und plötzlich wieder im Fokus.

Dieser Tölpel aus der Nationalgalerie, ausgerechnet der war involviert. Nichts war gefährlicher bei verdeckten Aktionen als Menschen, die um ihren Kopf fürchteten. Er würde mit fatalen Fehlern rechnen müssen. Am besten, der Mann würde Berlin gar nicht erst verlassen, und wenn doch, müsste er eine andere Lösung finden, um ihn rauszuhalten.

Dieses Gemälde wartete auf ihn, Harry Nauenstein. Auf niemanden sonst. Er würde es in Händen halten. Er kannte dieses prickelnde Gefühl. Stolz, Ruhm und Ehre. Ein Glas Sekt in der Chefetage, Belobigung vor versammelter Mannschaft und ein nicht zu verachtendes Honorar. Aber was gingen ihn diese großsprecherischen Kunstbanausen an, außer dass sie ihm Geld gaben? Wichtiges Kulturerbe würde er retten, ein berühmtes Bild dem Volk zurückgeben. Eine Vision, die ihm persönlich schon jetzt ein Hochgefühl verschaffte. Er hatte noch ein paar Stunden Zeit für praktische Lösungen.

Nauenstein konzentrierte sich auf die leere Autobahn und gab

Gas. Das Auto bot die reinste Freude. Nur noch fünfundvierzig Kilometer bis Dortmund. Er lag gut in der Zeit. Er würde durchs Ruhrgebiet jagen und weiter in die Landeshauptstadt fahren. Über Nacht würde er in Düsseldorf bleiben, in der Früh die Matisse-Ausstellung im K20 besuchen und danach ein stilvolles Hotel am Zielort aussuchen. Außergewöhnliche Aktionen verlangten nach außergewöhnlichem Ambiente.

Drei

In den letzten Wochen hatten sie durch ihre Aufträge Orte kennengelernt, deren Existenz ihnen bisher verborgen geblieben war. Eine recht umfangreiche Anfrage erreichte das Trio aus Bislich-Büschken. Gesthuysen hatte die Auftragsbeschreibung auf der Liste bereits durchgestrichen und behauptete vehement, sie seien mit Mann und Möglichkeit restlos überfordert und dürften so etwas Umfangreiches nicht annehmen. Kurz bevor der Disput darüber in eine kritische Phase abdriftete, zückte Heinz-Hermann sein Handy, rief bei der angegebenen Telefonnummer an und erkundigte sich konkret. Nach erneuter Diskussion, eins zu null für Klausi, da noch eine Runde nötig war, überstimmten sie Gesthuysen, der zähneknirschend aufgab.

Auf ihrer Suche nach der Straße mit dem poetischen Namen Himmelsstiege passierten sie die Reeser Landstraße, fuhren am Weseler Ortsteil Feldmark vorbei und durchquerten Flüren. Danach ging es über Land, bis das Dorf Bislich in Sicht kam. Heinz-Hermann, überzeugt von seiner Ortskenntnis, fuhr über die Bislicher Straße in die Mühlenfeldstraße, bog links in die Dorfstraße und stoppte an der Kirche. Er wusste nicht weiter. Nach längerer Diskussion ließ er sich davon überzeugen, dass Büschken wie ein eigenes Dörfchen, aber ein Ortsteil von Bislich und linker Hand über den Deich zu finden war. Hinter Marwick durchquerten sie endlich die idyllische, aufgeräumte Siedlung. Befremdlich wirkte nur das Bild eines lebensecht dargestellten Flugsauriers auf einer der älteren Fassaden. Vor dem Haus lümmelten zwei stämmige Männer mit verschränkten Armen auf einem Mäuerchen. Gegenüber baumelte eine Ferrarifahne aus dem Dachfenster. Alfons erinnerte sich vage an Zeitungsberichte.

»Sagt mal, ist hier nicht vor Kurzem jemand ermordet worden?«

»Tja, das war eine Geschichte, sag ich euch. Das Ekel der Siedlung lag tot in seinem Vorgarten. Am Ende wurde eine Frau überführt, von der man nie gedacht hätte, dass sie's getan hat. Da, neben der Fahne, da ist es.«

In dem Einfamilienhaus sollte das bereits ausgebaute, jedoch unbewohnte Dachgeschoss wieder in ein nutzbares Apartment verwandelt werden. Die Hausbesitzerin Johanna Krafft, eine muntere, freundliche Frau in ihrer Altersklasse, führte das O.P.A.-Trio durch ein ordentliches Haus mit warmer Atmosphäre zum Wirkungsfeld.

»Wissen Sie, es sammelt sich einfach so viel an im Laufe der Zeit. Meine Tochter hat hier gelebt, als sie noch in der Ausbildung war. Sie kennen das ganz gewiss. Kinder ziehen aus, und uns bleibt der Platz, um ihn mit Erinnerungen zuzustellen, von denen man sich nur schwer trennen kann.«

Vor der Wohnungstür zum Dachgeschoss machte sie kurz halt, wandte sich den dreien zu. »Ich warne Sie, meine Herren, es sieht wirklich wüst aus.«

Mit einem Seitenblick auf Gesthuysen antwortete Alfons ruhig und höflich: »Keine Sorge, Frau Krafft. Wir sind da einiges gewohnt. So arg wird es schon nicht sein.«

Kein Staub, kein Dreck, kein Durcheinander, nur ein Wust aus tausend Dingen, teilweise bereits geordnet, zusammengestellt, gestapelt. Kleidersäcke lagen aufeinander, alte Skiausrüstungen, Tennisschläger, Holzrahmen mit massiven Griffen, ein Hometrainer mit altertümlichem Tachometer, ein halb fertig geknüpfter Teppich in einer Plastikrolle.

»Den hatte meine Tochter mir nach dem Tod meines Mannes geschenkt, damit ich etwas zur Ablenkung hätte. Das war lieb gemeint, bloß, dieses Fädchen-für-Fädchen wurde einfach nicht zu meinem Hobby. Viel zu eintönig.«

Johanna Krafft wies auf einige Leinwände, die an ein Sideboard aus den Sechzigern gelehnt waren.

»Damit probierte ich es als Nächstes. Ölmalerei. Furchtbar, diese Zwangskreativität, sage ich Ihnen. Dazu fehlt es mir schlicht an Fantasie. Ich habe hier oben tagelang vorgearbeitet, damit es einigermaßen erträglich für Sie ist, meine Herren. Das hier kann alles weg. Egal ob Trödel, Altkleidersammlung oder Müllhalde, Hauptsache, dieser Raum wird wieder bewohnbar. Wir müssen noch was

Organisatorisches klären. Wie sagten Sie im Vorgespräch? Sie arbeiten halbtags, morgens bis mittags?«

Alfons nickte. »Wie Sie unschwer erkennen, befinden wir uns bereits jenseits des gesetzlichen Rentenalters und wollen eben nicht den ganzen Tag dem Müßiggang frönen, aber uns auch nicht total verausgaben. Von acht bis dreizehn Uhr sind wir im Einsatz. Ist das ein Problem für Sie, oder stehen Sie unter zeitlichem Druck? Dann müssen wir noch einmal alles durchsprechen.«

»Um Gottes willen, nein, so war das nicht gemeint. Seien Sie auf ein zweites Frühstück um elf vorbereitet, solange Sie hier zu tun haben. Das berühmte »Elf-Ührken«, diese Handwerkerpause, die Kioskbesitzer und Bäckereien so lieben, kennen Sie doch bestimmt. Ganztags wäre noch Zeit für ein Mittagessen geblieben.«

Was sollte an diesem Auftrag nicht stimmen? Sie verabredeten sich für den nächsten Tag. Johanna Krafft begleitete sie zum Gartentor. Ein Polizeiwagen hielt vor dem Haus. Gesthuysen verschwand blitzschnell hinter Heinz-Hermanns breiten Schultern. Ihre Auftraggeberin winkte der jungen Frau zu, die sich beim Fahrer bedankte und flott ausstieg. Johanna Krafft sah sich zu einer Erklärung genötigt.

»Meine Herren, das ist meine Tochter Karin Krafft. Sie ist Hauptkommissarin in Wesel. Sie hat auch den Mord an unserem Nachbarn aufgeklärt. Furchtbare Geschichte im letzten Jahr, haben Sie bestimmt von gelesen. Gleich nebenan ist es passiert.«

Sie wandte sich ihrer Tochter zu.

»Tag, meine Gute. Na, ist dein Auto noch immer in der Werkstatt?«

»Frag besser nicht. Die kriegen einfach nicht heraus, wieso das Dach undicht ist. Und diesen arroganten Werkstattmeister habe ich gefressen. Da fragt der doch, ob das Auto meinem Freund gehört! In seiner Wahrnehmung fahren Frauen wohl keine schnittigen, sondern nur süße, kleine Cabriolets. Wenn doch, sind sie naiv und dumm. Als Nächstes meinte er tatsächlich, es sei ja Sommer, vielleicht sei der Innenraum feucht, weil ich vergessen hätte, das Verdeck zu schließen. Dem habe ich dermaßen Bescheid gesagt, dass seinem Lehrling ein Schraubenschlüssel aus der Hand fiel. Der Kollege Werner von der Wache war so nett, mich mitzunehmen. Du hast Besuch?«

»Darf ich dir die Herren vorstellen, die mein Dachgeschoss wieder herrichten. Das hier ist Herr Mackedei, dahinter Herr Trüttgen und – wie war Ihr Name noch?«
Gesthuysen blickte halb hinter dem Bollwerk Trüttgen hervor und murmelte seinen Namen. Karin Krafft horchte auf, kam näher und blickte ihn unvermittelt an.
»Soso, Sie arbeiten also inzwischen in Wesel, Herr Gesthuysen?«
Gebeugte Zustimmung in heiserem C-Dur.
»Dann wissen Sie jetzt bestimmt auch, bei wem Sie hier arbeiten werden?«
Diesmal nickte er nur. Alfons und Heinz-Hermann sahen sich verwundert an.

Das Trio verabschiedete sich, stieg schweigend in den Transporter, fuhr stur geradeaus blickend am Diersfordter Wald entlang und vorbei an der Grav-Insel in Richtung Wesel. Vor Flüren sprudelte es nur so aus Gesthuysen heraus: »Ist ja schon gut, ich erzähl es euch. Ja, ich kenne die Kommissarin. Hatte vor zwei Jahren mit ihr zu tun. Da hat mich so eine durchgeknallte Tussi angezeigt, weil sie sich doch tatsächlich von mir bedroht fühlte. Klar gefiel mir die Alte, und ich wollte bei ihr landen, also hab ich mein übliches Programm durchgezogen.«

Alfons stöhnte auf, weil er sich das lebhaft vorstellen konnte.
»Da zeigt die mich doch an wegen Belästigung und Nötigung! Anzeige, Vernehmung und so weiter. Wochen später, alles lief wieder bestens, das Verfahren ließ auf sich warten, da überfällt jemand die Alte. Wen hatten die zuerst auf dem Kieker? Mich. Die Kommissarin hat versucht, mich auseinanderzunehmen. Junges, flaches Gemüse, gar nicht mein Typ. Ich mag ja mehr die Drallen. Aber der hab ich gezeigt, wer ich bin. Zwei Tage in U-Haft. Schließlich mussten sie mich laufen lassen. Zwei Wochen später wurde der Ex verhaftet. Meint ihr, da hätte sich irgendjemand bei mir entschuldigt? Nix.«

Schweigend ging es am Restaurant »ART« vorbei. Alfons wurde direkt.
»Gesthuysen, Butter zu den Fischen: Bist du vorbestraft?«
Die berühmte gemurmelte Zustimmung huschte durch den Innenraum.

»Weswegen?«
»Lauter Kleinkram. Ladendiebstahl, Schwarzfahren.«
»Und? Noch was?«
»Nee, ehrlich. Das eine oder andere Mal musste ich zwar zur Wache, bin aber für nichts verurteilt worden, echt. Außerdem ist das schon länger her, dass meine Nachbarin die Einladung zum Bierchen falsch verstanden hat.«

Heinz-Hermann hakte nach: »Immer Ärger auf dem gleichen Kanal. Deshalb wolltest du nicht mitmachen in Büschken, stimmt's? Du wusstest, wessen Haus das ist. Du erinnerst dich hoffentlich lebhaft an unsere Spielregeln?«

»Klar doch, keine Frage.«

»Die sind hiermit erweitert auf alle Formen von Straftaten im weitesten Sinne. Wenn du einen silbernen Löffel auch nur anschaust oder wenn du irgendeiner Frau zu nahe kommst, versenke ich dich mit einbetonierten Füßen im Hafenbecken. Auch klar?«

»Natürlich, aber ich weiß gar nicht, was ihr habt. Ich war doch unschuldig.«

Alfons drehte sich zu ihm um.

»Es mag sein, dass du mit deinem geschmacklosen Balzverhalten zu neunundneunzig Prozent ungeschoren davonkommst. Fakt ist, dass du dich Frauen gegenüber einfach nur schlecht benimmst. Je hübscher sie sind, desto schlechter. Ich kann Heinz-Hermann nur unterstützen. Ich glaube daran, dass wir ein gutes Team sind. Also, mach du einen riesigen Bogen um jeden Ärger, solange wir zusammenarbeiten, dann kommen wir bestens miteinander aus.«

»Yes, Sir.«

Gar kein so hoffnungsloser Fall, dachte Alfons, während er ein leichtes Ziehen in der Schläfengegend spürte. Da könnte sich glatt eine ausgewachsene Migräne ankündigen.

Theresa riss die Augen fasziniert auf. Sie nutze die Erzählpause, um angesammeltes Staunen loszuwerden. »Wie, was, mein braver Opi

kennt 'ne richtige Hauptkommissarin? Noch dazu eine, die sich um Morde kümmert. Da bin ich baff. Hat die was mit diesen Briefen zu tun? Was war denn da bloß los? Los, erzähl jetzt weiter.«

Mit offener Ungeduld seiner Enkelin hatte Alfons nicht gerechnet. Ihm waren Zweifel gekommen, ob er so malerisch ausschmückend weitererzählen sollte. Die Geschichte entwickelte sich unversehens von einer persönlichen Episode zu einem richtigen Kriminalstück. Für Theresa wurde es jetzt erst richtig spannend. Wie hätte es auch anders sein können.

Alfons zögerte, dann fasste er einen Entschluss. Wenn man es genau nahm, war es nicht allein seine Geschichte, und er würde ihr nicht gerecht werden, wenn er sie nicht ganz erzählte, mit allen Verstrickungen.

»Ich kenne die Hauptkommissarin, richtig. Ich habe lange mit ihr geredet, als der Fall gelöst war. Nein, beendet war. Gelöst habe ich ihn für mich bis heute nicht. Karin Krafft hat mir aus ihrem Blickwinkel erzählt, wie sie in den Sog der Ereignisse gezogen wurde.

Unentrinnbar. Hör mir zu!«

Karin Krafft konnte nicht fassen, wer ihr gerade im Vorgarten ihrer Mutter begegnet war. Gesthuysen faszinierten krumme Dinger der kleinen Kategorie. Man konnte nie wissen, wann es ihn juckte.

»Weißt du eigentlich, was für einen Kerl du dir ins Haus geholt hast? Das ist ein mieser kleiner Charakter, der Gesthuysen.«

»So schlecht kann er gar nicht sein, sonst säße er hinter Gittern, oder? Das sind die Männer von der O.P.A.-Initiative, und die werden zu einem Superpreis oben Ordnung schaffen. Die anderen beiden machen einen soliden Eindruck. Die werden den schon im Griff haben. Ich vertrau denen, und nun lass gut sein.«

Karin kannte diese Situationen, die kein weiteres Argument duldeten. Johanna würde schon alles im Auge behalten.

»Erzähl lieber, wie dein Tag war.«

»Och, danke der Nachfrage. Viel Rennerei im Moment. Wir

müssen im Fall des Sexualstraftäters vom Niederrhein sämtlichen Hinweisen aus der Bevölkerung nachgehen. Der hat zwei Mädchen überfallen und übel zugerichtet. Eins in Kalkar, das nächste in Oberhausen. Ist mit dem Rad unterwegs. Wir sammeln Speichelproben für die DNA-Analyse. Manchmal ist das ganz dramatisch, weil die Leute aus allen Wolken fallen, wenn wir vor der Tür stehen.«

»Heißt das, jemand ruft bei euch an und sagt zum Beispiel, mein Nachbar sieht dem Phantombild ähnlich, und dann müsst ihr aufgrund dieser Aussage dahin fahren?«

»Genau. Die meisten Männer reagieren sehr verständnisvoll. Einige melden sich sogar freiwillig, weil eine gewisse Ähnlichkeit mit dem Phantombild besteht.«

Johanna Krafft beschäftigte sich mit der Zubereitung von Tee, während ihre Tochter am Küchentisch Platz nahm.

»Und sonst, wie geht es deinen Kollegen vom K1, besonders unserem schrillen Sorgenkind?«

»Den Nikolas Burmeester meinst du? Ich kann seinen Umzug kaum noch erwarten. So geht es auf keinen Fall weiter. Im Dienst ist der einfach nicht mehr zu gebrauchen. Wenn das so weitergeht, wird das nichts mit der Beförderung. Dabei könnte ich ihn gut gebrauchen, als rechte Hand.«

Johannas großmütterlicher Instinkt war geweckt. Jetzt wollte sie es genau wissen. »Ist es so schlimm geworden? Hat er keine Lust mehr auf den Polizistenberuf oder hat er allgemeinen Weltschmerz?«

Karin lachte leicht gequält auf. »Viel schlimmer. Seine esoterische Mutter setzt ihm dermaßen zu, dass er kaum noch zum Schlafen kommt. Seit Neuestem weckt sie ihn zu reinigenden nächtlichen Meditationen. Morgens hat der schon Sorge, dass er durch Klangschalenvibrationen aus dem Schlaf gerissen wird. Sie heftet ihm blauweiße Perlchen, das Auge der Fatima gegen den bösen Blick, in die Klamotten und steckt ihm Engelskarten in die Jackentaschen. Wirkt richtig professionell, wie er mit routiniertem Griff statt seines Dienstausweises eine Erzengelkarte zückt. Manchmal klemmen auch mehrere davon hinter seinem Scheibenwischer. Ständig kontrolliert sie ihn, bringt ihm frisch geschältes Gemüse ins

Präsidium und schleckt ihn zärtlich und distanzlos ab, wenn sie ihn erwischt.«

Johanna staunte wortlos.

»Die Härte ist, dass sie eine neue Richtung der Vervollkommnung erstrebt. Wenn sie nicht meditiert, stöhnt sie seit ein paar Wochen, weil sie durch eine Tantra-Ausbildung ihre sexuellen Energien konzentriert, um glücklicher und erfolgreicher zu werden. Die hat doch echt eine undichte Stelle. Burmeester läuft rum wie sein eigener Schatten. Der hält weniger Ausschau nach Verdächtigen als nach seiner Mutter. Wenn er könnte, würde er ihr ein Ticket nach Indien schenken, einfache Fahrt, versteht sich, und sie dort lebenslang im Ashram einmieten.«

Johanna Krafft hatte ihrer Tochter eine Tasse Tee hingestellt.

»Du kümmerst dich gut um deine Mitarbeiter, sie können sich auf dich verlassen. Finde ich gut. Die haben es schwer genug, und je ausgeglichener sie sind, desto besser arbeiten sie«, sagte sie.

Karin kannte die Lebensumstände ihrer Leute, wusste, welche Sorgen sie bedrückten. So war auch die Idee entstanden, ihren Kollegen Burmeester auf der Flucht vor seiner in esoterischen Grauzonen wandelnden Mutter zu unterstützen und ihn zunächst einmal hier in Büschken bei Johanna einziehen zu lassen. Auf eigenen Beinen, aber mit einem starken und zuverlässigen Schutzschild im Erdgeschoss. Oma statt Mutter sozusagen. Heute hatten sich die Frauen verabredet, um noch einmal die Sachen auf dem Dach durchzuschauen. Vielleicht würde Karin noch etwas behalten wollen. Schließlich waren Erinnerungen aus einer langjährigen Familienzeit nicht auf eine Person beschränkt.

Karin nutzte das Teeritual oft, um sich ihre Sorgen von der Seele zu reden. Der Tee kühlte mit Regelmäßigkeit in der dünnwandigen Tasse ab, und meistens ließ sie über die Hälfte stehen, aber das Ritual half immer.

»Ich gebe dir bewusst keine Ratschläge. Dann fühlst du dich nur bevormundet. Den eigenen Weg wählen und auch gehen, das war immer mein Grundsatz. Ich habe das Gefühl, er ist auch zu deinem geworden«, sagte Johanna vorsichtig und betrachtete mit mütterlichem Stolz das Profil ihrer Tochter.

»Wollen wir raufgehen? Maarten holt mich gegen acht ab, ich

habe keine Bereitschaft, und Moritz ist nach der Schule bei einem Freund. Wir zwei haben einen ganzen Nachmittag zum Stöbern. Toll, nicht?«

»Fein. Mein Henner bleibt heute in Xanten. Der ist ja so verständnisvoll. Ich soll dich schön grüßen. Komm, lass uns starten.«

Wie ein Luchs wachte Heinz-Hermann über jeden Schritt, den Gesthuysen in das Haus von Johanna Kraft setzte. Nach kurzer Zeit hätte er nicht mehr sagen können, ob die Observation der Verhütung von Unheil oder dem Ertappen eines Täters dienen sollte. Es wäre ihm ganz recht gewesen, den Kerl in flagranti zu erwischen. Dann wären die Fronten endlich geklärt. Es konnte doch nicht so schwer sein, Ersatz zu finden. Aber nein, Gesthuysen benahm sich vorbildlich wie ein Chorknabe, war fleißig, höflich und zuvorkommend und kündigte sogar seine Raucherpausen an.

Alfons schien beeindruckt, Heinz-Hermann blieb bei gesundem niederrheinischem Misstrauen.

»Vom Saulus zum Paulus über Nacht. Mit dem Programm kannste gut Geld machen. Ich glaub bloß nich dran.«

Sie schafften gut an diesem Nachmittag, brachten die Sachen zur Altkleidersammlung der Diakonie, bestückten das Möbellager an der Doelenstraße in Wesel, und schließlich hatte Gesthuysen eine wirklich gute Idee, eine mit gewissem Eigennutz, den ihm aber jeder gönnte.

»An der Grenzstraße bei uns gibt es eine Halle, da ist Trödelmarkt. Ich glaube, dienstags nachmittags und an Wochenenden. Da könnte ich doch versuchen, den übrigen Kram unters Volk zu bringen. Wir wären ihn los, und ich würde außerhalb unserer Arbeitszeiten und in Zivil noch ein paar Euros extra machen, von denen ihr nichts wisst. Wäre das was?«

Die Männer einigten sich auf die Weiterleitung der Gegenstände, die sonst zur Müllverbrennungsanlage Asdonkshof gebracht würden, in die Halle der Trödler nach Voerde. Gesthuysen organisierte bereits für das kommende Wochenende einen Stellplatz bei der munteren Trödlertruppe.

»Was, du willst in der Frühsommerwärme und in stehender Luft stundenlang im Gebäude des ehemaligen Baumarkts rumlungern? Da riecht es nach getragenen Kleidern, Staub, altem Leder und Bananenkisten mit Krempel, in denen Generationen von Besuchern gewühlt und nichts gefunden haben!«, krakeelte Alfons entsetzt.

Gesthuysen blieb unbeeindruckt, und ausnahmsweise gesellte sich Heinz-Hermann auf seine Seite. »Du wirst nie zu der Familie der Sucher und Finder gehören. Da muss man Sinn für haben. Meine Tochter geht auch immer auf die Märkte und verkauft. Manchmal hat se Glück und macht gutes Geld, manchmal gibt se alles gleich wieder aus. Auf jeden Fall sammelt sich bei uns kein unnütz Zeug an, und se is beschäftigt«, dozierte der Alleskönner mit Expertenmiene.

Als die Dachwohnung in Büschken wieder begehbar war, wurde sichtbar, wie lange sie im Dornröschenschlaf verweilt hatte.

»Frau Krafft, wenn Sie mich fragen, also, ein Eimer Farbe wär nicht schlecht, und die Heizkörper könnten auch neuen Lack gebrauchen.«

Fachmännisch strich Heinz-Hermann über die Fensterrahmen.

»Hier is auch Holland in Not.«

Johanna Krafft nickte, kräuselte jedoch die Stirn.

»Das verstehe ich alles, Herr Trüttgen. Das Problem ist nur, der junge Mann, der hier einziehen soll, sitzt auf gepackten Koffern. Heute ist Dienstag. Am Wochenende will er übersiedeln. Würden Sie eine Auftragserweiterung annehmen?«

»Muss ich mal ebkes den Kollegen fragen.«

Alfons zog den Kalender aus dem Latz seines Overalls.

»Eigentlich müssten wir ab Donnerstag in Wesel tätig werden. Was meinst du, Heinz-Hermann? Kriegen wir das hin?«

»Ja, dann müssten wir morgen aber alle ran.«

Alfons blickte auf seine Finger.

»Diese Hände haben noch nie einen Pinsel gehalten.«

»Bring ich dir bei. Und vielleicht kannst du ja mit dem nächsten

Kunden eine eintägige Verzögerung aushandeln, dann haben wir mehr Luft. Wäre das drin?«

»Kann ich mir nur schlecht vorstellen. Ich kenne den Auftraggeber aus dem Jachthafen. Soll ein ganz gradliniger sein, bei dem das Wort zählt. Ein pensionierter Bankdirektor, war früher oft in der Zeitung. Pingeliger Mann, sehr anspruchsvoll. Im »Kajütchen« hat er mich angesprochen auf das Unternehmen O.P.A. Er nannte sein Anliegen einen diskret zu behandelnden Auftrag. Ganz diskret! Klingt ein wenig geheimnisvoll, oder? Ich kann mit ihm über eine Vorbesichtigung reden und das allein am Donnerstag machen, dann könnt ihr hier fertig pinseln. Und notfalls biete ich ihm an, dass wir ausnahmsweise Freitagnachmittag anfangen. Morgen sind wir schlauer.«

Nach längerem Hin und Her einigten sich die Männer auf diese Lösung. Johanna Krafft war überglücklich und erhöhte die vereinbarte Tagespauschale um die Hälfte. Alfons lehnte dankend ab und riet ihr, den Betrag an eine wohltätige Organisation zu spenden. Sie versprach, daran zu denken.

Am darauffolgenden Tag lernte Alfons im Schnellkurs das Anstreichen, und während Heinz-Hermann hinter seinem Rücken die gröbsten Patzer überrollte, sinnierte er über die Unmengen von Geld, die er durch Eigenleistung im eigenen Heim hätte sparen können. Gesthuysen, ebenfalls feinmotorisch wenig talentiert, verkleckerte beachtliche Mengen zähen Fensterlacks und hinterließ auf jeder zweiten Treppenstufe ein Muster, dem sich Heinz-Hermann fluchend widmete, bevor Johanna Krafft es entdecken konnte.

»Ihr Helden der Arbeit, Aufpassen heißt das Zauberwort. Sorgfalt ist die halbe Miete, Können die andere Hälfte.«

Vier

Am nächsten Morgen schlug Alfons' Herz schneller, als er sich auf den Weg in das ebenso versteckt wie idyllisch liegende Anwesen von Bernhard Fallenahr machte. Er hatte sein Auto mithilfe seiner bayerischen Fährtensucherin von der Weseler Rheinaue aus über die Nordstraße gesteuert, war nach links auf die Emmericher Straße abgebogen, dann rechts am früheren Sportplatz vorbei, auf dem gerade der ewig diskutierte neue Supermarkt gebaut wurde, und weiter über die verkehrsberuhigte Konrad-Duden-Straße gefahren.

Hinter dem Schmuckstück von Lackhausen, dem liebevoll hergerichteten Tagungshotel »Haus Duden«, das einem Schloss im Kleinformat ähnelte und in dem niemand anderes als Konrad Duden aufgewachsen war, befand er sich in einer anderen Welt: Felder, Wiesen, Wald und Weite, hier und da kleine Anwesen und Alleen an schmalen Gehöftzufahrten. Mit zartem Surren pustete das Gebläse seines Wagens in Sekundenschnelle die beschlagene Scheibe frei. Alfons blickte in die graugrüne Landschaft. Er bewegte sich nun auf dem Molkereiweg, den er in Richtung einer baumbestandenen Straße mit dem hübschen Namen »Zu den vier Winden« wieder verließ. Dann ging es ein paar Nebenstraßen weiter, mal links, mal rechts und am Ende eine wunderbare Pappelallee entlang.

Ein paar Meter weiter auf der rechten Seite lag die verwinkelte Einfahrt von Bankdirektor Fallenahr in einer parkähnlichen Anlage, deren Gestaltung Reichtum und Luxus erahnen ließ. Das kunstgeschmiedete Eingangstor surrte wie von Geisterhand auf und gab die Auffahrt frei. Rhododendren bildeten den wuchtigen Rahmen für Rosenbeete, die mit niedrigen Buchsbaumhecken eingefasst waren. Das Haus selbst kam erst nach einer Doppelkurve der geradezu herrschaftlichen Auffahrt, begrenzt von saftigem Grün hoher Hortensien, ins Blickfeld. Ein nackter Diskuswerfer stand gebeugt zwischen Azaleen. In der Mitte der gepflasterten Zufahrt spuckte ein überdimensionaler Karpfen eine Wasserfontäne in ein Marmorbecken.

Fünf Stufen führten hinauf zum großzügigen, überdachten Entree mit einer massiven Haustür und vorbei an grimmig blickenden steinernen Löwen. Alfons betätigte die Türklingel. Es erklang aufdringlich die Tonfolge einer Opernarie. Überall das Besondere!

Der Hausherr sah sich zu einer Erklärung genötigt, als er die Tür öffnete und die staunenden Blicke seines Gastes wahrnahm.

»Man muss nicht immer den inneren Wert vor den äußeren stellen. Ich war stets für Bescheidenheit, aber beide Seiten können durchaus zusammentreffen, wenn man so wie ich Stil hat. Neider und Einbrecher hält die extra installierte Alarmanlage fern. Die ist jedoch nirgendwo an der Fassade zu bemerken. Gehen Sie schon vor ins Wohnzimmer, ich komme gleich.«

Der Mann, der dies sagte, trug eine dezente Stoffhose mit Bundfalten, ein Polohemd mit Reptil und ein Halstuch, locker bis ans Kinn gebunden. Schneeweiße Haare lagen streng zurückgekämmt, dicht an den Kopf frisiert. Mit selbstbewusster, weltmännischer Geste lud er in seinen Palast.

Alfons war beeindruckt und blickte sich anerkennend um. Das Wohnzimmer war ausgestattet mit Bauhausmöbeln, schlicht, funktional und mit ungeheurer Ausstrahlung. Seine Irene zu Hause liebte rustikale Eiche, und er hatte sich bei der Einrichtung nie durchsetzen können. Hier stand alles, was er schon als Student in der Bibliothek bewundert hatte, im Original. Da gab es tatsächlich eine Essgruppe von Frank Lloyd Wright, die tonnenförmigen Stühle mit den erhabenen, runden Sitzpolstern. Möbel von Mies van der Rohe erkannte er, sündhaft teure Barcelona-Sessel. Wagenfeldlampen und zwei Liegen von Le Corbusier. An der Wand über der Sitzrunde hingen, unverkennbar, zwei Gemälde von Wassily Kandinsky. Es roch nach Reichtum.

Während Alfons noch in ehrfürchtiger Betrachtung verweilte, betrat Fallenahr hinter ihm mit forschem Schritt den Raum. Beeindruckende Persönlichkeit, dachte Alfons. Von früher kannte er Fallenahr nur in schwarzem Anzug mit Designerkrawatte, passendem Einstecktuch in der Brusttasche und sündhaft teuren italienischen Slippern. Der fein gemachte große Junge, dem Muttern das komplette Ensemble einschließlich Söckchen jeden Morgen im Ankleidezimmer zurechtlegte, bevor der honorige Banker seinen Dienst antrat. So ging jedenfalls die Legende durch Wesel.

»Ich sehe schon, Sie sind ein Kenner«, begann Fallenahr. »Genauso habe ich Sie eingeschätzt. Halten Ihr Boot in Schuss, kennen viele Clubmitglieder, sind aber nur mit wenigen regelmäßig zusammen, kein Schwätzer oder Großmaul. Da sind ja seit Neuestem Subjekte dazugekommen, grauenhaft. Ich habe Sie in guter Erinnerung, Mackedei, deshalb war es mir sehr sympathisch, dass Sie diese Initiative gegründet haben und ich mich an Sie wenden kann. Um Wissen, Organisation und Diskretion geht es hier, verstehen Sie? Ihre Leute sind zuverlässig? Doch, doch, Sie arbeiten nur mit den Besten, nicht wahr? Wie wäre es mit einem Portwein? Ein Neunundsiebziger, edles Tröpfchen, sehr süffig und bekömmlich.«

Alfons ließ sich nicht zweimal fragen. Nicht alle Tage bot sich die Gelegenheit, in gediegenem Ambiente, von dem man selbst jahrzehntelang geträumt hatte, einen guten Tropfen zu genießen. Er hörte energische Schritte, Stöckelschuhe klackerten auf den Marmorfliesen der Diele, durch die geöffnete Tür sah er eine attraktive blonde Frau vorüberschreiten.

»Wie lautet der Auftrag für O.P.A., Herr Fallenahr?«

»Dazu kommen wir gleich. Lassen Sie sich erst mal dieses Tröpfchen durch die Kehle fließen. Wissen Sie, diese Sammlung moderner Möbelklassiker hier ist meine Leidenschaft. Seit der Scheidung von meiner ersten Frau habe ich systematisch angefangen, nur noch in diese Stilrichtung zu verhandeln. Davor gab es hier ein wildes Sammelsurium schwerer Möbel, eher antik und protzig. Ich glaube, ihr war egal, was ich nach Hause brachte. Wichtig war, dass es teuer aussah, und dann mischte sie hier die Stile zu einem neureichen Durcheinander. Allein der italienische Lüster – vierzigtausend Mark kostete der Glitzerkram einst, und die Handwerker aus Turin brauchten eine ganze Woche, um dieses Kunstwerk von Lampe zu montieren. Aber schön? Nein, eher nicht. Kein Händchen fürs Feine, wissen Sie! Es gibt Frauen, die zupfen kurz mit flinken Fingern an einem Blumenstrauß, und er ist schön. Die kombinieren Vase, Schale und Kerzenleuchter auf der Kommode, und es entsteht ein Stillleben. Sie hatte nichts davon, gar nichts, und meine geschäftlichen Beziehungen, die manchmal großzügige Geschenke anstelle von Barzahlung bevorzugten, brachten so viel wertvolles Material ins Haus. Vieles taugte eher für ein Museum. Perlen vor die Säue. Das bleibt unter uns, versteht sich.«

»Natürlich, Diskretion ist unser erster Grundsatz.«

Alfons wunderte sich zunächst über die Einzelheiten aus Fallenahrs Leben, erkannte aber bald das System, das dahinterstand. Er wurde hier zum Mitwisser von etwas Undurchsichtigem gemacht. Verwegene Geschäfte, die mit Naturalien vergoldet wurden und von denen kein Finanzamt etwas ahnte, dürften nicht zum täglichen Geschäft eines ehrenwerten Bankdirektors gehört haben.

»Achtundzwanzig Jahre hat mich ihre Geschmacklosigkeit angeödet. Aber bei meiner gesellschaftlichen Stellung musste ich das aushalten. Eine Trennung wäre töricht, ach was, ein Skandal gewesen. Jetzt, im Ruhestand, bin ich sie los. Ehevertrag, Sie verstehen, problemlose Scheidung. Erst wollte ich ihr die ganze Sammlung durch die Epochen hinterherwerfen. Dann fiel mir ein, ich könnte alles verkaufen und mir endlich das Haus bauen, das zu meinem Möbelgeschmack passt.«

Begeisterung durchzog sein Gesicht, seine Augen leuchteten auf, mit ausgestreckten Armen deutete er in den Raum. Durch das Fenster zum Garten sah Alfons die blonde Frau mit einer Gartenschere mehrere großblütige Rosen aus gepflegten Sträuchern schneiden. Goldene Armbänder hoben sich glänzend von der sorgfältig gebräunten Haut ab.

»Reiner Bauhausstil, Originalmaterialien, Farben wie in Dessau. Der Architekt kommt aus Amsterdam, ein international anerkannter Mann. Es war nicht schwer, ein entsprechendes Grundstück zu finden, hinten im Landschaftsschutzgebiet mit unverbaubarer Sicht. Ja, ich weiß, was Sie jetzt denken. Natürlich musste ich alte Beziehungen spielen lassen, damit es zu Bauland erklärt wurde. Geht doch alles, glauben Sie mir, drei Anrufe hat es mich gekostet, und die Sache war amtlich und unterzeichnet. Manchmal lohnt es sich noch Jahre später, wenn man Zahlen und Fakten in Erinnerung hat. Sollen die grünen Spinner doch dagegen anrennen. Ist mir völlig egal.«

Fallenahr trank hastig sein Glas leer und schenkte wortlos nach.

»Zur Auktion nach Nijmegen habe ich alles angemeldet, was in der ersten Etage und im Keller lagert. Wertvolle Dinge, aber ein bisschen wirr untergebracht. Nein, korrekt muss es heißen, ich habe einen größeren Posten angekündigt. Das Katalogisieren, Kennzeichnen und den Transport lege ich in Ihre Hände. In spätestens zwei Wochen muss alles in Holland sein. Für die Herbstauktion muss alles so früh vor Ort sein, damit Einladungen und Inventarlisten gedruckt werden können. Die Versicherung übernehme ich, da habe ich auch noch entsprechende Namen in meinem Kalender, darüber müssen Sie sich keine Gedanken machen.«

»Wir sind keine professionelle Spedition und verfügen nicht über entsprechendes Packmaterial.«

»Dachte ich mir, auch kein Problem. Was Sie brauchen, besorgen Sie sich auf meine Rechnung. Ich will vor allem absolute Diskretion und Leute, die wissen, was ich darunter verstehe, Leute wie Sie. Kommen Sie, wir gehen nach oben, und ich zeige Ihnen, worum es sich handelt.«

Im großzügig angelegten Treppenhaus zog auf dem Absatz das lebensgroße Porträt einer blonden Frau die Blicke auf sich, auf groß gemusterter, brauner, beige- und orangefarbener Tapete. Alfons glaubte, die Rosenpflückerin zu erkennen, stutzte beim näheren Hinschauen, entdeckte das Datum neben der Signatur. 1985, das konnte unmöglich die Frau sein, die nun unten im Entree die Rosen in eine Kristallvase drapierte. Fallenahr wies auf das Gemälde.

»Das geht auch weg. Meine Ex, Sie verstehen. Darf ich Ihnen bei der Gelegenheit meine Lebensgefährtin vorstellen? Schatz, schau doch mal kurz. Das ist Lou van Drehfeld. Reizend, nicht?«

Die Ähnlichkeit war frappierend. Alfons begriff, dass dieser Mann sich wie unser aller Kaiser Franz Beckenbauer eine jüngere Version seiner ersten Gattin zugelegt hatte. Ein Phänomen. Lou van Drehfeld genoss offensichtlich sein Vertrauen, konnte das Gespräch ungehindert verfolgen.

Hinter der Tür, die Fallenahr schwungvoll öffnete, tat sich eine gewaltige Sammlung von Gemälden und Antiquitäten auf. Alfons' Augen weiteten sich angesichts dieser geballten Werte. Tage zuvor hatte er Kisten zum Trödel gebracht, und nun befand er sich mitten in einer Schatzkammer. Längs der Wände standen aufwendig gearbeitete Biedermeierschränke, auf denen sich Krüge und Bleikristallgefäße aneinanderreihten. In zwei Vitrinen lagen Schnupftabakdosen, Pfeifen und Zigarettenetuis aus unterschiedlichen Epochen. Angelaufene silberne Kerzenleuchter und geschliffene Trinkgläser, Meißener Porzellanfiguren. Mit jedem Blick fiel Alfons eine andere Kostbarkeit ins Auge. Er war sprachlos.

»Mackedei, das ist noch nicht alles. Nebenan befinden sich die Orientteppiche aus Seide und Skulpturen. Den Überblick habe ich schon lange nicht mehr. Ich war wohl ein etwas zu leidenschaftlicher Sammler. Ich habe Aufkleber vom Auktionshaus bekommen, damit gekennzeichnet ist, was alles von mir kommt. Nummeriert aufkleben und in einer Liste neben der Nummer eine Kurzbezeichnung notieren, Glas, Vase, Porzellan und so weiter, die exakte Taxierung findet in Nijmegen statt. Vorsorglich werde ich den Transport mit anderthalb Millionen Euro versichern lassen. Nur damit Sie eine Hausnummer haben. Damit werde ich nicht nur mein Traumhaus bauen, sondern davon werde ich zusammen mit meinem Zuckerschnütchen verdammt gut leben.«

Das glaube ich gerne, dachte Alfons, dem nur noch eine Frage durch den Kopf ging.

»Alles Geschenke, sagen Sie?«

»Im weitesten Sinne ja. Man könnte manchmal auch von Zuwendungen von Geschäftspartnern sprechen, die gerade nicht flüssig waren oder nicht auf Konten oder beim Finanzamt auftauchen wollten. Ein weites Feld. Kritiker könnten auch ganz gemeine Begriffe für meine Sammlung finden, aber wenn jemand Ihnen gebratene Wachteln anbietet, werden Sie jede Currywurst links liegen lassen. Und wenn die Wachteln unter Naturschutz stehen, interessiert das Ihre Geschmacksknospen herzlich wenig. Vieles habe ich persönlich auf Reisen erworben. Nach dem Mauerfall ging es schließlich munter zu im Osten. Da habe ich investiert, bin persönlich voll ins Risiko gegangen, um meinen Teil zur Wiedervereinigung beizutragen, nicht als Banker. Was wäre denn aus dem Beitrittsgebiet geworden, wenn nicht Leute, die was von der Sache verstehen, Verantwortung übernommen hätten? Fakt ist, mir wurde manche Kostbarkeit angedient, und ich habe dafür hart gearbeitet. Erst fand ich die Sammleridee genial, doch mit Abstand betrachtet hat mich das meiste mein halbes Leben lang angeödet. Jetzt werfe ich Ballast ab. So, jetzt zeige ich Ihnen noch den Keller. Danach trinken wir auf unsere geschäftliche Verabredung. Ein bisschen Stil muss sein.«

Im Keller herrschte Chaos. Bei funzeliger Beleuchtung wurde nach oberflächlicher Betrachtung klar, dass hier abgelagerte Antiquitäten ein Dasein fern jeglicher Wertschätzung fristeten. Ein stumpfes, verstaubtes, mit Spinnweben überlagertes und muffeligen Geruch verströmendes Durcheinander war bis unter die Decken aufgehäuft worden. Das Betreten der Räume war nur für sehr schmächtige Personen ohne Platzangst machbar. Ein Überblick war nicht möglich. Hier musste man sich Stück für Stück vorarbeiten. Fallenahr trat dicht hinter Alfons, flüsterte fast.

»Manches muss erst mal im Verborgenen reifen, bevor es wieder erstrahlen darf, wenn Sie wissen, was ich meine.«

Das hätte Alfons nicht erwartet. Warum nur wurden diese Werte versteckt, statt sich daran zu erfreuen? Er wollte nicht näher wissen, wie dieses Messietum zustande gekommen war.

Wieder zurück in gediegener Ordnung einigten sie sich auf eine Aufwandsentschädigung mit Verschwiegenheitsaufschlag, Kosten für Material, Mietkosten für Fahrzeuge und eine anständige Spende für wohltätige Zwecke. Damit würde der alte Bankdirektor noch mal positiv herauskommen. Der gute alte Handschlag, mit dem die Bauern der Region sonntags während des Hochamts in den letzten Reihen die Viehverkäufe bestätigten, besiegelte den Vertrag. Kein Wort zu viel, vor allem kein geschriebenes.

Eine schöne Frau, unzählige Wertgegenstände und zerbrechlicher Nippes. Gesthuysen, dachte Alfons, den mussten sie in diesem Haus rundum beobachten, auf einem Stuhl fesseln und mit der Zunge die Aufkleber befeuchten lassen. Abends abketten und zum Auto eskortieren.

Was für ein Auftrag! Alfons im Antiquitätenland. Ihm war noch ganz schwindelig, als er zu Hause sein Mittagessen nebst Gattin vorfand. Sie kochte so fantastisch, seine Irene. Diesmal freute er sich besonders darüber, sie zu ihrem Essen auch zu sehen.

Der Anruf, durch den sich der Start des Einsatzes endgültig auf die nächste Woche verschob, erreichte ihn beim Nachtisch.

»Johanna Krafft hier. Verzeihen Sie, Herr Mackedei, ich brauche ganz dringend Ihre Hilfe.«

»Was kann ich für Sie tun, Frau Krafft? Stimmt etwas nicht mit den renovierten Räumen?«

»Nein, alles bestens. Es ist schwer zu erklären. Ich gebe Ihnen mal eben meine Tochter.«

Der Hörer wechselte, und eine fast identische Stimme meldete sich als Karin Krafft.

»Herr Mackedei, meine Mutter hält Sie für den richtigen Mann. Hätten Sie heute noch mal ein wenig Zeit für uns? Es geht um den Umzug meines Kollegen Burmeester.«

»Fehlt Ihnen die Crew zum Schleppen und Fahren?«

»Nein, alles organisiert. Es gibt da ein einziges Problem. Könnten Sie wohl kurz auf eine Tasse vorzüglichen Automatenkaffee zu mir in die Nebenstelle des Polizeipräsidiums kommen? Ecke Herzogenring und Reeser Landstraße. In einer Stunde, ja?«

»Das ist ganz in meiner Nähe. Sie machen es ganz schön spannend. Na gut, ich werde kommen. Sobald ich im ›Kajütchen‹ war.«

»Fein, fragen Sie an der Pforte nach mir, man wird Ihnen den Weg beschreiben.«

Alfons sprang auf, erklärte der perplexen Irene, wie gut sie kochen könne und wie sehr er sie liebe und dass er leider von Terminen gehetzt sei. Bevor sie protestieren konnte, stürzte er aus der Haustür. Kurz angebunden beschrieb er im »Kajütchen« den beiden anderen in Stichworten die Arbeit der nächsten zwei Wochen. Heinz-Hermann stellte eine perfekte Materialliste zusammen. Kartons, Packpapier, Noppenfolie en gros. Baumärkte und Speditionen galt es am nächsten Vormittag abzuklappern. Nach einem frisch aufgebrühten Kaffee informierte Alfons Fallenahr darüber, dass sie mit kompletter Ausrüstung am Montagmorgen vor der Tür stehen würden, und begab sich im Anschluss zur Automatenversion.

Die Nüchternheit von Karin Kraffts Büro ließ ihn dankbar an sein eigenes zurückdenken. Hier gab es PVC statt Teppichboden, abgenutzte, zugestapelte Schränke statt dezenter Einbauwände und grau gestrichene Wände voller Pläne, Postkarten, Polizeiposter mit Parolen wie »Nie wieder Alkohol« statt gediegener Kunst.

Karin Krafft rief in den Nebenraum, und ein junger, hagerer, schrillbunt gekleideter Mann mit dunklen Rändern unter den Augen schlich herein.

»Das ist mein Kollege Burmeester, der das Apartment im Haus meiner Mutter bezieht. Alles ist durchgeplant und organisiert.«

»Bitte erklären Sie mir, um was es hier geht.«

Burmeester hockte mit hängenden Schultern auf der Schreibtischkante und atmete tief durch.

»Es geht um ein perfektes Ablenkungsmanöver, damit eine bestimmte Person den Umzug erst bemerkt, wenn er vollzogen ist.«

»Eine schwierige Trennung von der Freundin?«

»Noch viel dramatischer. Von der Mutter. Ich brauche jemanden, der sie für zwei, maximal drei Stunden beschäftigt, während wir zu Hause mein Zimmer leer räumen. Die würde sich glatt vor den Transporter werfen, wenn sie das miterleben müsste, verstehen Sie?«

Karin bediente den lautstarken Kaffeespender auf dem Flur. Alfons lehnte sich lächelnd zurück.

»Ein Mann muss gehen, wenn er gehen muss.«

Diese dünnen Kunststoffbecher mit heißer Flüssigkeit ließen sich nur schlecht festhalten. Karin Krafft stellte ein Getränk, das zumindest vielversprechend duftete, vor Alfons ab.

»Sie sind unsere letzte Hoffnung, Herr Mackedei. Ich kenne sonst niemanden mit so viel Bodenständigkeit und Ausstrahlung. Meine Mutter meinte, Sie wären äußerst zuverlässig und höflich, der Chef vom Ganzen. So einen brauchen wir heute, einen echten Chef, der Burmeesters Mutter höflich zeigt, wo es langgeht. Lotsen Sie sie aus dem Haus, fahren Sie mit ihr zum Mittagessen nach Rees, zum Yogazentrum nach Düsseldorf oder in den Duisburger Zoo, wohin auch immer, sie wird begeistert sein.«

»Sind Sie sicher? Die Dame kennt mich doch gar nicht.«

»Meine Mutter ist offen für alles«, warf Burmeester schüchtern ein.

Na, dann kann sie ja nicht ganz dicht sein, dachte Alfons.

»Ich stelle Sie als Kollegen vor, der mich während seines Urlaubs besucht und sich für ihre Hobbys interessiert. Ab da geht alles seinen kosmischen Gang.«

»Und welche Hobbys pflegt Ihre Mutter?«

»Sie ist vielseitig orientiert, liebt alles Esoterische. Genau, Wasser, alles rund um Wasser fasziniert sie. Sternzeichen Fische.«

»Ich kann ihr doch gar keine Gesprächsgrundlage bieten.« Burmeester beugte sich zu ihm vor.

»Sie haben alles, was sie fasziniert. Sie sind ein Mann und haben zwei Stunden Zeit. Es reicht ein Stichwort, und das Reden übernimmt Sie, glauben Sie mir, ich kenne das.«

Ach nein, dachte Alfons, ich muss nicht alle Erfahrungen sammeln, die das Leben bisher erfolgreich vor mir verborgen hat. Zwei flehende Augenpaare richteten sich unbarmherzig auf ihn, zwei sympathische junge Leute brauchten seine Hilfe. Sein Widerstand bröckelte.

»Und wann soll die legendäre Aktion stattfinden?«, fragte er.

»Jetzt sofort!«

Alfons fühlte sich überfahren. Aber er sah wieder in die flehenden Augen. Na gut, warum eigentlich nicht? Fügen wir den Eskort-Service für reife Damen auch noch zum Angebot von O.P.A. hinzu.

Wenn Irene das wüsste, hinge der Haussegen garantiert schief, dachte er, als er den Wagen am Weißen Stein parkte, um Frau Burmeester galant aus dem Fahrzeug zu helfen. Hätte seine Frau Gelegenheit gehabt, ihn mit der aufgedrehten, in wallendes Tuch gehüllten Frau Burmeester zu beobachten, wäre ihr Scheidung in den Sinn gekommen. Aber es bestand wenig Gefahr, dass sie seiner Begleitung ansichtig werden würde, nachdem er kurz nach dem Büdericher Ortseingang nach links von der Bundesstraße ab- und in die kleine winklige Siedlung direkt hinter dem Rheindeich eingebogen war.

Je weniger Beobachter, desto besser. Ständig musste Burmeesters Mutter ihn befingern, glücklich schwebte sie mit ihm über den Rheindamm in Richtung Elverich, untergehakt an seinem Arm hängend, während er sich hinter seiner Sonnenbrille versteckte und nicht verstand, was sie ihm über Aura und Energie des Wassers erzählte. Ihre Sprache entstammte einer anderen Welt, ihre Gedankensprünge von kosmischer Urgewalt ängstigten ihn.

»Du musst den Atem locker durch dich hindurchfließen lassen, durch die Nase ein- und kräftig durch den Mund ausatmen, dann wird das schlechte Karma dich verlassen, glaub mir. Probier doch mal.«

Sie standen auf dem Deich, Blick nach Süden, atmeten gleichzeitig ein und aus, hoben und senkten ihre Arme im gleichen Rhythmus. Jeder passierende Radfahrer verursachte bei Alfons einen Schweißausbruch. Innerlich betete er, dass niemand ihn erkannte. Ein und aus. Die längsten zwei Stunden seines Lebens endeten mit dem verabredeten Klingelsignal seines Handys.

»Frau Burmeester, ein Notfall, ich muss zurück.«

Er gab Gas, kurvte nach rechts auf die Bundesstraße in Richtung Rheinbrücke, um dann in und durch die Weseler Innenstadt zu fahren. Vorbei am alten Hansagebäude, an dem gerade ein Bagger mit Kneifzange Mauer für Mauer abtrug, um Platz für ein neues Berliner-Tor-Center zu schaffen, ging es weiter. Als er sie auf der Poppelbaumstraße abgesetzt hatte, stellte er sich vor, wie sie das leere Zimmer ihres Sohnes vorfand.

Die halten gut zusammen, die Kripoleute, dachte er, als er auf den Kurfürstenring einbog. Ist bestimmt ein erfolgreiches Team.

Theresa sprang fast von ihrem Stuhl.

»Das ist es also. Du hast Sorge, dass Oma es erfährt! Du alter Gauner, hätte ich dir gar nicht zugetraut.«

Zunächst verstand er nicht, was sich im Kopf seiner Enkelin abspielte. Dann geschah, womit er nicht gerechnet hatte, und er bestaunte eine nicht steuerbare Körperreaktion, die selbst in seinem fortgeschrittenem Alter funktionierte. Verlegenheitsröte kroch vom Hals aus über das ganze Gesicht bis zum Haaransatz. Mit hochroten Wangen begab er sich in eine Verteidigungshaltung, deren Glaubwürdigkeit nicht auf Anhieb überzeugte.

»Nein, ganz bestimmt nicht. Nie im Leben und schon überhaupt nicht mit dieser Frau. So etwas darfst du nicht von mir denken.«

»Komm, Opa, bemüh dich nicht. Ich halte dicht, weißt du doch.«

Innere Kapitulation. Ein Seitensprung wäre besser zu ertragen als diese wilde Geschichte, dachte er, während es in seiner Einfahrt hupte.

»Das wird Charlotte sein. Die holt mich ab zum Shoppen nach Bocholt. Schwesterherz hat immer so coole Ideen.«

Alfons begleitete Theresa zur Tür. Seine ältere Enkeltochter kurbelte die Seitenscheibe runter und streckte den Kopf mit ihren Rastalocken in Perserteppichfarben aus dem Fenster. Als Kunststudentin in Düsseldorf musste Charlotte wahrscheinlich außergewöhnlich auftreten, um sich von der Masse abzuheben.

»Hi, Opi, ich entführ dir die Nervensäge und bringe sie nachher zu Mom. Mach's gut.«

Er winkte dem bunt gestreiften Smart mit seinen beiden Enkelinnen nach und schlurfte zurück ins Haus. Noch ein Cognac darauf, dass er mit seiner Beichte auch heute noch nicht bis zu den schrecklichen Wirren um die Leiche im Wald gekommen war.

Alfons nickte ein, bis ihn Theresa sanft wach rüttelte. Erstaunt schaute er auf die Uhr. »Das Shoppen ist schon nach einer Stunde beendet? Ein Wunder! Oder bist du gekommen, um deinen Opa wegen eines netten kleinen Kostenzuschusses zu becircen?«

Theresa setzte ihren unschuldigen Jungmädchenblick auf. »Könnte ich nie! Im Ernst: Ich will lieber hören, wie die Geschichte weitergeht.«

Am Montagmorgen nahmen sie Gesthuysen fest in ihre Mitte, als sie am Portal der Villa schellten. Alfons spürte, wie er zusammenzuckte, als Lou van Drehfeld die Tür mit sanftem Lächeln öffnete. Perfekt gekleidet, in einem leichten trägerlosen Sommerkleid aus Wildseide, weißgrundig mit riesigem Klatschmohnmuster. Ihr Dekolleté zierte eine Kette aus murmelgroßen Perlen mit einem Verschluss, der vor Brillanten funkelte. Goldschmuck klimperte an ihrem Handgelenk, als sie einladend ins Haus wies. Alfons fielen ihre Hände und Unterarme auf. Die schienen älter zu sein als die faltenfreie Stirn. Komisch, dachte er noch, als sie die Männer mit wiegenden Hüften ihrer Arbeit überließ.

Die wahren Ausmaße des Auftrags übertrafen Heinz-Hermanns Erwartungen. Kopfschüttelnd betrachtete er die beiden Räume im Obergeschoss und notierte umgehend ihren Mehrbedarf an Material.

»Und Holzwolle. Für die Figürkes is am besten Holzwolle.«

Gesthuysen blickte skeptisch auf die Schränke.

»Wer soll die denn schleppen?«

Heinz-Hermann winkte ab.

»Gibt nix Besseres als alte Schränke. Die sind oft mit Steck- und Keilsystemen kindereinfach zusammengefügt. Lassen sich wunderbar in handlichen Teilen transportieren. Hast wieder Schiss vorm Schwitzen, he?«

Der blass gewordene Gesthuysen streifte beim Verlassen des Zimmers mit dem Ärmel eine Bleikristallvase, die ins Wanken geriet. Ein kurzer Entsetzenslaut, sechs Arme ruderten durch die Luft, retteten das schwere Gefäß knapp vor dem Aufschlag.

»Mensch, pass doch auf.«

»Ist ja schon gut, regt euch nicht auf. Ich geh eine rauchen, und ihr holt mich, wenn es losgeht.«

Alfons legte seinen strengsten Chefblick auf.

»Rauchen ist in Ordnung, aber ohne Links-und-rechts-Gucken, und danach umgehend raufkommen. Es geht jetzt los.«

Heinz-Hermann schüttelte nachdenklich den Kopf.

»Nie und nimmer passt das alles in einen Lkw. Wir brauchen mehr Kubikmeter. Zwei Fahrzeuge mindestens, oder wir müssen mehrfach fahren. Oder nach und nach in Container einlagern und mit einem Tieflader abholen lassen. Wo sind wir hier gelandet? Beim Cousin dritten Grades von Rockefeller?«

»Eher bei einem Raffzahn mit Format. Kein Container, das kannst du in dieser Gegend nicht machen. Ein Tieflader passt nicht durch die geschwungene Einfahrt. Ein dezenter Lkw mit neutraler Verkleidung vor der Garage, das geht. Und dann werden wir erst oben im Flur den Kleinkram sortieren und die Schränke und Kommoden einladen. Danach die Kisten. Der Keller wird schwierig.«

Schweigend drängte sich Heinz-Hermann unten durch die schmalen Gänge, kratzte sich ab und zu am Kopf, rieb sich das Kinn, strich mit anerkennender Geste über furnierte Flächen, verharrte lange vor der zugestapelten Tischplatte aus Marmor, die ein breites Band aus Blütenintarsien zierte.

»Guck et dir an, eingelegte, geschliffene Edelsteine, fünf Zentimeter dicke Platte, circa drei fuffzig mal eins fuffzig, einfach achtlos zugedröselt. Normal is dat nich. Alfons, schwierig is gestrunzt. Komm, erst oben schaffen, dann prakesieren wir weiter. Ich sammel den Casanova ein, bevor et Ärger gibt, und bring schon ins Haus, was wir besorgt haben. Danach hol ich den Lkw und bestell einen zweiten.«

»In Ordnung, und wir werden hier katalogisieren.«

Während sie mit Klemmbrett und Etiketten hantierten, geschwungenes Glas, Porzellanfigürchen im Rokokostil, Steingutschalen im Jugendstil, nackte libellenumschwirrte Frauen und fischfangende Störche mit Noppenfolie oder Papier umhüllten, unterfütterten und packten, erschien der blonde Kopf mit den mohnroten Lippen auf der Treppe. Lou van Drehfeld stand neben dem Porträt ihrer Vorgängerin. Diese Ähnlichkeit, dachte Alfons, die gleiche Augenpartie, die hohen Wangenknochen, selbst die Frisur passte. Und diese beeindruckende Figur, die Ausstrahlung, fast alles identisch. Trotz der kleinen Hinweise auf teure Nachbesserung durch fachkundige chirurgische Arbeit wirkte Lou van Drehfeld hier und jetzt so jung und vital wie Fallenahrs Exfrau in den Achtzigern. Beide waren umschmeichelt von Perlen und Gold, die neue Version allerdings geschmackvoller. Alfons sah seinen ersten Eindruck bestätigt. Kein Zweifel, der Hausherr litt eindeutig am Beckenbauer-Syndrom.

»In der Küche gibt es Kaffee und Mineralwasser. Sie bedienen sich bitte selbst. Ich kann sie doch für ein klitzekleines Stündchen allein lassen, meine Herren?«

»K... k... kein Problem.«

Zum ersten Mal erlebte Alfons einen unsicheren Gesthuysen. Diese Klasse von Frau war ihm also nicht geheuer. Gut so.

Es dauerte nicht lange bis zum ersten schallenden Schaden. Die mühsam gerettete Bleikristallvase zerschellte auf den Granitfliesen. Alfons starrte entsetzt auf den Scherbenhaufen, als Heinz-Hermann mit dem Transporter die Einfahrt hochschlich. Dem fiel umgehend eine unkomplizierte, praktische Lösung ein. Er öffnete seine Arbeitstasche, nahm die Brotdose und das Handtuch für die Schweißperlen heraus, streifte sich lederne Arbeitshandschuhe über und schaufelte die scharfkantigen Überreste dorthinein. Alfons traute seinen Augen nicht.

»Was machst du da?«

»Ordnung. In diesem Haus gibbet so viel Krempel. Du glaubst doch nicht, dat irgendjemand dat Ding vermisst, oder? Hier hängt doch nirgends ein Herz dran, also, wat soll et? Weißt du, woher diese Schätze stammen und wer se dem Herrn Bankdirektor mit feuchten Fingern überreicht hat? Nee, also, mach mal kein Gezeter drum. Zehn Prozent Verschnitt, Ruhe bewahren, Klappe halten, weitermachen.«

Stumm und routiniert wurden Kisten gepackt, beschriftet, gestapelt und die ersten kleineren Möbelstücke in Transportdecken gehüllt und im Lkw verstaut.

Gegen Mittag wurde es geschäftig im Erdgeschoss. Geklapper in der Küche, angenehme Düfte durchzogen das Haus. Die Dame des Hauses kochte höchstpersönlich und servierte dem von seinem morgendlichen Golfspiel erschöpften Fallenahr eine umfangreiche Mahlzeit im Esszimmer. Frank Lloyd Wright hätte seine Freude an der stilvollen Szene gehabt, dachte Alfons im Vorbeigehen mit einem neugierigen Blick auf den üppig gedeckten Tisch. Nicht ohne eine Spur von Neid belauschte er die Dialoge während des gemeinsamen Mittagessens.

»Schatzi, wo ist die Serviette?«

Sie sprang auf.

»Verzeih, Berni, ich habe sie zurechtgelegt und glatt vergessen. Schau, hier ist sie.«

»Fehlt da nicht ein Hauch Pfeffer?«

»Du hast recht. Warte einen Moment, ich hole die Mühle. Soll ich auch gleich das Salz mitbringen, Berni?«

Ein wahrer Goldschatz, diese Frau. Was Fallenahr auch wollte, sie spurtete los und holte es. Es gab sie also doch noch, die Frauen, die ihre Männer verehrten, ihnen die Wünsche von den Augen ablasen. Alfons war beeindruckt.

Gesthuysen drängte sie kurz vor Feierabend, er wolle selbst einen Blick in den Keller werfen, in die legendären Räume, über die seine Mitstreiter sich ständig mit Sorgenfalten auf der Stirn unterhielten.

»Schließlich will unsereins auch wissen, was ansteht.«

Ungläubig äugte er in das Kunst-und-Kuriosa-Kabinett.

»Mein lieber Scholli, da hat aber jemand Geld zum Rauswerfen. Das alles soll mit?«

Alfons nickte, während Gesthuysen staunend mit hängenden Armen dastand.

»Da fällt dir nichts mehr zu ein, oder? Dagegen ist dein Wohnzimmer aufgeräumt. Na gut, hier gibt es weniger Kippen und Dosen.«

»Dafür weiß ich, wo ich was finde. Bei dem Chaos hier kann doch keiner den Durchblick haben.«

Heinz-Hermann schaltete sich ein. »Ich tippe darauf, dass hier so manches Freundschaftsgeschenk lagert, das komplizierte Vertragsabschlüsse vereinfachte. Auch hier am Niederrhein wurden gerade in den alten Bauerndynastien Geschäfte manchmal materiell besiegelt. Da wechselten über Generationen zusammengetragene Kunstgegenstände als Dreingabe die Besitzer.«

»Mir schenkt keiner einen Schrank, weder einen neuen noch einen alten.«

Alfons blickte zur Kellertür, flüsterte konspirativ: »Das sind keine Geburtstagsgeschenke. Wenn du mich fragst, musste vielleicht manches davon hinter verschlossener Tür reifen, wie frisch gedrucktes Geld Patina ansetzen, damit es, bei Sonnenlicht betrachtet und wieder in Umlauf gebracht, nicht auffällt.« Er knipste mühevoll ein Auge zu. »Eine unversteuerte, gut getarnte Form von Honorar.«

»Du meinst …«

»Ich mach mir so meine Gedanken, das ist alles.«

Obwohl dieser Keller gut temperiert war, sammelten sich Schweißperlen auf Gesthuysens Stirn. Heinz-Hermann wies zur Treppe.

»Halb zwei, Jungens, für drei durstige Kehlen isset eindeutig Zeit für et Feierabendpils. Lasst uns gehen. Gesthuysen, wat is los mit dir? Nee, dat glaub ich jetzt nich. Der Jüngste schwitzt ja schon beim Gedanken an körperliche Arbeit. Alle Achtung, dat macht dir so schnell kein Alter nach.«

»Bei Burmeester zweimal klingeln.« Für Karin Krafft war es ungewohnt, den Namen ihres Kollegen auf dem Klingelschild ihrer Mutter zu lesen. Schwungvoll öffnete Johanna die Tür.
»Schön, dass du kommst, pünktlich zum Tee.«
In der urgemütlichen Küche ihrer Kindheit traf sie unvermittelt auf den türkis- und flamingofarben gekleideten Burmeester. Seine Haarfarbe erinnerte an den Pumuckl aus Kindertagen, und seinen rechten Mittelfinger zierte ein silberner Adlerkopf. Er saß wie ein Musterschüler am Küchentisch mit der wertvollen beigen Decke, einer Hardanger-Stickerei von Johanna. Als würde er schon lange zur Familie gehören, hatte Johanna ihm eine Tasse Tee eingeschenkt und sie vorsichtshalber abgestellt auf einem filigranen Tischset aus Kunststoff mit Spitzendruck, wie in alten, drittklassigen Cafés. Sie plauderte fröhlich und ungezwungen mit ihm, während sie ihre Tochter ebenfalls mit dampfendem, fruchtig duftendem Tee versorgte.
»Rooibos-Sanddorn, musst du unbedingt probieren.«
Die dezenten Farben ihres Kleides bildeten einen krassen Gegensatz zu Burmeesters Kampfkleidung, die stilvolle Boutiquebesitzer und Mitmenschen mit durchschnittlichem Modegeschmack zu bemitleidenden Blicken veranlasste.
»Nikolas fühlt sich schon richtig heimisch.«
Selig lächelnd blickte er über den Tassenrand.
»Morgen macht deine Mutter mir Quarkklöße. Die habe ich das letzte Mal gegessen, als ich mit sieben auf irgendeinem Bauernhof hinter Kirchhellen zwischengeparkt war, weil ein kleiner Sohn einer Frau bei der Selbstfindung im Weg stand. Meine Mutter wird

sich nie finden, aber ich habe jemanden gefunden, der die Klöße nach altem Rezept kochen kann. Mit Zimt und Zucker bestreut. Hab ich seit Jahren von geträumt.«

Aha, dachte Karin, jetzt wird er nicht mehr mütterlich überbehütet, sondern wie in alten deutschen Spielfilmen von der fürsorglichen Zimmerwirtin vereinnahmt.

»Und? Hat alles gut geklappt?«

»Es scheint so. Ich habe meiner Mutter einen langen Brief hinterlassen, in dem ich ganz klar um Abstand und Frieden gebeten habe. Da sie heute nicht versucht hat, unser Dienstgebäude zu stürmen, gehe ich davon aus, dass sie es verstanden hat. Meine neue Handynummer habe ich allen Kollegen gegeben, bei der Ummeldung ist die Herausgabe der Adresse gesperrt, der Nachsendeantrag ist gestellt, alles ist gut organisiert.«

»Was macht das tückische schlechte Gewissen des einzigen Sohnes?«

»Erstaunlicherweise hält es sich zurück. Du, das habe ich dir zu verdanken. Und meinem Psychologen natürlich. Der ist zwar an mir reich geworden, aber ich habe halt extrem viel Nachhilfe gebraucht, um mein Selbstbewusstsein zu entdecken. Und wenn du mir nicht immer wieder auf die Füße getreten hättest, würde ich noch immer Engelkarten aus dem Ärmel zaubern. Ich kann endlich durchatmen, ohne Attacken zu fürchten. Vielleicht liegt sie bekifft im Bett oder meditiert über meine Rückkehr, befragt ihre Orakelkarten, egal. Ich bin frei.«

Tausche Engelkarten gegen Quarkklöße, schoss es Karin Krafft durch den Kopf. Hallo, was war los mit ihr? Grub sich da ein Hauch von Neid oder so was Ähnliches wie geschwisterliche Eifersucht durch ihre Hirnwindungen? Schauen wir mal, dachte Karin, wie meine weltoffene Mutter reagieren wird, wenn seine Freiheit mit Damenbesuch verbunden ist. Sie hatte diverse Kontrollversuche in Erinnerung, als sie mit ihren Freunden unterm Dach die Zweisamkeit antestete. Vielleicht ist alles anders bei einem Mieter. Johannas Stimme riss sie aus den Gedanken.

»Nikolas hat es sich sehr gemütlich gemacht oben. Willst du mal sehen? Komm mit.«

Schon stand sie im Türrahmen.

»Mutter! Wir können doch nicht einfach uneingeladen in sein Apartment gehen.«
»Das geht schon in Ordnung, nicht wahr Nikolas?«
Er schlürfte Tee und nickte. Karin konnte es nicht fassen.
»Nein, es ist seine Bleibe, und die zeigt nur er seinem Besuch.«
Burmeester schien zu verstehen und huschte vor ihr durch das Treppenhaus.

Alles wirkte ordentlich und neu. Eine Junggesellenbude, der es jedoch an Persönlichkeit fehlte. Zusammengewürfelte Möbel, funktional, Baumarktauswahl, moderne Lampen, bunte Kissen. Wenig von dem, was man auf dem Lebensweg sammelt, keine Erinnerungsstücke, kaum Bücher, ein paar Fantasyromane von Terry Pratchett. Zwei riesige Kunstdrucke passten stilistisch nicht so recht ins unkonventionelle Umfeld. An der geraden Wand des Daches stand sein Bett. Darüber hing in Großformat der Ausschnitt aus einem Gemälde von Michelangelo. Zwei Hände, deren Zeigefinger sich fast berührten. Über seiner Sitzgelegenheit aus Kiefernholz mit blauen Polstern hing »Der arme Poet« von Carl Spitzweg in überdimensionaler Vergrößerung. In mehrere Kleidungsschichten gehüllt, saß er unter seinem undichten Dach in der Nähe des Ofens und wirkte zufrieden im spröden Minimalismus seiner Bleibe.

»Ich habe bei Ikea in die Kiste gegriffen und konnte nicht an dem Bild vorbei. Die Hände haben so was Erhabenes, fast Erotisches. Eigentlich wollte ich nicht den Kerl, sondern Venus, wie sie aus der Muschel steigt. Abgedreht, oder? Hatten sie aber nicht da.«
»Lass mal, ist schon in Ordnung. Tierposter hätten mich wahrscheinlich irritiert. Du musst aufpassen, Nikolas, dass meine Mutter dich nicht adoptiert, sonst kommst du vom Regen in die Traufe.«

Sie verweilte vor dem Fenster.
»Den Blick habe ich immer genossen.«
Aus dem großen Dachfenster konnte man am Nachbarhaus vorbei in der Ferne den Xantener Dom auf der anderen Rheinseite sehen und einen schmalen Streifen des Flusses. Die Aufbauten der Frachtschiffe zogen gemächlich vorüber.
»Als ich klein war, fuhren die Kapitäne noch auf Sicht. Bei Ne-

bel wurden die Positionen mit dem Nebelhorn signalisiert. Ich brauchte morgens nicht aus dem Fenster zu schauen, um zu wissen, dass dichte Suppe alles einhüllte. Ich habe diese dumpfen, tiefen Töne geliebt. Heute fahren sie mit Radar und GPS und fühlen sich sicher, doch der Schein trügt. Im Januar sind sich in einer Nebelnacht gleich an zwei verschiedenen Stellen Schiffe zu nahe gekommen. Unter anderem drüben an der Einfahrt zum Baggerloch. Mutters Freund, der Henner Jensen, arbeitet am gegenüberliegenden Ufer im Schiffwachtshäuschen. Der hat gehörigen Respekt vor dem Fluss und sagt immer, der Fluss zeige den Menschen, wo es langgeht, nicht umgekehrt.«

»Die Motoren kann ich hören und bei diesem Wetter die Glocken vom Dom drüben.«

»Genau, die Viertelschläge und um halb die Ankündigung der kommenden Stunde, abwechselnd in zwei Tonlagen, zur ganzen vier Viertel und die Zahl der vollen Stunde. Halb zwölf und zwölf in der Nacht schallen bei Nebel besonders beeindruckend, du wirst es erleben. Außerdem –«

Karins Handy meldete sich mit rhythmischem Grillenzirpen.

»Sorry, ich habe Bereitschaft. Krafft hier.«

Konzentriert lauschend blickte sie auf den Kunstdruck mit dem armen Kerl unter seinem schiefen Schirm.

»Ich muss los. Nach Xanten, ist das nicht schräg? Da kann ich rübergucken und juckel jetzt trotzdem erst rechtsrheinisch, dann linksrheinisch zu dem Punkt genau gegenüber. Hört sich lästig an, mal sehen. In einem Hotel vermisst man einen Gast, und dem Kollegen Zeiger vom Betrug kommt irgendwas spanisch vor.«

»Zeiger, die Qualle. Soll ich mitkommen?«

»Quatsch, du hast frei. Mit dem werde ich fertig. Außerdem müssten wir mit zwei Autos losfahren, und du hättest die Freude, den ganzen Weg wieder zurückzugurken. Bei den Spritpreisen ist das nicht zu empfehlen. Lass gut sein. Bis morgen.«

Wie oft hatte sie von einer Autofähre geträumt, so wie die zwischen Orsoy und Walsum. Ein paar Minuten warten, über die Metallrampe auffahren, Ticket zahlen und minutenlang von der weiten Welt träumen, während die Fähre bedächtig den Strom kreuzte. Auf der anderen Seite rauf ans Ufer wie aus den großen Pötten, die zwischen den griechischen Inseln verkehren. Zwischen Bislich und Xanten gab es lediglich eine Fahrradfähre, die »Keer Tröch«, nicht einmal täglich, sondern im Sommer an den Wochenenden und mittwochs. Nützte ihr nichts an einem Montag. Wenigstens war ihr Cabrio nach erfolgreicher Reparatur aus der Werkstatt zurück. Noch schnell das Dach im Kofferraum verstaut und ein leichtes Tuch um den Kopf geschlungen, dann fuhr sie rasant los. Über die Mühlenfeldstraße auf die Bislicher Straße, zwischen Wiesen und am Baggersee vorbei. An der Einfahrt zum Campingplatz auf der Grav-Insel leuchtete das Blaulicht eines Einsatzwagens. Meistens wurden die Kollegen wegen kleineren Streitigkeiten gerufen oder mussten Handgreiflichkeiten nach dem Genuss von zu viel hochprozentigem Durstlöscher schlichten. Ein ganz besonderes Völkchen, diese Camper, deren Ehrenkodex gröbere Delikte sofort ahndete. Wer sich nicht daran hielt, blieb nicht lange.

Über die Reeser Landstraße durch die Feldmark, an den Backsteinklötzen der Kreisverwaltung und des Polizeipräsidiums vorbei, ging es weiter. Auf dem Hansaring fielen ihr die älteren, gediegenen Häuser mit teilweise hohem Baumbestand auf großen Grundstücken ins Auge. Hier wohnt irgendwo der nette Herr Mackedei von dieser O.P.A.-Firma, dachte sie. Noble alte Häuser, nicht schlecht. An der Zitadelle und dem Preußen-Museum mit der offen sichtbaren Klimaanlage hinter Glas bog sie nach rechts zur Rheinbrücke ab.

Die Büdericher Insel vor der Brücke sah völlig fremd aus. Der gesamte Baumbestand war gefällt worden, was ihr für einen Moment den ungehinderten Blick auf das andere Flussufer ermöglichte. Kräne bewegten sich vor grüner Kulisse, Betonsockel wuchsen aus dem Boden. Das waren die Vorarbeiten für den Bau der neuen Brücke, auf den viele schon so lange warteten. Die alte Nachkriegsbrücke bildete ein Nadelöhr, durch das sich täglich der Berufsverkehr quälte. Mittlerweile setzten die früher gut gepflegten Eisenstreben Rost an. Wehe, es gab einen kleinen Auffahrunfall, dann lief hier nichts mehr. Und wehe, es brachte sich jemand um, indem er sein Auto in voller Geschwindigkeit vor einen Brückenpfeiler setzte, dachte Karin. Im letzten Jahr hatte eine offensichtlich psychisch kranke Täterin ihr Leben so beendet. Karin war damals an den Unfallort gefahren. Es war ihr erster großer Fall, der in die Schlagzeilen kam. Manchmal holte die Erinnerung sie ein. Ich werde mich nie daran gewöhnen, ging es ihr durch den Kopf, die erste Wasserleiche, das erste Mordopfer, das erste tote Kind, die erste Selbstmörderin, jedes erste Mal war besonders furchtbar. Jeder Fall war anders und berührte sie auf seine Weise.

Vorbei an einer riesigen Ausgrabung namens Pettekaul und dem Dörfchen Ginderich, dann am hohen, die Sicht versperrenden neuen Deich und wenig später am unvergleichlich idyllischen Altrheinarm entlang, erreichte Karin Krafft das Xantener Stadtpanorama, wo sie links in die Lüttinger Straße einbog. Der historische Ortskern war umgeben von der alten Stadtmauer. In allen Himmelsrichtungen war der Wallanlage ein grüner Gürtel aus Parkanlagen vorgelagert. Sie bog rechts in die Orkstraße, überquerte den Südwall und war fast am Ziel. Den Weg kannte sie im Schlaf. Ihr Freund Maarten de Kleurtje wohnte ein Stück weiter in einem der zierlichen alten Häuser. Vor den drei pastellfarbenen Giebeln des Hotels Neumaier wurde gerade eine Parklücke frei. Restaurant, Hotel, Metzgerei, ein Biergarten, der im Sommer bis zur Straße reichte, ein großes Familienunternehmen. Karin betrat das Restaurant. Gutbürgerlich und gemütlich war es, warme Farben, nett eingedeckte Tische, trotz der Größe wirkte der Gastraum beschaulich. Sie erkannte Zeigers breiten Rücken, der zusammengesunken auf einem Hocker vor dem Tresen saß. Beim Leeren eines Altglases neigte sich nicht nur der Kopf, sondern der ganze schwere Körper des Kommissars in einem bedenklichen Winkel nach hinten. Er behielt sein Gleichgewicht, schien in Übung zu sein.

»Tag, Kollege, na, wie sieht es aus?«

»Hat man Sie geschickt, weil Sie hier wohnen, oder was? Frau Krafft, ich habe um Unterstützung gebeten, nicht um Damenbegleitung.«

Überheblich blickte er an ihr vorbei, fuhr sich mit einem Stofftaschentuch über die feuchte Stirn.

Karin kannte den Ruf, der ihm vorauseilte wie Mundgeruch. Nun gut, dann anders. Sie holte ihren Dienstausweis aus der Tasche.

»Hauptkommissarin Krafft, Leiterin des K1. Sie haben die Chefin hier, was wollen Sie mehr? Die Fakten, Herr Zeiger, was gibt es hier Interessantes für unsere Abteilung?«

Zeiger warf sich ins Kreuz, um Selbstbewusstsein zu demonstrieren. Er suchte nach einer passenden Antwort. Er fand sie nicht. Die dunkelhaarige Serviererin tauschte sein leeres gegen ein volles Glas aus. Das beruhigte Zeiger sofort.

»Dazu müssen wir nach oben, Zimmer zweiundzwanzig. Folgen Sie mir.«

Er quetschte sich an der Rezeption vorbei und forderte den Aufzug an. Während sie warteten, erschien eine kleine ältere Dame aus dem hinteren Bereich des Hauses und lächelte sie freundlich an.

»Neumaier, guten Tag. Sie sind bestimmt die Kommissarin, ich hab Sie schon mal gesehen. Ich weiß, auf dem Weihnachtsmarkt bei meinem Suppenstand, stimmt's? Mit Ihrer Familie. Schrecklich, was hier los ist, nicht? So etwas habe ich in all den Jahren noch nicht erlebt. Und ich habe vieles erlebt hier, aber der Mann war mir von Anfang an nicht geheuer. Wissen Sie, manchmal hat man so ein Gefühl.«

Karin wunderte sich über die Aufregung. Ein Fall für das K1 oder nicht? Der Aufzug stand, Zeiger trat unverzüglich ein und wedelte demonstrativ mit einer durchlochten Plastikkarte.

»Frau Neumaier, nachher komme ich noch zu Ihnen. In Ordnung?«

In der kleinen Kabine war nicht genügend Platz für Distanz zu diesem Ekel. Zum Glück gab es nur eine Etage. Der Flur war in freundlichem Apricot gestrichen, der Marmorboden glänzte. Das Zimmer lag am Ende des Flurs auf der linken Seite. Zeiger führte die Karte ins Schloss, öffnete die Tür, betrat den Raum. Massive, cremefarbene Möbel, eine kleine Couchecke, Fenster zur Straße. Eigentlich ein ordentliches, geschmackvolles Hotelzimmer. Doch es herrschte ein heilloses Chaos. Die Schranktüren waren aufgerissen, sämtliche Habseligkeiten auf Bett und Boden verstreut. Die Schubfächer der Nachtschränke waren herausgezogen worden, die Matratzen aus dem Doppelbett gezerrt. Mittendrin der dicke Zeiger.

»Herr Zeiger, die Fakten, ich warte.«

»Ja, ja, immer das Gleiche mit den Frauen, erst folgen sie dem Kerl widerwillig aufs Hotelzimmer, und dann werden sie ungeduldig. Haha.«

Karin riss sich zusammen, blieb ruhig und gelassen.

»Heute Mittag rief uns die Hotelbesitzerin an, um einen Fall von Zechprellerei anzuzeigen.«

»Heute Mittag.«

»Ja, verdammt, ich kann nicht allem gleich hinterherhetzen. Machen wir jetzt weiter, oder zicken wir ein wenig? Hier hatte am letzten Montag, dem vierundzwanzigsten Mai, ein Gast aus Berlin eingecheckt. Darius Bagavati, Mitte fünfzig, gepflegt gekleidet, teure Schuhe, auffälliges Auftreten, Berliner-Schnauze-Typ. Gab den Kunstkenner, schwadronierte, er würde jetzt in Schloss Moyland die Ausstellungskonzeption analysieren, legte sich an einem Abend unten im Restaurant mit einem Gast an über das Thema, ob es noch echte Kunst gebe oder heutzutage alles nur gepusht sei. Die Szene muss laut und gerade noch zu retten gewesen sein.«

»Und warum sieht das Zimmer so aus?«

»Das Zimmermädchen hat es so vorgefunden. Der Hotelgast ist seit gestern oder vorgestern nicht mehr gesehen worden, das wissen wir noch nicht so genau. Seinen Namen und seine Adresse haben wir vorhin überprüft, alles ersponnen. Gebucht hat er übers Internet, das Essen bar bezahlt. Ein Mann ohne Identität.«

»Hier waren mindestens zwei Personen am Werk. Worum ging es in dieser Auseinandersetzung?«

Zeiger starrte versonnen aus dem Fenster.

»Herr Zeiger, sind Sie noch da? Weiter!«

»Nicht in dem Ton, werte Kollegin, da bin ich ganz empfindlich.«

Jetzt kommt die Tour, dachte Karin, jetzt erwartet er Demut. Sie nahm ihr Handy aus der Tasche.

»Der Kollege Heierbeck und sein Team von der Spurensicherung werden mir die Geschichte schon zusammensetzen. Bis er kommt, unterhalte ich mich mit der Besitzerin.«

Sie verließ den Raum. Zeiger rief ihr unwirsch hinterher: »Der Koffer ist gewaltsam aufgebrochen worden. Darin liegt eines der Hotelhandtücher mit Flecken, die wie Blut aussehen.«

Karin orderte das gesamte Team der Spurensicherung zum Hintereingang, mit Rücksicht auf die anderen Gäste. Sie kam provokativ langsam zurück, streifte sich Einweghandschuhe über.

»Wie lange haben Sie gebraucht, um die Entscheidung auszubrüten, uns zu informieren? Ist das Personal verhört worden? Wer hat dieses Zimmer wann betreten? Seit wann ist der Berliner weg? Wer hat ihn zuletzt gesehen?«

Zeiger rührte sich nicht von der Stelle, starrte stumm aus dem Fenster. Karin klappte den Kofferdeckel auf, in dem das blutverschmierte Handtuch lag.

»Gut, Herr Zeiger, ich übernehme hiermit und brauche Sie nicht mehr. Ich erwarte Ihren Bericht auf dem kleinen Dienstweg. Vorsicht, treten Sie nicht auf das Papier, Sie wissen schon, die Spuren.«

Zeiger stampfte aus dem Zimmer und walzte in Richtung Ausgang. Die Fronten waren geklärt. Karin wusste, dass sie von nun an einen Feind mehr auf der Welt hatte. Zumindest brauchte sie nicht mehr mit ihm zusammen im Aufzug zu fahren.

Bis zum Eintreffen der Kollegen unterhielt sie sich mit dem Personal und der Seniorchefin Neumaier. Der Gast war offenbar ein Angeber gewesen und hielt sich für etwas Besseres. Ständig auf dem Sprung, gehetzt, das Handy in Griffnähe. Da waren sich alle einig.

Eine Servierin zeigte mit dem Finger auf und sagte eifrig: »Am Abend nach der Auseinandersetzung mit dem anderen Gast hat der Mann einen Anruf erhalten, der ihn aus der Fassung brachte. Er ist rausgelaufen auf den Parkplatz, man konnte ihn bis drinnen hören, nichts Konkretes, nur seine aufgebrachte Stimme. Jeden hat er nach Galerien und Kunstsammlungen gefragt, sich über das Angebot der Stadt und der Umgebung brüskiert. Als gäbe hier gar nichts Schönes! Ein echter Großstädter eben, verwöhnt von Vielfalt und Möglichkeiten.« Die dunkelhaarige Bedienung lächelte. »Andererseits machte ihn dieser Berliner Dialekt auch wieder sympathisch. ›Meine Kleene‹, sagte er zu mir. Süß, nicht?«

Frau Neumaier sagte, das Wochenende über habe das Schild an der Türklinke gehangen. Bitte nicht stören. So etwas nehme man hier ernst. Nach zwei Tagen spätestens sei es jedoch üblich, höflich und dezent die Handtücher zu wechseln. Bei der Gelegenheit habe das Zimmermädchen das Chaos entdeckt. Karin unterbrach sie freundlich.

»Ist das Zimmermädchen noch im Haus?«

»Die Waltraud sitzt hinten. Mein Sohn hat sie vorhin angerufen, weil wir uns dachten, dass Sie sie sprechen möchten. Eine treue und fleißige Seele ist unsere Walli. Ich hole sie eben.«

Eine hagere Frau in den besten Jahren erschien mit versteinerter Miene. Sie habe an den letzten Tagen Dienst gehabt, berichtete sie in dezenter Lautstärke, und sie habe nichts Außergewöhnliches bemerkt. Heute früh habe sie einen Schreck bekommen, als sie in das Zimmer schaute, und da habe sie sofort Bescheid gesagt. Karin gab sich nicht zufrieden.

»Überlegen Sie mal. Ist Ihnen bei der Arbeit oben gerade in den letzten Tagen irgendetwas aufgefallen?«

Sie schien konzentriert nachzudenken.

»Da waren so merkwürdige Geräusche in dem Zimmer, ein leises Rumpeln und so was wie ein Klatschen, so, als wenn jemand geschlagen wird.«

»Wann war das?«

»Ich glaube, am Samstag. Ja, da ist das Zimmer gegenüber erst am Mittag frei geworden, und ich habe es hergerichtet.«

»Die Geräusche haben Sie nicht beunruhigt?«

»In dem Job lernen Sie das Wegschauen und nichts zu hören. Diskretion ist alles. Die Angewohnheiten unserer Gäste interessieren mich nicht.« Waltrauds Miene wurde durch ein winziges Lächeln erhellt. »Außerdem weiß man bei solchen Geräuschen heutzutage nicht, ob sich da zwei lieben oder verprügeln.«

Karin ließ sie gedanklich noch einmal zu der Arbeit auf der Etage zurückkehren.

»Jetzt weiß ich wieder. Im Augenwinkel sah ich, wie jemand eilig an der geöffneten Tür vorbeilief. Schritt und Figur wie ein

Mann, dunkle Kleidung. Wenig später hastete noch einer zum Aufzug. Den habe ich wirklich nur als Laufgeräusch wahrgenommen.«

»Könnten Sie die beiden beschreiben?«

»Nee, wirklich nicht. Das waren so Schatten, und ich war ja beschäftigt. Die Seniorchefin nimmt es ganz genau, da bleibt keine Zeit für was anderes.«

Beim Flurwischen habe sie dann das Schild bemerkt und sich auch dazu keinerlei Gedanken gemacht. Die Hauptkommissarin entließ die Frau in ihren wohlverdienten Feierabend und kehrte in die Gaststube zurück, wo Frau Neumaier sie erwartete. Die kleine Frau blickte zu Karin hoch. »Junge Frau, kommen Sie, jetzt gibt es erst mal eine Tasse Kaffee.«

Karin wurde sanft an einen eingedeckten Tisch geführt. Blechkuchen in Streifen, herzhaft belegte Brote, eine niederrheinische Kaffeetafel.

»Es arbeitet sich viel besser mit einem Stückchen hausgemachten Kuchen im Bauch. Greifen Sie zu. Ach, sagen Sie, wann dürfen wir das Zimmer wieder nutzen? Sie können sich denken, wie wichtig Auslastung für uns ist. Im Mai ist schon viel los in der Stadt, und bald ist Festspielzeit, da braucht Xanten jede Kammer, um die Gäste unterzubringen.«

Die Seniorchefin eiferte sich. »Tourismus ist doch eine wichtige Einnahmequelle der Stadt. Wir haben viele Stammgäste, die gerne wiederkommen. Das Zimmer war nur zufällig frei. Eine Stunde zuvor hatte ein Gast aus Krankheitsgründen abgesagt. Hätte seine Frau sich nicht das Bein gebrochen, säßen wir nicht in dem Schlamassel. Frau Kommissarin, ich kann doch auf Diskretion zählen, oder?«

Die Kollegen der Spurensicherung trafen ein. Sie sahen aus wie eine Männertruppe auf Kurzurlaub. Mit Köfferchen und Fotoausrüstung kamen sie kurzärmelig vom rückwärtigen Parkplatz. Heierbeck entdeckte Karin, winkte ihr lachend zu. Sie rieb sich die letzten Kuchenkrümel aus dem Mundwinkel.

»So einen gastlichen Tatort habe ich mir in meinen kühnsten Träumen gewünscht. Unsereins muss immer ungemütlich an die Schüppe«, rief er ihr zu.

Karin begleitete ihn nach oben und schilderte in knappen Zügen die Fakten. Heierbeck wies auf einen Fußabdruck auf einem Papierbogen.

»Da haben wir eine feine Spur.«

»Ja, allerdings ist die von Kollege Zeiger vom Betrug.«

»Der Trampel war hier? Dann weiß ich Bescheid, wir haben seine Fingerabdrücke zum Vergleich. Verdammt noch mal, der zieht nie Handschuhe an und erschwert uns den Job unnötig. Ich versteh das nicht. Ist bestimmt eine frühkindliche Störung, oder?«

»Fragen Sie mich nicht. Übrigens, das Haus braucht das Zimmer.«

»In Ordnung, wir beeilen uns und räumen alles aus. Der Koffer soll aufgebrochen worden sein?«

»Ja, meinte Zeiger.«

Heierbeck verstaute das Handtuch mit den Blutflecken in einem Plastiksack. »Glaube ich nicht. Solche Dellen kriegt ein Gepäckstück auf Flugreisen. Schauen Sie, am Griff hängen mehrere Bänder von abgerissenen Anhängern, und selbst die Innenverkleidung ist lose.«

Er zupfte an dem kunstseidenen Stoff. Zum Vorschein kam ein flacher Hohlraum, in dessen Winkel sich ein abgenutzter Briefumschlag befand. Bevor Heierbeck ihn umsichtig in eine Kunststoffhülle versenkte, stoppte Karin das Prozedere.

»Lassen Sie uns doch gleich mal reinschauen.«

Mit den Fingern wurde das Kuvert gespreizt, und eine Pinzette brachte eine Karteikarte ans Licht, lindgrün, liniert. Mit einer Heftklammer war ein unscheinbarer Gewebefetzen, der Ähnlichkeit mit Sackleinen hatte, daran befestigt. Auf der Rückseite in sauberster Feinschrift: »C.S. Einhunderttausend«.

»Was ist das?«

»Sag ich Ihnen morgen, okay? Gönnen Sie uns ein wenig Zeit zur Analyse. Der Fehlerteufel versteckt sich in vorschnellen Vermutungen.«

»Gut. Wann? Morgen früh?«

»Na, sagen wir elf Uhr. Ich melde mich.«

»Dann überlasse ich Ihnen das Feld.«

Heierbeck rief hinter ihr her: »Das ist keine simple Zechprellerei hier, das wird uns etwas intensiver beschäftigen.«

Karin stimmte zu. Etwas Mysteriöses, das es nicht alle Tage gab. Etwas, das ihre ganze Energie kosten würde. Ausgleichend gewann die Pragmatikerin in ihr Oberhand. Mal wieder nach sieben Uhr. Ab ins Gewerbegebiet zu Theos Supermarkt. Sie schickte Maarten und ihrem Sohn Moritz die gleiche Botschaft per SMS: »Bin im Teatro, gebe jedem, der innerhalb einer halben Stunde dort ist, ein Eis aus.«

Die Abendsonne war bereits hinter dem gotischen Haus verschwunden. Rund um die Eiche am Xantener Marktplatz waren alle Bänke mit Eis schleckenden Menschen besetzt. Motorräder parkten neben dem Norbertbrunnen, chromblitzende, liebevoll gepflegte Maschinen. Kinder lagen bäuchlings auf dem Brunnenrand und planschten im Wasser.

Um einen freien Tisch zu ergattern, musste sie ausspähen, wer zahlte, und sich dezent hinter die aufbrechenden Gäste stellen. Der freundliche Kellner, Andrea, die Krawatte kategorisch auf links tragend, begrüßte sie lächelnd, riss seine Hände hoch.

»Commissaria, ich habe nix getan, Sie mussen mir glauben.«

Seit er ihren Beruf wusste, war er nicht mehr von diesem Ritual abzubringen. Anfangs war es ihr peinlich, inzwischen nahm sie es als komödiantische Einlage grinsend hin.

»Um diese Uhrzeit bestimmt einen Campari Orange, Signora?«

Karin nickte. Er hatte die Gewohnheiten seiner Stammgäste gespeichert, räumte ab, rückte routiniert Stühle zurecht und verschwand. Karin lehnte sich zurück und schloss einen entspannenden Moment lang die Augen.

»C.S. Einhunderttausend«. Ein Fetzen Gewebe. Was war das? Sie grübelte über die Einzelheiten, ihre Wahrnehmung. Ein Kapitalverbrechen? Was hatten sie in der Hand? Ein blutverschmiertes Handtuch. Vielleicht hatte er sich nur verletzt. Und dieser geheimnisvolle Deckname Darius Bagavati. Sie würde die Krankenhäuser der Umgebung abklappern.

Maarten kam aus Richtung Rathaus in Sicht, muskulös und braun gebrannt. Hinter ihm tauchte Karins Sohn Moritz mit seinem Skateboard unter dem Arm auf. Sie kamen von der Halfpipe im Park. Vierzehnjährige haben alle zu lange Arme und Beine, dachte Karin. Schlaksig knuffte Moritz den um einen Kopf größeren Maarten im

Vorübergehen auf die Schulter. Beide spurteten los. Zwei prachtvolle Kerle rangelten freundschaftlich um das angekündigte Eis. Karin musste laut lachen.

Diese Gelassenheit würde sich schnell verflüchtigen, denn so bald wie möglich würde sie mit den Ermittlungen beginnen.

Fünf

Der Laserdrucker spuckte gerade Karins Bericht aus, als Burmeester überpünktlich im Büro erschien. Geschickt deponierte er einen Leinenbeutel, offensichtlich voller Verpflegung, hinter sich auf der bereits überfüllten Ablage. Karin blickte kurz von den Listen auf, die innerhalb der letzten zwölf Stunden auf ihrem Schreibtisch gelandet waren. Lauter neue Verdächtige im Fall des Missbrauch-Serientäters, mit dem sie seit einigen Tagen betraut war. Der Unbekannte könnte ein Einheimischer sein. Sie würden alle gut beschäftigt sein. Mit einer minimalen Kopfbewegung deutete sie auf den Leinenbeutel.
»Meine Mutter?«
Burmeester nickte. »Ich habe nicht darum gebeten, ehrlich. Heute Morgen stand sie mit der ganzen Verpflegung unten im Flur, wäre doch kein Akt, und ein junger Mensch bräuchte schließlich eine gute Grundlage für schwere Arbeit. Was sollte ich da machen?«
»Heute früh vermutlich nichts anderes, als was du getan hast. Am Abend musst du mit ihr reden. Ich kenne sie. Sie meint alles wirklich herzlich und gut, sieht dabei vor lauter Elan die abgesteckten Grenzen nicht. Du musst am Ball bleiben, dann wird es funktionieren.«
Oder sollte sie mit ihrer Mutter reden, dachte sie, verwarf die Idee aber gleich wieder. Dies war eine einmalige Gelegenheit für Burmeester. Sich durchsetzen und behaupten, ohne dass jemand damit drohte, vom Dach zu springen.
»Zeig mal, was sie dir eingepackt hat. Ist da auch ein Brötchen mit Rührei drin?«
Sie wühlten sich durch die Tagesration, und Karin spähte in eine Pergamenttüte.
»Bingo, da ist es. Kann ich das haben? Hab ich seit der Schulzeit nicht mehr gegessen. Das kann sie und arme Ritter auch.«
Hinter ihnen räusperte sich jemand. Beide drehten sich um und erblickten Simon Termath, der in der Zwischenzeit das Büro betreten hatte.

»Was wird das? Morgendliches Buffet im K1? Ich könnte Leberwurstbrote dazulegen.«

Er kramte seine abgenutzte Brotdose aus der Aktentasche, die ebenfalls schon bessere Tage gesehen hatte. Bis zur Pensionierung musste die durchhalten, hatte er gemeint, als man ihm vor zwei Jahren zum fünfundfünfzigsten Geburtstag eine neue schenken wollte.

Karin lehnte dankend ab.

»Obwohl dir Abwechslung vielleicht mal guttäte. Seit ich dich kenne, hast du Leberwurstbrote dabei. Magst du keinen anderen Belag?«

Termath fuhr sich langsam von links nach rechts über das Haar, wobei er mühsam die wenigen, mit Pomade gebändigten Strähnen kontrollierte.

»Ehrlich gesagt, alles außer dieser Streichwurst. Meine Frau glaubt mir das bloß nicht. Die hätte ich doch immer gemocht. Und weil die beiden Enkel das Zeug so gerne essen, hat sie immer welche im Vorrat. Manchmal verfüttere ich alles an die Möwen, wenn ich mittags zur Rheinpromenade gehe.«

Termath war der älteste Kollege im K1, ein bodenständiger Denker, an dem Veränderungen einfach abprallten. So trug er nach wie vor verwaschene Hemden und Pullunder aus den Siebzigern und ließ sich nicht davon überzeugen, dass die Tarnversuche, mit denen er seine Halbglatze strähnenweise kaschieren wollte, von Jahr zu Jahr effektloser und skurriler wurden. Mit der gleichen Beharrlichkeit verbiss er sich in komplizierte Fälle und überraschte mit wohldurchdachten Schlussfolgerungen.

Thomas Weber erschien, wie gewohnt von Kopf bis Fuß in Schwarz. Nur seine mittlerweile silbergrauen Haare hoben sich farblich ab. Karin hatte ihn irgendwann in einer stillen Stunde gefragt, ob er farbenblind sei. Nein, seit seiner Schulzeit habe er nichts anderes als schwarze Kleidungsstücke gekauft. »Spiel mir das Lied vom Tod« hieß der Film mit den schwarz gekleideten Kerlen in der staubigen Duellszene, er sei vor Bewunderung dahingeschmolzen, danach habe sich sein Stil verselbstständigt. Manchmal sei es nicht einfach, da selbst Rosa jetzt zur Männerfarbe gehörte, aber er bleibe standhaft. Weber, Tom genannt, war die eine Hälfte eines unschlagbaren Ermittlerduos, flink und präzise.

Teil zwei liess auf sich warten. Jeremias Patalon, dunkelhäutig, gebürtig aus Haiti, war aufgewachsen bei Adoptiveltern in Wesel. Er war immer gut gelaunt und bildete mit seiner Kleidung das farbige Gegenstück zu Tom. Er besass einen Schrank voll mit schrillen, ausgefallenen Krawatten in allen Farben, Mustern und mit manchmal nicht jugendfreien Darstellungen. Am nächsten Wochenende würde er nach Haiti fliegen, um die Spuren seiner Herkunft zu suchen. Lange hatte er von dieser Reise geträumt. Je näher der Termin rückte, umso nervöser wurde er, trommelte karibische Rhythmen auf den Schreibtisch, studierte Pläne der Insel oder starrte ins Leere. Und er kam, entgegen seiner Gewohnheit, zu spät.

Karin machte sich Sorgen um Tom und Jerry, wie jeder im Haus das Duo nannte, denn ihr war nicht klar, ob Patalon an den grauen Niederrhein zurückkehren wollte, wenn ihm erst mal karibische Brisen um die Nase wehten.

Sie erläuterte gerade ihren gestrigen Einsatz in Xanten, als die Tür mit Schwung vor den Stopper knallte und hinter einem Wust von Plastiktüten Jerrys Kopf zum Vorschein kam.

»Sorry, musste noch bei dem vorgezogenen Sommerschlussverkauf bei Intersport zuschlagen. Kurze Hosen, T-Shirts, Trekkingsandalen, ihr glaubt nicht, wie viel ich heute gespart habe.«

Er liess die Tüten hinter seinem Schreibtisch verschwinden.

»Nur noch vier Tage, Leute.«

Karin blickte auf, zunächst bis zur Krawatte, auf der ihr die Mona Lisa mit dem rechten Auge zuzwinkerte. Ein Hologramm mit beachtlicher Wirkung. Wo er diesen Schund nur immer hernahm.

»Jerry, an drei Tagen bist du noch im Dienst. Heute ist einer davon. Komm rüber, wir sind bei der Aufgabenverteilung.«

Sie berichtete von ihrem Zusammenprall mit Zeiger und den merkwürdigen Funden in dem verwüsteten Hotelzimmer.

»Heierbeck analysiert diesen Fetzen auf der Karte. Bleibt die Frage, wo der Berliner abgeblieben ist. Es ist ein Fall und doch keiner. Aber wir müssen uns zumindest am Rande darum kümmern. Wer kontrolliert sämtliche Notdienste und Krankenhäuser, ob er dort gewesen ist?«

Termath übernahm. Tom schien alles zu diffus.

»Ein Mann ist verschwunden, den keiner vermisst. Ein falscher

Name, Blut und Rätsel. Was ist, wenn er in Panik das Hotel gewechselt hat, weil er sich bedroht fühlte? Da waren doch diese Geräusche in seinem Zimmer. Wie meinte die Angestellte: Liebe oder Prügel?«

Karin grübelte, deutete auf ihn und Jerry.

»Ihr zwei kümmert euch um die Hotels im Umkreis. Eine Personenbeschreibung liegt in meinem Bericht.«

»Hast du eine Ahnung, wie viele das sind?«

»Bestimmt eine Menge, also los.«

Blieb noch Burmeester mit seiner ungewöhnlich scharfen Kombinationsgabe.

»Das meint ihr nicht ernst, oder? Ich darf wieder Speicheltröpfchen einsammeln? Na prima, der Kleine kriegt, wie immer, den Ekeljob. Wenn ich daran denke, dass ich dem vielleicht schon gegenübergestanden habe, wird mir ganz schlecht. Aber mit dem Nachwuchs kann man das ja machen.«

Maulend zog er ab und ließ die Tür hinter sich ins Schloss knallen. Das Geräusch zog wie ein Echo durch die kahlen Gänge.

Die Kollegen machten sich an die Arbeit. Karin blickte zur Uhr über der Tür. Halb zehn. Noch anderthalb Stunden, bis Heierbeck sich melden würde. Zu einem Fall ohne Namen. Eigentlich eine Vermisstensache. Andererseits war Karin vor Ort gewesen, und ihre Spürnase hatte eine feine Witterung aufgenommen.

Das O.P.A.-Team bestieg schweigend das Dienstauto. Der Wetterbericht von WDR 2 meldete den Durchzug eines Tiefdruckgebiets mit ergiebigen Regenfällen im Westen. Typisch Niederrhein im Sommer. Stumm starrten die drei Männer durch die Schlieren, die der Scheibenwischer auf der Frontscheibe des Transporters hinterließ. Alfons schüttelte den Kopf.

»Das hat uns gerade noch gefehlt. Wie kriegen wir nun diese Sammlung alter Kulturgüter trocken in den Lkw?«

Heinz-Hermann bretterte vom Treffpunkt Weseler Jachthafen

aus über den Auedamm, Richtung B8. Nichts los auf dem Segelflugplatz. Kein Wunder, bei der Aussicht.

»Ganz viel einwickeln und nachwischen, das geht schon. Ist eben nicht so einfach wie geplant. Erfordert viel Sorgfalt. Nu lass uns gucken, wie et Wetter is, wenn wir angekommen sind. Dahinten wird et schon heller.«

Heinz-Hermann, der Berufsoptimist, sammelte zweifelnde Seitenblicke ein und steuerte über die Nordstraße, bog links auf die Emmericher Straße ab, dann nach rechts quer durch Lackhausen, über die Konrad-Duden-Straße, den Molkereiweg und dann weiter ins weite, offene Hinterland. Gesthuysen wischte mit dem Ärmel die beschlagene Scheibe frei, blickte ins regenfeuchte, gedämpfte Grün.

»Der Raffzahn wohnt verdammt idyllisch, wenn ihr mich fragt.«

Er ließ sich von der wunderbaren Pappelallee beeindrucken, an deren Ende die verwinkelte Einfahrt in die parkähnliche Anlage führte, deren Gestaltung von Reichtum und Luxus kündete. Bankdirektor Fallenahr hatte sein Privatleben hinter viel Natur und Grün versteckt. Aber war man erst hinter der Kulisse angelangt, merkte man sofort, dass er hemmungslosen Spaß daran hatte zu protzen. Die beiden angemieteten Lkws, die Heinz-Hermann am Vortag vor den Garagen geparkt hatte, wirkten wie Fremdkörper.

Ihr Weg führte vorbei an den grimmig blickenden steinernen Wachlöwen. Sie brauchten nicht zu klingeln. Die Tür öffnete sich, und die Sonne ging auf. Die durchgestylte Dame des Hauses empfing die drei in einem strahlend gelben Sommerkostüm mit einem Ausschnitt, der knapp über dem Bauchnabel zu enden schien. Heinz-Hermann griff Gesthuysen freundschaftlich um die Schulter. Bevor einer der Herren auch nur Piep sagen konnte, legte Frau van Drehfeld los.

»Dieses Wetter gefällt mir gar nicht. Damit Sie mir nicht den ganzen Schmutz durch das Haus tragen, werden Sie durch die Garage gehen. Dort liegen Fußmatten aus, die Sie bitte sorgfältig nutzen. Zum Betreten des Wohnbereichs stehen Ihnen Filzpuschen zur Verfügung, in die Sie schlüpfen, bevor auch nur ein Fuß den Marmorboden berührt. Jedes Sandkorn verkratzt die Oberfläche. Das mindert den Wert, Sie verstehen. Außerdem wäre es gut, wenn spätestens morgen die beiden Lkws die Einfahrt verlassen würden. Um elf kommt der Landschaftsgärtner, um Grund in die Anlage zu bringen. Pflege ist das A und O. Also, meine Herren, nehmen Sie bitte den Hintereingang, und legen Sie los.«

Angesichts der mausgrauen, überdimensionalen, halb offenen Filzpantoffeln fand Gesthuysen zur Sprache zurück.

»Die tickt doch nicht richtig.«

Heinz-Hermann nahm ein Paar der Überzieher in die Hand.

»Die ist auf alles vorbereitet. Passt auf, wir müssen bestimmt noch Filzpappe auslegen und Folien spannen. Wo kriegt man solche Dinger her?«

Alfons schlüpfte mit seinen Schuhen hinein.

»Wieso? Viele alte Schlösser kann man nur besichtigen, wenn man damit durch die Gänge schleicht. Schont die Böden. Los, wir müssen uns beeilen.«

»Is gut Chef, hast recht. Also, erst mal alles von oben in die Garage, danach in den Wagen. Und dann et Gleiche vom Keller aus. Von unten nach oben ist schwerer, glaubt et mir.«

Lautlos schlurfend, teils wie Kinder auf dem Eis rutschend, bewegte sich das Trio bedenklich unkoordiniert durch das Treppenhaus. Gesthuysen verlor mehrmals das Gleichgewicht, strauchelte, konnte sich aber auf den Beinen halten. Er reagierte völlig humorlos, während die anderen lachten.

»Schon gut, ich kann auch gleich wieder gehen.«

»Red nicht, hau rein. Zuerst die Möbel.«

Nach zwei Biedermeierschränken in Einzelteilen und drei Kommoden mit Intarsien aus Palisander und Ebenholz, treppab, treppauf, ging ihnen die Puste aus. Pause im lichter werdenden Raum. Alfons resümierte: »Ein vierter Mann wäre nicht schlecht.«

Heinz-Hermann wischte sich die Stirn trocken. »Ein Haufen Fachleute mit einem kleinen Förderband wäre nicht schlecht, ehrlich.«

Er beugte sich verschwörerisch zu den anderen. »Ich frage mich ja mittlerweile, wieso die sich nicht Fachleute mit Gerät und Knoffhoff geholt haben. Geld ist doch scheints kein Problem.«

Alfons spähte ins Treppenhaus und lauschte, ob die Dame des Hauses in der Nähe war. Die Luft war rein.

»Der Fallenahr ist doch bekannt für seine Knickrigkeit. Geld scheffeln ja, aber keinen Cent unnötig ausgeben. Pomp und Luxus für die Gattin wirken nach außen, aber die Wagenwäsche hat er seiner Bank in Rechnung gestellt. Hat sein Fahrer meinem mal erzählt.«

»Ach so, dann sind wir die auserwählte preisgünstigste Variante zum Schleppen.«

»Genau. Außerdem kannte er mich ja aus dem Hafen. Er sucht sich Leute aus, denen er trauen kann. In so einem Schatzkästchen würde ich auch nicht Hinz und Kunz wirken lassen. Qualität zum kleinen Preis sozusagen.«

Gesthuysen zog seinen Zopf nach.

»Nur verblödende Opas, die freiwillig ihre Sklavendienste anbieten, dürfen hier schuften.«

Alfons flüsterte konspirativ: »Ich weiß noch mehr. Sein Ruf in der Öffentlichkeit stimmt nicht mit seinem Handeln überein. Der war zwar als Bankdirektor andauernd in der Zeitung, bei irgendwelchen wohltätigen Zwecken, natürlich auf dem Foto im Vordergrund, aber das hat nichts zu bedeuten. Irene sagt, der hat nur dann gespendet, wenn er auch davon profitieren konnte. Tu Gutes und sprich drüber.«

Geräusche in der Diele im Erdgeschoss ließen sie reagieren wie beim Rauchen erwischte Schulkinder. Sie sprangen auf, streiften die Arbeitshandschuhe über, und Gesthuysen, der seine Filzpantoffeln aus dem Bewusstsein gelöscht hatte, glitt unfreiwillig schwungvoll an ihnen vorbei und dotzte mit der Schulter geräuschvoll vor den letzten Schrank. Er signalisierte schnell, dass nichts passiert war. Von unten erschallte die besorgte Stimme von Lou van Drehfeld.

»Vorsichtig, bitte. Ist etwas zu Bruch gegangen?«

Heinz-Hermann kochte und rief schlecht gelaunt über das Geländer: »Nein, den drei Männern hier oben ist nichts passiert. Nett, dass Sie nachfragen!«

Nach den Möbelstücken ging es um relativ unhandliche, teilweise schwere Kisten, die wie rohe Eier behandelt werden mussten. Berliner Porzellanfiguren – Gesthuysen hatte am Vortag die Nackte mit dem Schwan lange bewundernd in der Hand gehalten, um sie letztendlich doch zu verpacken –, böhmisches Bleikristall in Gelb und Rot, Meißener Figuren, silberne Teeservice mit Ebenholzgriffen. All das hatte in geballter Masse gutes Gewicht. Die alten Teppiche aus dem Nebenraum mussten sie teilweise zu dritt schleppen.

Rein in die Puschen, raus aus den Puschen. Heinz-Hermann rangierte die Ladefläche des ersten Lkws geschickt bis unmittelbar vor die Garagentür. Sie schafften gut, und wesentlich schneller als geplant war der erste Wagen gepackt. Was hatten sie bei ihrem Auftrag in Bislich-Büschken von Johanna Krafft gelernt? Fleißige Handwerker brauchen ein Elf-Ührken.

Karin Krafft starrte das Telefon an wie ein hypnotisiertes Kaninchen die Schlange. Es blieb stumm. Heierbeck wollte doch um elf fertig sein. Sie blickte hinaus in die Wipfel der Linden auf dem Grünstreifen zwischen Dienstgebäude und Amtsgericht. Trübes Licht drang durch die Zweige, von denen der Sommerregen tropfte. Moritz bekam nächste Woche Ferien. Hoffentlich entwickelte sich da draußen kein Dauerregen. Sie wollten für ein paar Tage nach Texel zu Maartens Onkel. Karin freute sich auf seine lebhafte Verwandtschaft und auf die Zeit mit ihm. Sie wurde vom klingelnden Telefon aus ihren Gedanken gerissen. Heierbeck meldete sich atemlos wie ein abgehetzter Sieger. »Es war gar nicht so einfach, dieses kleine Stückchen Stoffgewebe zu analysieren, aber jetzt bin ich mir sicher. Machen Sie sich auf eine Überraschung gefasst!«

Er legte eine gewichtige Kunstpause ein, dann sagte er ausdrucksvoll: »Das ist Leinwand. Ganz eindeutig Leinwand mit winzigen Partikeln von Ölfarbe. Unglaublich.«

»Was ist das Besondere daran?«

»Ich könnte Ihnen jetzt die einzelnen Arbeitsschritte erklären, die nötig waren, um allein diese Fakten hundertprozentig benennen zu können, aber das spare ich uns.«

Gut, dachte Karin. Sie konnte wenig anfangen mit Tests und Vergleichen auf chemischer Basis oder Infos über Vergleichsfälle aus der Vergangenheit und darüber, in welchen Dateien diese abgespeichert waren.

»Fakt ist, der Materialgrundlage nach wurde diese Leinwand zwischen 1800 und 1850 hergestellt, und aus dieser Zeit stammen auch die Anhaftungen aus Ölfarbe. Eine Farbmischung, wie es sie heute nicht mehr gibt. Wenn Sie mich fragen, gehört so etwas nicht ins leichte Gepäck eines harmlosen Kunstkenners aus Berlin. Hier geht es um was anderes als Kunstgenuss.«

Karin schossen unterschiedliche Gedanken wie eine Feuerwerksbatterie durch den Kopf. Doch Heierbeck forderte noch einen Funken Aufmerksamkeit ein.

»Die Blutgruppe, Frau Krafft.«

»Was?«

»Wir haben das Blut auf dem Handtuch bestimmt. Ist gar nicht so gängig. B positiv.«

»Danke. Vielen Dank.«

Es war eine richtige Entscheidung gewesen, dranzubleiben. Ein Fetzen von einem alten Gemälde und eine Zahl. Eine Kennziffer? Ein Aktenzeichen? Ein Kaufpreis? Wollte der Berliner ein Bild erwerben, oder hat er es verkauft? Kein Bild, kein Geld im Hotel. Ein Leinwandfetzen als Nachweis der Existenz? Erneut schrillte das Telefon, diesmal länger, bevor Karin das Geräusch bemerkte.

Kollege Spichulla von der Kripo Duisburg meldete sich. Er koordinierte die Suche nach dem Sexualstraftäter in den Kreisen Kleve und Wesel.

»Wir haben ihn. Gott sei Dank. Ein junger Kerl aus Oberhausen ist eindeutig erkannt worden. Gestern hat sich eine Zeugin gemeldet, die felsenfest behauptete, der Mann auf dem Phantombild sei ihr Nachbar. Seine Speichelprobe war noch in der Auswertung, das Ergebnis kam gerade rein. Übereinstimmung.«

Karin gratulierte zum Erfolg. Wieder mal eine Nadel im Heuhaufen gefunden. Burmeester. Den musste sie umgehend von seinem undankbaren Job erlösen. Der konnte mit ihr gemeinsam über den neuen Fakten brüten. Karin war froh, jetzt alle Kräfte auf den neuen Fall konzentrieren zu können. Es müsste doch mit dem Teufel zugehen, wenn man den vermissten Kunstliebhaber am überschaubaren Niederrhein nicht ausfindig machen könnte. Dann würde man auch das Geheimnis um den Leinwandfetzen enträtseln.

Sie merkte, wie sich die Anspannung löste. So auffällig, wie sich der Berliner Kunstschnösel verhalten hatte, würden sie ihn bald haben. Ein solcher Paradiesvogel blieb am platten Niederrhein nicht lange unentdeckt.

Sie sollte sich irren.

Die beiden Zimmer im Obergeschoss waren komplett geräumt. Im Keller gestaltete sich alles etwas schwieriger, da der Flur relativ eng war und ewig Platz zum Einpacken der kleineren Gegenstände bot. Es war ein handliches, ovales Abbild zweier zarter, nackter Frauen in einem Badezuber, das Gesthuysen zu fesseln schien. Schweiß sammelte sich auf seiner Stirn. Heinz-Hermann bemerkte die angespannte Verzögerung.

»Vergiss es. Pack die Hübschen ein, ganz flott. Aus den Augen, aus dem Sinn.«

»Du hast doch selber gesagt, dass die gar nicht wissen, was hier alles lagert. Da fällt es doch nicht auf, wenn …«

»Wenn etwas kaputtgeht, können wir nur hoffen, dass niemand etwas merkt. Ansonsten Finger weg und durch, kapiert?«

Das zarte Klacken hoher Absätze war auf der Treppe zu hören. Lou van Drehfeld erschien im schmalen Gang, als Gesthuysen gerade eine Wanduhr fest im Griff hatte.

»Ich muss Sie eben sprechen, meine Herren, alle.«

»Natürlich, was gibt's?«

»Ich habe gerade mit meinem Mann telefoniert. Er ist nach einer Routineuntersuchung zum EKG in der Praxis seines Internisten geblieben. Der hat ihm eindringlich geraten, kürzerzutreten. Ich mache mir ernsthafte Sorgen.«

Alfons sah, wie sie nervös ihre Handflächen aneinanderrieb.

»Wie können wir Ihnen da helfen?«

»Wissen Sie, diese ganze Sache mit der Auktion bereitet ihm ge-

höriges Kopfzerbrechen. Er kann schon nicht mehr ruhig schlafen, der Arme. Ich soll Ihnen folgenden Vorschlag unterbreiten. Er würde gerne, gegen einen Aufschlag auf Ihr Honorar, den gesamten Ablauf der Veräußerung von der Einlieferung bis zur Auktion in Ihre Hände legen.«
Die Männern blickten sich fragend an.
»Das machen wir doch bereits.«
»Nein, Sie verstehen mich falsch. Unter Ihrem Namen. Alles soll unter Ihrem Namen laufen, damit er sich offiziell zurückziehen und regenerieren kann. Sein Herz ist nicht das gesündeste.«
Die Männer stutzten, davon war bislang nie die Rede gewesen. »Strohmänner« für den Verkauf harmloser Antiquitäten, ging es Alfons blitzartig durch den Sinn. Merkwürdig. Aber wenn es Geld bringt und für das Unternehmen wirbt, warum nicht? Die beiden anderen schienen sowieso keine Bedenken zu haben.
»Ja gut, so etwas haben wir noch nie gemacht, aber darüber können wir reden.«
Lou van Drehfeld zupfte mit eleganten Bewegungen ihre Kostümjacke in Form.
»Fein. Ich bin sehr erleichtert, dass ihm dieser Stress erspart bleibt, das können Sie mir glauben. Ich bin nach dieser mündlichen Übereinkunft beauftragt, Ihnen bald eine kleine Ergänzung zu den getroffenen Vereinbarungen zu überreichen. Es wird ihn freuen. Ich melde dann die komplette Position um auf Ihren Namen. Was ist Ihnen lieber, die Firma oder ein Privatname?«
Die Firma und Riesenerinkünfte durch eine Auktion? Das passte nicht. Alfons entschied schnell.
»Nehmen Sie meinen Namen.«
»Sehr fein, ich danke Ihnen, Herr Mackedei. Ich bin kurz zur Bank.«
Nachdem sie fort war, schwiegen die Männer eine Weile. Die Arbeit ging ihnen stockender von der Hand. Heinz-Hermann verstand nichts mehr.
»Du bist aber mutig, Alfons. Weißt du so genau, dass hier keine Hehlerware steht, die von den Gutachtern in Holland aussortiert wird?«
»Bei allem, was ich Fallenahr zutraue, glaube ich nicht, dass auch

nur ein illegales Stück hier zu finden ist. Vielleicht waren die Wege holprig, auf denen die Sachen herkamen, aber die Besitzrechte sind geklärt. Da wird er drauf geachtet haben.«

Gesthuysen kam von einer Raucherpause zurück, stellte sich seufzend neben einen gepackten, noch geöffneten Karton.

»Und wenn so eine Kiste einfach verschwindet? Quasi vom Lkw fällt? Nur eine, das würde mir schon reichen.«

»Nichts da! Ab sofort steht mein Name für Inhalt und Rechtmäßigkeit. Ab heute verschwindet nichts, zerbricht nichts und wird alles doppelt gut verpackt. Überleg mal, das gibt eine Zulage, die sich sehen lassen kann. Wir sind da am längeren Hebel. Die wird direkt ausgezahlt und steht nicht in unseren Papieren. Gesthuysen, es gibt mehr Geld, verstanden?«

»Schon gut, ja.«

»Und die Werbung für die Firma ist auch nicht schlecht. Wir tauchen in Holland mit unserem Logo auf. Das bleibt vielleicht bei dem einen oder anderen Antiquitätenhändler haften. Wir werden Karten verteilen, ganz nebenbei. Zwei Fliegen mit einer Klappe, ist doch bestens. Von solchen Aufträgen könnte es mehr geben, hätte ich nichts gegen.«

Heinz-Hermanns Augen glänzten.

»Genau. Und wir sind die günstigen Spezialisten in Planung und Durchführung. Alfons, wie nennst du das immer in Neudeutsch? Spezialisten in Logistik. Ist ja auch ein Ding. So viel Material und gemietete Lkws. Los, haut rein, wenn der andere Karren heute voll werden soll, müssen wir jetzt loslegen. Zuerst wieder den Kleinkram aus dem Weg. Mensch, der hat aber auch gehortet.«

Lou van Drehfeld war schnell zurück, erschien in regelmäßigen Abständen im Keller, interessierte sich für die Inventarlisten, schaute übertrieben unauffällig in die Kisten. In einem Moment ohne Damenbesuch wandte sich Heinz-Hermann an Alfons.

»Was hat das nun wieder zu bedeuten? Ich kann mir nicht erklären, warum die uns plötzlich kontrolliert.«

»Kontrolle? Glaube ich nicht. Die will vielleicht einfach nur wissen, was es hier so alles gibt. Schließlich standen die ganzen Sachen bei ihrer Vorgängerin im Haus verteilt. Bestimmt hatte Fallenahr alles schon fortgeschafft, als sie ihn kennenlernte. Trotzdem, diese Nervosität ... Da, neben der Vitrine ist eine ganze Reihe von Gemälden an die Wand gelehnt. Sieht nach Arbeit für einen Spezialisten aus.«

Heinz-Hermann trug die unterschiedlich aufwendig gerahmten Bilder zunächst in den Flur. Größtenteils Landschaften, quer durch die Jahreszeiten, herbstlich melancholisch, fröhlich-frühlingshaft, Winterimpressionen. Ganz nach seinem Geschmack. Lou van Drehfeld war, einem Kanarienvogel gleich, in seinen Nacken geschwirrt.

»Ah, Sie sind bei den Gemälden angekommen. Schade, dass Berni alles versteigern will, nicht? Da sind ganz passable Werke drunter. Düsseldorfer Schule, Oswald Achenbach, Liesegang, da, in dem breiten Rahmen ein Hugo Mühlig. Andererseits eine Schande, wenn alles hier verstaubt.«

Das Läuten des Telefons ließ sie wieder nach oben tippeln.

Heinz-Hermann hob eine unscheinbare Holzkassette an, die als Letztes an der Wand lehnte. Er bekam sie so unglücklich zu fassen, dass ein Seitenfach aufklappte. Etwas ragte leicht daraus hervor. Er stutzte, hielt den Kopf schräg vor die Öffnung und blickte auf ein ungerahmtes Gemälde, das langsam herausrutschte. Alfons fing es gerade noch auf. Gesthuysen linste ihm über die Schulter. Heinz-Hermann nahm das Stück Leinwand, befühlte es. Offensichtlich alter Stoff, etwas fleckig von außen und am Rand aufgeraut. Sorgsam rollte er die Leinwand auseinander. Stück für Stück erschien erst eine Bettstatt auf dem Boden, dann ein Mann darin. Es kam ihm bekannt vor. Alfons half ihm, das Bild komplett zu entfalten. Die Zipfelmütze unter dem Regenschirm, vor dem Lager ein Stapel Bücher, ein primitiver Ofen stand mitten im Raum. Gedeckte Erdfarben dominierten. Eine Idylle und doch keine, vor allem aber bekannt. Gesthuysen meldete sich aufgeregt aus der zweiten Reihe.

»Donnerwetter, ein echter Rembrandt.«

Alfons schüttelte den Kopf. Er war im Laufe seines Lebens durch viele Ausstellungen in namhaften Museen geschlendert. Das Motiv, das er hier in Händen hielt, hatte er schon gesehen. Er wusste nur nicht auf Anhieb, wo. Eine Flut von Eindrücken spulte sich in seinem Kopf ab. Die Schirn Kunsthalle in Frankfurt, die Tate

Gallery in London, die Nationalgalerie in Berlin, das Museum im Kurhaus in Kleve, das Folkwang Museum in Essen, das MoMA in New York oder das Guggenheim Museum am Central Park? Nein, ganz woanders musste er suchen. Dieses Bild war Thema in seiner Familie gewesen. Klar, im Lesebuch seiner Tochter war es abgebildet, jetzt erinnerte er sich. Alle Schüler kannten das Motiv. Sie hatte ein Referat darüber schreiben müssen, und Alfons hatte ihr geholfen. Gleich würde ihm der Name einfallen.

Heinz-Hermann wurde neugierig.

»Lass mal sehen. Wer hängt sich denn so wat Hässlichet in die Stube: armer Kerl mit undichtem Dach in Lumpen im Bett. Nee, ich persönlich bin mehr für Wald. Wo du das Herbstlaub riechen kannst. So wie dahinten.«

Was ihnen unvermittelt in die Nase stieg, war das kostspielige Parfüm von Lou van Drehfeld.

»Herr Mackedei, gut, dass Sie dieses Bild gefunden haben. Bei dem umfangreichen Bestand war mir nicht klar, an welcher Ecke es auftauchen würde. Ich verstehe gar nicht, wie es hier unten landen konnte. Ein gekonnt nachgemalter Klassiker.«

Sie nahm ihm die Leinwand mit dem Mann mit der Zipfelmütze rasch aus der Hand.

»Ein ulkiges Geschenk für meinen Berni zu seinem Sechzigsten, Sie verstehen? Seine Freunde fanden das witzig. Weil er ja so arm sei, meinten sie. Geschmacklos, oder? Es darf auf keinen Fall in die Auktion gelangen. Ich werde meinen Mann fragen, was damit geschehen soll.«

Alfons war froh, dass sich das Rätsel um diesen erstaunlichen Fund so unversehens aufklärte. Er wollte es glauben, auch wenn der zuckersüße Ton in ihrer Sprache nicht zu ihrem selbstsicheren Auftreten passte. Unsicherheit schimmerte durch, etwas Aufgesetztes, als gäbe es etwas zu verbergen. Sie rauschte demonstrativ energisch mit Kassette und Bild davon, eine teure Duftspur hinterlassend.

Jetzt fiel es Alfons ein. Spitzweg. Konrad, Wilhelm oder Carl, auf jeden Fall Spitzweg. Der arme Dichter oder Poet. Malen konnte er auch, und eigentlich war Apotheker sein Beruf. Alfons lobte innerlich sein Erinnerungsvermögen. Gut, dass er regelmäßig die Ginsengkapseln gegen vorzeitige Vergesslichkeit nahm.

Bis zum späten Nachmittag waren sie fertig. Fix und fertig. Alfons spürte jeden Muskel, jeden Knochen. Heinz-Hermanns Blutdruck ließ sein Gesicht tomatenrot leuchten, und Gesthuysen sagte keinen Ton mehr, aber sie hatten es geschafft. Der zweite Transporter war bis unter das Dach gefüllt. Lou van Drehfeld überreichte Alfons die Wegbeschreibung nach Nijmegen, die zugefaxte Bestätigung der Ummeldung und einen prallen Umschlag.

»Den Rest bekommen Sie, wenn alles erledigt ist.«

Am nächsten Vormittag würden sie die Fahrzeuge abholen und im Konvoi ins Nachbarland fahren. Zunächst aber wollten sie auf einen Absacker ins »Kajütchen« fahren und dann nach Hause. Die Wunden lecken.

Der Regen hatte aufgehört. Die Sonne blinzelte durch die Wolken, ließ die Nässe auf dem Asphalt verdampfen.

Auf dem Rückweg zum Hafen öffnete Alfons den Umschlag, hielt ein dickes Bündel grüner Hunderter in der Hand. Gesthuysens Augen quollen über. Knete, Kohle, Penunzen, Moneten, so viel, wie er lange nicht mehr gesehen hatte, ach, noch nie zu Gesicht bekommen hatte. Ein Drittel davon war seins, seins, seins. Ein verspäteter Jubelruf entglitt ihm bei Klausi am Tresen. Eintausend Euro für ihn. Gleich wollte er eine Lokalrunde spendieren, aber er wurde von den anderen davon abgehalten. Alfons fühlte sich zuständig, die Predigt des Tages zu halten.

»Genau so hab ich mir das vorgestellt. Du hast Geld in den Händen und markierst den großen Zampano. Halt dich zurück, sonst hast du bald eine Menge neuer Freunde, noch mehr Ärger und bist schneller wieder pleite, als du bis drei zählen kannst.«

»Aber irgendwie müssen wir das doch feiern.«

Heinz-Hermann behielt die Hand an der Jackentasche mit seinem Honorar.

»Dann lasst uns doch lecker essen gehen. Kennt ihr dieses Lokal am Rhein, da in Götterswickerhamm, wie heißt das noch mal?«

»Du meinst die Arche.«

»Genau, kann man fein auffet Wasser gucken und handfeste Portionen genießen. Und unser Jung aus Voerde ist mit seinem Stinker schnell da. Heute, so um sieben Uhr?«

»Abgemacht.«

»Jau.«

Heinz-Hermann lächelte gut gelaunt. »War ein guter Tag heute. Mir geht bloß dieses Bild nicht aus dem Kopf. Die Frau hat uns doch glatt was geschauspielert. Jedenfalls war diese ›Kopie‹ sehr alt.«

»Ach was, lass gut sein. Das soll uns nicht interessieren«, wiegelte Alfons ab. Sein Tonfall klang bemüht überzeugt.

Das werden wir noch sehen, dachte er. Genau hinsehen werde er, wenn jemand nervös wird, und handeln, beschloss er für sich. Ihm kam nicht der Gedanke, andere in seine Skepsis einzuweihen.

Das Wetter hatte sich zum Abend hin wieder der aktuellen Jahreszeit angepasst. Heinz-Hermann und Alfons entschieden sich für einen Tisch auf der Terrasse des Restaurants Arche in Götterswickerhamm. Unter Kugelplatanen saßen sie, den Blick stromabwärts gerichtet, der untergehenden Sonne entgegen. Der Himmel riss am Horizont auf, das Abendrot färbte den Fluss in kräftiges Orangerot. Kraftvoll bugsierten Schubschiffe ihre Lasten gegen den Strom. Kormorane tauchten zum Fischfang mit langem Atem in die trägen Fluten. Die Aussicht stromaufwärts war dominiert von der gigantischen Silhouette des Kraftwerks der STEAG.

Alfons und Heinz-Hermann schauten ungeduldig zum höher gelegenen Parkplatz. Der dritte Mann ließ auf sich warten. Die Servierin winkte von Weitem.

»Komme gleich.«

Es knatterte störend in die abendliche Idylle. Wie ein Herr von Welt schritt Gesthuysen die Steinstufen zur Terrasse herab, lässig die linke Hand in die Hosentasche einer sommerlich leichten Leinenhose gesteckt, in der rechten einen blitzenden neuen Helm schlenkernd. Durch die verspiegelte Sonnenbrille blickte er suchend über die Tische. Er trug einen Anzug im Stil von Humphrey Bogart. Im Prinzip gut investiertes Geld, nur passte es nicht zu diesem verlebten Durchschnittskopf mit Zopf.

»Da guck, unseren Junior kennst du nich wieder. Leck mich fett! Wat en Unterschied. Kleider machen Leute. Wo warst du einkaufen? Ich tippe auf Kaufhof, Woolworth oder Trödelhalle. Nein warte, du warst im Fundus von diesem Film, na, wie hieß er doch gleich? Ich hab's, Casablanca, richtig?«

Heinz-Hermann konnte sich nicht beruhigen. Himmel, wie peinlich. Alfons blickte sich um. Die vereinzelten Gäste an den Nebentischen nahmen offensichtlich keine Notiz von diesem Intermezzo.

Sie waren komplett. Es war Zeit für Alfons, wieder einmal das Wort zu ergreifen.

»An dieser Stelle möchte ich daran erinnern, dass wir morgen mit dem ersten großen Auftrag quer durch das Land fahren. Das bedeutet, wir müssen mit der gesamten Aufmerksamkeit präsent sein. Also, feiern ja, aber bitte alkoholfrei. Ihr wisst, dass die Polizei in unserem Nachbarland kein Pardon mit deutschen Fahrern kennt.«

Enttäuschte Gesichter.

»Komm, Alfons, ganz auf dem Trockendock sitzen geht nicht. Zur Feier des Tages. Einen. Auf meine Rechnung.«

Schon winkte Heinz-Hermann der Serviererin. Sie nahm die Bestellung auf, drei Pils, drei Korn, und ließ Speisekarten da, die eine gutbürgerliche Auswahl an Fisch und Fleischgerichten boten. Die emsige Frau erschien kurze Zeit später mit den Getränken und erwies sich immun gegen das breite Lächeln und den ansatzweise zwinkernden Blick von Gesthuysen. Da half selbst Naturleinen nicht weiter.

Drei Gläser stießen über dem Tisch zusammen, sie prosteten sich zu. Während die letzten Sonnenstrahlen hohe Wolkenbänder am abendblauen Himmel rot färbten, ließen sie sich den Fischteller Götterswickerhamm, den Lotsenteller und die Fischpfanne Arche schmecken. Auf einem Bein könne man wirklich nicht stehen, meinte Gesthuysen, und bestellte in Gönnerlaune und mit großspuriger Gebergeste noch einmal die gleiche Runde. Die Serviererin lachte.

»Noch einmal Herrengedeck für drei, kommt sofort.«
»Auf unser Unternehmen.«

»Ja, auf O.P.A., die rüstigste Rentnerriege entlang des Rheins. Prösterkes.«

»Hoffentlich geht alles gut morgen. Ich krieg jetzt schon feuchte Hände.«

Alfons horchte auf. »Gesthuysen, das klingt nach Bedenken. Was ist los?«

»Habt ihr nicht in den Nachrichten von dem Kunstraub in Düsseldorf gehört? Völlig dreist die Fensterscheibe einer Galerie eingeschlagen, die wertvollsten Bilder geschnappt und nix wie weg. Drei Kerle, einer von denen mit Waffe im Anschlag. Da kennen die kein Pardon. Russenmafia und so.«

»Was soll uns passieren? Es weiß doch niemand, dass wir unterwegs sind. Die Lkws sind als Leihfahrzeuge gekennzeichnet, also völlig neutral.«

»Kannst du wissen, wem unser Auftraggeber von der Tour erzählt hat? Und dieses Vollweib ist eine Quasselstrippe. Frauen quatschen immer, wenn sie den Mund halten sollen. Dann sind wir in Holland angemeldet. Was ist, wenn da jemand in die Listen lünkert? Da, ich hab's genau gemerkt, jetzt grübelst du auch.«

Jeder Versuch von Alfons, seine aufkeimenden Befürchtungen zu relativieren, scheiterte. Heinz-Hermann hielt sich zurück. Alfons suchte seine Unterstützung.

»Wie stehst du zu diesem Thema? Äußere dich bitte auch mal dazu.«

Lächelnd leerte Heinz-Hermann sein Glas und lehnte sich mit verschränkten Armen zurück. Die Positionslichter der Frachtschiffe spiegelten sich tausendfach im dunklen Wasser.

»Kennst mich doch, immer fein den kleinen Mann im Hintergrund machen, bescheiden und unschuldig, und, zack, da liegt die Lösung auf der Hand.«

Er forderte die anderen auf, zusammenzurücken.

»In unserem Programm steht doch auch Sicherheitsdienst, richtig? Hab ich schon lange drüber prakesiert. So ein Wachmann hat eine Taschenlampe, ein mobiles Telefon und …«

Er führte seine Rechte in seine Weste, holte sie zur Faust geballt hervor, den Zeigefinger vorgestreckt, zielte auf die Terrassenbeleuchtung.

»Peng.«

Er pustete den imaginären Rauch von seiner Fingerspitze. Erst verstand Alfons nicht, dann richtete er sich auf.

»Heißt das, du hast eine ...«

»... richtig! Der Kandidat hat hundert Punkte. Ich besitze eine rechtmäßig angemeldete Pistole. Eine Glock, einfach in der Handhabung. Schön leicht, besteht bis auf den Stahlschlitten aus Polypropylen. Da guckt ihr, was? Hab ich schon seit fünfzehn Jahren. Jeden Sommer probier ich, ob se noch die Stare aus dem Kirschbaum holt, und pack se wieder weg. Da kannst du für wetten, dat die morgen mit dabei ist. Na, Gesthuysen, is dat nu sicher genug für dich? Du bist mir so ein waschechter Held der Arbeit, du.«

Ein heftiger, in seiner Lautstärke unterdrückter Disput entstand. Für und wider. Alfons war gegen Bewaffnung, wurde aber hoffnungslos von den anderen überstimmt. Beim dritten Herrengedeck, von Alfons auf den Schrecken bestellt, entstand in Gesthuysens Hirn eine neue Idee.

»Mit der Wumme müssen doch alle umgehen können. Im Ernstfall, mein ich.«

Alfons schüttelte den Kopf und winkte der Servierin. Er wollte schleunigst zahlen und gehen. Das ging ihm entschieden zu weit. Heinz-Hermann horchte auf.

»Doch, doch, Gesthuysen hat recht. Was ist, wenn ich ausfalle oder mal zum Pinkeln bin, und jemand will euch was? Ich schlage vor, dass wir morgen einen Schnellkurs in den Tagesablauf schieben. Wenn wir uns früh genug treffen, klappt das.«

Alfons wiegelte mit wirren Handbewegungen ab.

»Morgen fahren wir friedlich nach Holland und liefern die Ladung in Nijmwegen ab und basta. Ohne Zwischenfälle und ohne Bewaffnung.«

Sie schwiegen, während Alfons in völliger Konfusion die komplette Rechnung beglich. Als die Kellnerin außer Hörweite war, diskutierten sie lebhaft weiter.

»Einer für alle, alle für einen. Wer ist dafür, dass wir morgen früh einen kurzen Waffentest machen?«

Gesthuysen und Heinz-Hermann hoben die rechte Hand.

»Du bist überstimmt, Alfons. Morgen früh in Xanten. Sagen wir um halb sechs, da isset schon hell. Wir treffen uns auf dem Parkplatz an de ahle Kleiderfabrik hinter dem Krankenhaus. Ich kenne da ein Fleckchen mitten in der Hees, wo so schnell niemand hinkommt. Leicht transportable Zielscheibe, Blechdosen und so. Bring ich alles mit.«

Alfons verlor fast seine Haltung.

»Nein, ohne mich. Das ist doch kompletter Wahnsinn. Das schallt meilenweit durch den Wald. Jeder Bauer, der kilometerweit entfernt seine Kühe melkt, wird das hören. Nein, nein, nicht mit mir.«

Heinz-Hermann legte seine Hand auf Alfons' Unterarm.

»Nur die Ruhe bewahren, Vatter hat an alles gedacht. Meine Kirschen rette ich, indem et laut knallt. Die Ratten, die unter dem Kompost wohnen, jage ich, ohne die Nachbarn zu erschrecken. Schon mal was von der Erfindung des Schalldämpfers gehört? Also, halb sechs an der Kleiderfabrik. Den Schildern zum Krankenhaus folgen, vor dem Parkplatz links rein, am Waldrand wieder rechts und immer der Straße folgen, bisset nicht mehr weitergeht. Und verabrede dich mit dem Casablanca-Rick in Wesel, denn erstens wird der ewig lange brauchen, bis der mit seinem Stinker da ankommt. Und zweitens würde dat Teil garantiert alles aufscheuchen, wat zwei Beine hat.«

Alfons seufzte, und Theresa schaute fragend auf. Das Trauma, das ihm diesen Albtraum verschafft hatte, der Mordfall oder genauer gesagt der Fund des Ermordeten, kam in seiner Erzählung immer näher. Der Fund nach seinem Schuss. Diese Erinnerung verwirrte ihn. Doch seiner Enkelin hatte er bisher weder berichtet, was in diesem gespenstischen Traum so wirr passiert war, noch was in der Realität geschehen war. Nun würde er sich von der Seele reden, was ihn seit Langem beschäftigte.

Theresa spürte seinen inneren Zwiespalt. »Willst du eine Pause machen? Du wirkst angestrengt.«

Alfons gab sich einen Ruck und schüttelte vehement den Kopf. Jetzt würde er vom Toten erzählen, nicht die Traumsequenz, sondern die genaue, die wahre Geschichte. An einem Stück und auf einen Rutsch. Versprochen ist versprochen.
»*Nein, lass gut sein. Ich mache weiter.*«
Theresa nickte erwartungsvoll.

Sechs

Fünf Uhr war verdammt früh. Gesthuysen muffelte auf dem Beifahrersitz vor sich hin. Alfons war ebenfalls nicht nach Kommunikation zumute. Ihm fehlten die zwei Stunden Schlaf jetzt schon. Irene würde sich wundern über seine frühe Abwesenheit. Lediglich die bayrische Fährtensucherin schien gut gelaunt und plauderte fröhlich über verkehrstechnische Gegebenheiten. Schweigend schlichen sie über die allmählich verrostende Rheinbrücke. Ihr Blick schweifte über die im Morgennebel abtauchende Baustelle für die neue Weseler Rheinbrücke. Direkt neben dem eisernen Gitterwerk der alten und abgenutzten Brücke wuchsen die ersten Betonpfeiler aus den Baugruben. Die meisten Autofahrer kontrollierten mit einem Seitenblick im Vorbeifahren den Baufortschritt.

»Nach hundert Metern an der Ampel rechts abbiegen.«

Träge rollte ihnen der morgendliche Berufsverkehr entgegen.

Kühe grasten, der Mais säumte die Straße wie ein kleiner grüner Wald, und ein Bauer besserte einen Weidezaun aus. In der Senke, kurz vor Unterbirten auf der linken Seite, führten Wildgänse ihren ersten Nachwuchs zur Futtersuche aus. Ein Storch stakte auf seinen langen, roten Beinen durch die sumpfige Wiese.

»Nach hundert Metern an der Ampel rechts abbiegen.«

Das Altrheinpanorama von der B57 aus fesselte Gesthuysens Aufmerksamkeit. Gelbe Teichrosen blühten auf Teppichen riesiger Blätter, Haubentaucher tauchten weg, um viele Meter entfernt wieder hochzukommen, der Blick schweifte kilometerweit über die Wasserfläche.

»Mann, das wäre ideal zum Nachtangeln. Muss ich mir merken. Hier gibt es bestimmt auch Hechte. Prima Geschmack.«

»Nach hundert Metern links abbiegen.«

Sie fuhren an Haus Lau vorbei, überquerten die Bahnschienen. Die urtümliche Aussicht auf Waldflecken und Felder der Maikammer hatte auch Sönke Wortmann, den Regisseur des Kinofilms »Das Wunder von Bern«, fasziniert. Die Fahrt der Fußballmannschaft durch die Republik war exakt hier gedreht worden. Beim Großheeshof wurden die ersten Pferde auf eine Koppel geführt, vollzogen übermütige Sprünge in der frischen Morgenluft.

»Nach hundert Metern rechts abbiegen.«

Alfons schaute auf das Damwild hinter dem Zaun auf der gegenüberliegenden Seite. Gemeinschaftliches Äsen mit und ohne Geweih, vereinzelt sprangen Kitze durch die Herde.

»Da steht mein Lieblingsessen. Mit Maronen, Klößen und Preiselbeeren auf Birnenhälften.«

Die Abzweigung zum St.-Josef-Hospital war von Weitem zu erkennen. Alfons schaltete das Navigationsgerät aus. Gesthuysen protestierte.

»Lass doch, die Schnalle hat eine klasse Stimme, echt sexy.«

Die Gebäude der ehemaligen Militärbasis verrotteten im Gestrüpp. Bis vor wenigen Jahren waren sogar Raketen für Atomsprengköpfe hier deponiert worden, und neugierige Spaziergänger, die ihre Nasen durch den Maschendraht steckten, mussten mit Unannehmlichkeiten rechnen.

Die Straße wurde holprig, patchworkartig asphaltiert. Alfons musste enorme Schlaglöcher umkurven. Der Belag ging in unebenes Kopfsteinpflaster über, das ins Nichts zu führen schien. Auf der linken Seite kam ein improvisierter Zaun aus dünnwandigen, teils brüchigen Holzelementen in Sicht. Die Einfahrt stand offen. Dahinter waren die alten flach bedachten Gebäude der ehemaligen Kleiderfabrik zu erkennen. Die großflächigen Fenster wirkten verwaist, das Gelände machte einen maroden Eindruck.

Der Transporter von Heinz-Hermann parkte einsam rechts am Waldrand, direkt vor dem abgesperrten Weg. Anscheinend hatte er sie im Rückspiegel erkannt und stieg aus.

»Morgens mit den Hühnern aus dem Stall ist nicht euer Ding, so wie ihr ausseht. Fünf Minuten über de Zeit. Wir müssen uns beeilen, los geht's.«

Er verteilte unförmiges, in graue Zellstoffdecken gehülltes Gepäck und marschierte hinter der Schranke in den Mischwald. Der Boden war uneben, Schottersteine und Füllmaterial aus Ziegeln und Backsteinen ragten aus dem festen Untergrund. Sträucher, Bäume und Brombeerranken umschlangen in regelmäßigen Ab-

ständen bemooste Mauerreste. Ein Eichelhäher krächzte seine Warnung in die Baumkronen. Alfons fiel ein gelbes Schild ins Auge.
»Heinz-Hermann, was hat das zu bedeuten? Da steht, man darf die Wege nicht verlassen wegen Explosionsgefahr.«
»Musste nicht drauf achten. Im Wald war während des Zweiten Weltkriegs das Gelände einer Munitionsfabrik. Die Muna. Gut getarnt zwischen den Bäumen. Nach dem Krieg sind die ganzen Depotbunker gesprengt worden.«
»Deshalb diese überwucherten Mauerreste?«
»Richtig kombiniert. Und weil man nicht sicher sein kann, dass hier nichts mehr im Boden rostet, gibt et die ganzen Schilderkes. Die haben die ganze Gegend ordentlich abgesucht, aber man weiß ja nich, wat Füchse, Dachse und Kaninchen so ausbuddeln. Aber keine Sorge, ich hab noch in jedem Jahr Maronen und Heidelbeeren ohne Feuerwerk gefunden.«

Nach ungefähr zehnminütigem Marsch bog er rechts vom Weg ab und stiefelte zwischen hohen, alten Buchen zielstrebig in den Wald. Gesthuysen, mit der verhüllten Zielscheibe aus Stroh beladen, stöhnte wie ein Muli und folgte ihm. Alfons blieb stehen.

»Du glaubst doch nicht, dass ich auch nur einen Fuß ins Gebüsch setze. Du hast doch selbst gesagt, man kann nicht sicher sein.«

Heinz-Hermann, der sichtlich genervt war, antwortete im Weitergehen.

»Alfons, Mensch, ich häng auch an meine Beine. Hier hab ich im letzten Jahr Holz schlagen dürfen, mit dem Förster abgesprochen. De ganze Holzfällertrupp mit schwerem Gerät is hier ohne Verluste durch. Seit ich denken kann, is hier nichts explodiert. Die müssen die Schilder aufstellen, Haftpflicht und so. Jetzt komm, is nich mehr weit, und de Zeit läuft eindeutig gegen uns.«

Zunächst waren bewachsene Erhebungen zwischen den Bäumen zu erkennen. Von vorn betrachtet ragten relativ intakte Gebäudereste, die Stück für Stück von der Vegetation zurückerobert worden waren, aus dem Unterholz. Ein Bunkerrest mit klaffendem Zugang zu einem düsteren Innenraum ragte noch heraus. Hier bot sich durch die dickwandige, schräg liegende Decke ein niedriger, begehbarer Hohlraum.

Heinz-Hermann setzte sein Marschgepäck vor dieser Ruine ab.

»Hier sind wir richtig. Die Zielscheibe stellen wir vor die Bunkeröffnung, und oben auf et Dach kommen die Bierdosen. Erst mal auf die Scheibe zielen und dann auf et Blech. Zuerst tüchtig lernen und dann de Spaß.«

Eine Pappe mit schwarzen Ringen wurde auf die Strohscheibe geheftet. Alfons hielt sich dicht hinter den anderen. Wo deren Füße gestanden hatten, war das Terrain garantiert bombensicher. Er schielte Heinz-Hermann über die Schulter, der ein Lederköfferchen aus seinem Rucksack hob. Eine schwarze Pistole kam zum Vorschein, an deren Lauf er mit routinierten Bewegungen ein Rohr schraubte.

»Der Schalldämpfer. So, jetzt der Schlitten für die Munition. Dann kann et losgehen.«

Er erklärte den beiden Männern die Handhabung, wie sie ein Gefühl für das Ziel entwickeln konnten und, ganz wichtig, dass niemand die Waffe auf andere richten durfte.

»Ihr seid Anfänger, und die Kugeln sind echt. Also, ich reiß euch die Ohren ab, wenn ihr auch nur aus Versehen woandershin zielt als auf dieset scheußliche Bauwerk da. Kapiert? Alfons, wat is? Komm näher, von da aus triffst du nix.«

»Das wird mir auch aus der Nähe nicht gelingen. Ich habe den Schusswaffengebrauch, egal zu welchem Zweck, immer abgelehnt. Ich war mal mit einer Handelsdelegation aus Riga zum Tontaubenschießen. Ratet mal, wer haushoch verloren hat?«

Gesthuysen probierte es als Erster, nicht ohne einen seiner zünftigen Kommentare. »Jetzt lasst mal nen echten Kerl ran.« Heinz-Hermann stellte sich hinter ihn und korrigierte die Haltung. Ein erster Schuss, ein winziges, ploppendes Geräusch, jedoch keine sichtbare Veränderung auf der Zielscheibe.

Gesthuysen streckte sich.

»Donnerwetter, so kleine Einschusslöcher, dass man sie von Weitem nicht erkennt. Liegt gut in der Hand, deine Wumme.«

Heinz-Hermann nahm ihm die Waffe ab, zielte. Plopp. Ein Einschussloch zierte erkennbar die Scheibe.

»Du hast einfach nicht getroffen. Probier et noch mal.«

Es brauchte mehrere Versuche, bis Gesthuysen stolz den äußeren Rand zerfetzt hatte.

»Jetzt Alfons.«

Er zierte sich, kam auf leisen Sohlen näher und nahm die Waffe widerwillig in seine schweißnasse Rechte. Er taxierte das Gewicht, wandte sich an Heinz-Hermann.

»Gar nicht so schwer, wie ich dachte. Muss ich irgendwie spannen vor dem Abdrücken?«

Heinz-Hermann stand bewegungslos vor ihm, fixierte seine Augen, schwitzte schlagartig.

»Den Lauf nach unten oder auf die Scheibe gerichtet! Wo zielst du gerade hin?«

Ruckartig riss Alfons die Glock nach unten, verkrampfte die Hand samt Zeigefinger am Abzug. Das kleine, harmlos wirkende Plopp wirbelte den Waldboden zwischen seinen Beinen auf. Alfons sprang zur Seite.

»Mist! Also doch alte Munition im Boden.«

»Nein, du Fachmann. Neue, blanke Kugeln! Komm, ich führ dir die Waffe in Richtung Scheibe, bevor du einen von uns kastrierst.«

Mit zitternden Händen fiel das Anvisieren doppelt schwer, jedoch traf Alfons gleich beim ersten Schuss den zweiten Ring und atmete auf.

Nach mehreren Durchgängen verlor er die Scheu vor der Pistole, die einer eher jungenhaften Experimentierfreude wich. Gesthuysen wollte einmal wie Schimanski schießen, aus der Drehung heraus mit der Waffe in der Waagerechten. Natürlich traf er nichts. Abgesehen von einer Taube, bei deren Aufprall sich ein paar zarte Federn um den leblosen Körper verteilten.

»Deine erste selbst gejagte Fleischmahlzeit, gratuliere.«

Heinz-Hermann mimte den verdeckten Ermittler, der blitzschnell seine Waffe aus dem Schulterhalfter zog und zwei Schuss hintereinander abfeuerte. Spitzenreiter an den Ringen. Nachdem jeder ein paarmal die Scheibe ohne Hilfe oder Verluste in Flora und Fauna getroffen hatte, kam die schwierigere Disziplin der Bierdosen.

»Erst die Pflicht, dann die Kür. Von links nach rechts.«

Die erste Runde brachte Frust statt Treffer. Der großspurige Gesthuysen traf auch in der zweiten nichts, Heinz-Hermann war wieder dran. Eine Dose aus der Mitte flog scheppernd in die Tiefe.

Alfons, wie die anderen nach mehreren erfolglosen Versuchen mit ehrgeizig angespanntem Gesicht, zielte besonders sorgfältig. Schuss. Mit zeitlicher Verzögerung trudelte die zweite Dose von rechts und kippte wie in Zeitlupe nach hinten.
»Ja! Getroffen.«
»Nix da, nie und nimmer. Hat doch gar nicht gescheppert.«
»Die ist aber eindeutig umgefallen, schau hin. Da ist eine Lücke. Ich habe die Dose getroffen.«
Die beiden anderen blieben skeptisch. Nach kurzem Disput einigte man sich darauf, auf und hinter dem Bunker die Dose zu suchen, um zu überprüfen, ob sie ein Einschussloch hatte. Gesthuysen erklomm den schrägen Rand. Vorsichtshalber nahm Heinz-Hermann die Waffe aus Alfons' Hand und legte sie in den Koffer. Unkontrollierte Überraschungen durch Anfängerhände hatte es genug gegeben. Während er den Koffer schloss, hörte er Gesthuysens aufgeregte Stimme von der bemoosten Betonplatte schreien.
»Kommt mal her, schnell!«
Gesthuysen stand wie angewurzelt auf dem leicht angewinkelten Bunkerdach und starrte auf einen Baumstamm, der sich in jahrzehntelangem Prozess wie ein Schornstein durch einen schmalen Spalt gezwängt hatte. Die Dose hielt er in der Hand.
»Die hat kein Loch, aber da ...«
Auf gleicher Höhe wie Gesthuysen blickten sie zu dem Buchenstamm. Alfons strauchelte, hielt sich knapp auf den Beinen, Heinz-Hermann trat einen Schritt näher heran. Gesthuysen war blass wie eine Kalkwand.
»Der ist doch nicht echt. Der ist doch dahin gesetzt, eine Schaufensterpuppe, richtig? Heinz-Hermann, der gehört doch zu deinem gottverdammten Witzprogramm, oder?«
An den Baum gelehnt saß ein Mann mit ausgestreckten Beinen und herabhängenden Armen. Sein Kopf war leicht nach vorne geneigt, als ob er sich ausruhen wolle. Haare fielen ihm ins Gesicht, das halb verborgen blieb. Deutlich zu sehen war das Loch in seiner Stirn mit dem dünnen Blutfaden, der sich über der Wange verzweigte und einen dunklen Fleck auf seiner hellen Stoffjacke hinterließ.
»Den Kerl kenn ich nicht.«

»Was ist los mit dem?«
»Was soll sein, sieht man doch. Tot isser. Mausetot.«
»Willst du damit sagen, wir haben den er …«
Alfons' Stimme versagte. Er musste schlucken. So ein Skandal. Kaum ein halbes Jahr im Ruhestand und nun für den Rest seines Lebens in den Knast. Graue Wände, graue Kleidung, Langeweile und Essen aus Blechgeschirr, nie wieder mit der »Comtesse Irene« über den Rhein schippern.
»Nein, neeiiiiin!«

Theresa sprang auf, der Küchenstuhl knallte gegen den Kühlschrank.
»*Das ist ja wie bei deinem wüsten Traum. Erst wühlst du in deinem Sessel herum, dann schreist du. Genau so. Opa, was erzählst du da?*«
Alfons umfasste mit zittrigen Fingern den Schwenker und schlürfte an seinem Cognac.
»*Das war ja auch ein Albtraum, das sag ich dir.*«
Seine Enkelin stellte den Stuhl wieder zurecht, rückte näher und flüsterte ihm fast ins Ohr.
»*Willst du damit sagen, dass du diese total krasse Geschichte wirklich erlebt hast?*«
Alfons nickte zaghaft.
Schweigend hockten sie nebeneinander. Vielleicht war das doch zu viel für sie. Als er Bedenken äußern wollte, kam sie ihm zuvor.
»*Du kannst auf mich zählen. Ehrlich. Ich werde niemandem was verraten, Ehrenwort. Was für eine abgefahrene Story.*«
Sie schenkte ihm einen Schluck des edlen, goldbraunen, hochprozentigen Zungenlösers nach.
»*Los, mach weiter, da saß also dieser Mann am Baum, und dann?*«
Die Haustür öffnete sich.
»*Ich bin's. Ist jemand zu Hause? Alfons, bist du da? Du, ich bin heute zu dem Damenkaffee von Gräfin Gloria von Ebelsheim in Krefeld eingeladen.*«
Redend stöckelte Irene in die Küche.

»Küsschen, Küsschen ihr zwei, und deswegen bin ich nur kurz zum Umziehen da. Das wird ein Riesenerfolg für unser Projekt in Namibia. Du weißt schon, die Schulspeisung für die Kinder. Die halbe Finanzierung ist bereits in trockenen Tüchern.«
Schon war sie hinausgerauscht, hielt kurz inne, kam zurück.
»Ist irgendwas?«
Alfons und Enkelin setzten gleichzeitig die unschuldigste, harmloseste Miene auf, die sie bieten konnten.
»Nein, Irene, alles in Ordnung, wir unterhalten uns nur ganz gemütlich.«
»Genau, Opa erzählt ein paar coole Geschichten aus seinem Leben. Ich kann so viel von ihm lernen, ehrlich.«
Schon stöckelte Irene weiter, ihre Stimme kam aus der Ferne.
»Alfons, du langweilst sie doch hoffentlich nicht mit Einzelheiten deiner asiatischen Verhandlungstaktik bei Geschäften mit Japanern, oder?«
»Nein, bestimmt nicht.«
Was waren schon millionenschwere Geschäfte mit japanischen Maschinenbaukonsortien gegen eine Leiche in der Hees? Ein lächerlicher Klacks.

Nach der gestrigen Tour durch billige Pensionen und zwei Hotels Garni, bei denen schon Hanns Dieter Hüsch die umgedrehten Tassen auf eingedeckten Tischen moniert hatte, blieb heute die Landpartie zum Hotel Voshövel. Karin hatte sich das Sahneschnittchen für den frühen Morgen reserviert und die Kollegen in andere Regionen geschickt.

Summend schlenderte Burmeester neben Karin die Stufen im Kommissariat hinunter. Gute Laune drückte er stets mit einem Griff in den Farbtopf aus. Seine Haare glichen in ihren Farbnuancen denen einer niederrheinischen Hauskatze. Hemd und Jeans dagegen entsprangen wüsten Fantasien eines Nachwuchsdesigners, der das Ziel verfolgte, mausgraue Freaks in Großstädten sichtbar zu machen. Burmeesters Oberkörper wirkte wie der Arbeitskittel eines Lackierers nach der Renovierung eines Bordells. Rot, Rosa und Violetttöne überlagerten sich in großen Klecksen. Seine grüne Hose war bis auf Wadenhöhe gespickt mit unterschiedlich großen Taschen, die Füße steckten in blauen Sneakers. Karin war diese Ausflüge in den Farbkasten gewohnt, und ihre Kundschaft schien sich nicht daran zu stören. Nur bei Ermittlungen auf dem platten Land griff ihr Kollege mittlerweile freiwillig auf dezente Farben, meist Erdtöne, zurück. Mimikry, die Kunst der Anpassung, um zu überleben.

Sie winkten dem Kollegen an der Pforte zu, scherzten auf dem Bürgersteig über Jerrys Nervosität, die stündlich anstieg und eine Tendenz zur ausgewachsenen Flugangst zeigte. Karin lächelte.

»Ich habe noch eine Packung Pillen gegen Reisekrankheit von Moritz im Apothekenschrank, die schenke ich ihm morgen. Eingepackt mit Schleifchen.«

Sie gingen durch die Toreinfahrt zum Parkplatz. Die Frau bemerkte keiner der beiden. Wie ein orangefarbener Dämon tauchte sie hinter einem Mauervorsprung auf und schlang ihre Arme tentakelartig um Burmeesters Hals.

»Mutter!«

»Mein Junge, du lebst. Dir geht es gut. Der Göttin sei Dank.«

Sie bedeckte sein Gesicht mit ungelenken Küssen und strich seine aufgepeppte Frisur platt. Karin betrachtete die beiden wie versteinert. Nie im Leben, niemals würde sie sich derartige Szenen mit Moritz erlauben. Das hier war ein abschreckendes Beispiel für eine ungesunde Mutter-Sohn-Beziehung.

»Und wie du aussiehst, ganz abgemagert, so ungesund blass. Du isst nicht richtig, wenn niemand aufpasst.«

»Mutter, lass mich, ich muss weiter. Du bist zu peinlich, wie immer. Nimm die Hand aus meinem Gesicht, lass los!«

»Mein Junge, ich habe solche Angst um dich. Gestern habe ich die Karten befragt. Da sind Untote! Ich habe sie gesehen in deiner Nähe.«

Karin platzte der Kragen. Sie wurde energisch. »Frau Burmeester! Schluss jetzt, oder ich hole umgehend die Kollegen in Grün und lasse Sie einweisen. Wir haben zu tun.«

Schlagartig drehte sich die Frau zu ihr um. Nikolas verstand Karins Blick und eilte zum Auto.
»Sie haben sowieso Schuld an dem Ganzen. Sie bringen ihn doch ständig in Gefahr. Die werden auch Sie einholen, solange sie noch auf dieser Welt festgehalten werden. Sie kommen nicht ungeschoren davon. Untote sind ungnädig und unberechenbar.«
»Unglaublicher Unsinn, Frau Burmeester. Ihr Sohn ist erwachsen. Manchmal muss man jemanden gehen lassen, damit er zurückkommen kann. Denken Sie mal darüber nach.«
Burmeester hielt mit seinem alten roten Polo direkt neben ihr und öffnete die Beifahrertür. Karin sprang ins Fahrzeug, er brauste nach rechts auf den Herzogenring.
»Donnerwetter, verdammt schlauer Spruch. Danke für deinen lebensrettenden Einsatz.«
»Kannst mir einen Kaffee dafür ausgeben. Mein lieber Schwan, ist das eine Granate. Dagegen ist meine Mutter ein Engel. Sag ihr das bloß nicht.«
Sie schwiegen, während sie die Stadt über die B58 in Richtung Schermbeck verließen. Hinter Drevenack bogen sie links in den Postweg. Waldflecken, Weiden und einzelne Häuser säumten die Straße, kilometerweit ging es idyllisch geradeaus. Sanft lag der Frühdunst auf den Wiesen, brachen Sonnenstrahlen durch Baumwipfel.
»Wird wieder ein schöner Tag heute. Da schwächelt meine Arbeitsmoral.«
»Warte, bis wir da sind. Dort kannst du schon von Weitem Energie auftanken, so erholsam und idyllisch, wie die Landschaft hier ist.«
Das Landhotel Voshövel lag einladend in einen gepflegten Park gebettet. Blüten verbreiteten Frühsommeratmosphäre, Teakholzbänke luden zum Verweilen zwischen Sträuchern, Blumenstauden und Wasserflächen ein. Karin wies auf den Eingang.
»Dass du mich hier auf den Kaffee einlädst, ist eine prima Idee. Wir können bestimmt draußen sitzen. Frühstück wäre noch besser.«
Burmeester durchsuchte diverse Hosentaschen nach seiner Geldbörse.
Die freundliche Hotelfachfrau an der Rezeption konnte in dem

dezent getarnten Bildschirm keinen Gast aus Berlin finden. Dafür konnte sie sich an einen Anruf erinnern. Ein Mann mit lautem Berliner Dialekt habe sich in der Vorwoche nach einem Zimmer erkundigt. Leider seien sie ausgebucht gewesen.

»An den Namen erinnere ich mich nicht mehr, aber der erwähnte etwas mit Kunst. Kunsthistoriker oder so. Tut mir leid, mehr weiß ich nicht mehr. Sie entschuldigen mich.«

Beim Frühstück auf der Terrasse, bei Sonnenschein und ländlichem Ambiente, kam Burmeester die Idee.

»Da ist doch der Zusammenhang. Ein Kunsthistoriker oder einer, der sich dafür hält, und ein Stückchen Leinwand eines alten Gemäldes. Was ist denn hier im Umfeld in letzter Zeit verschwunden? Bilder aus Museen, Kunst aus Galerien? Hast du was auf dem Schirm?«

»Nein, aber im Büro finden wir das raus.«

»Bei den Kollegen von Einbruch und Betrug?«

»Nein danke. Keine Lust auf den Kollegen Zeiger. Ich meine, im Internet. Und wenn wir konkreter werden wollen, wenden wir uns ans Landeskriminalamt.«

»Ich glaube nicht, dass Kunstraub in Nordrhein-Westfalen bearbeitet wird. Solch ein Dezernat für Kunstdelikte gibt es außer beim Bundeskriminalamt nur noch bei ein paar Landeskriminalämtern. Ich glaube, in Baden-Württemberg, in Bayern und in Berlin. Dann müssten wir Experten hinzuziehen, die nicht mal wissen, wo der Niederrhein liegt. Die kennen höchstens den Esel von Wesel, das berühmte Echo.«

»Sind wir also auf uns allein gestellt bei den Ermittlungen? Wieso ist das so? Das ist doch kein Kinderkram, da geht es um echte Werte. Mensch, es ist doch sicher schwer, einen Einblick in die Halbwelt der Kunsträuber zu bekommen.«

»Ja und nein. Kunstdelikte sind schon ein untypisches Arbeitsgebiet für die Polizei. So ein Kunstraub landet bei uns im Diebstahlsdezernat. Damit kann theoretisch jeder Beamte, der sonst Ladendiebe einlocht oder nach einem Einbruch in einen Kiosk ermittelt, befasst sein. Aber es gibt eine Datenbank beim BKA, in der gestohlene Kunstwerke verzeichnet sind. Durch sie gibt es einen zentralen Überblick über die Taten im ganzen Land. Und wenn man zum Beispiel ein gestohlenes Bild meldet, wird das BKA informiert, man kann gezielte Fahndungsmaßnahmen einleiten oder es über Suchmeldungen in Fachzeitschriften suchen. Das ist gar nicht so selten. Dann gibt es noch das Art-Loss-Register in Köln, die haben hundertfünfzigtausend Datensätze über gestohlene Kunstwerke und Kulturgüter. Das ist aber keine Behörde, sondern ein international tätiges Unternehmen.«

Karin staunte über Burmeesters Faktenwissen und schaute ihn nachdenklich an.

»Und wenn nach ein paar Monaten nichts passiert, wird die Fahndung eingestellt. Das gefällt mir nicht. Kunst ist doch mehr, ein Teil der Gesellschaft und unserer Geschichte. Und Kulturgut, das sich die Menschen in Museen und Sammlungen ansehen. Nein, Burmeester, wir kümmern uns nicht um die Experten. Aber wir hören bei ihnen nach, wenn es uns nötig erscheint, und verwenden ihre Auskünfte für unsere Arbeit. Wir dürfen nur nicht zu viel Sand aufwirbeln, sonst schalten die sich am Ende noch ein. Das Bild ist auf jeden Fall alt, der Leinwandfetzen zeigt das ja. Und ein Rätsel bleibt, was überhaupt passiert ist. Wir bringen das Ding selbst zu Ende.«

Der schrille Assistent der Hauptkommissarin wusste Bescheid.

»Da passt es ja hervorragend, dass eine Vermisstensache damit zusammenhängt und du an den Fall gekommen bist. Und weil ihn kein anderer bearbeiten will, musst du dich auch nicht mit lästigen und ehrgeizigen Vorgesetzten und höheren Dienststellen abquälen. Wie gut Meister Zufall alles richtet!«

»Höre ich da etwa Ironie heraus? Aber es stimmt schon, wir machen diesmal ungefragt, was wir richtig finden. Keine Frau Doktor Vorgesetzte, die mehr Macht als Fachkenntnis besitzt und dazwischenfunkt. Burmeester, lass unsere Abteilung das allein durchziehen. Aber erst mal gehen wir gemütlich essen, damit sich die Arbeitsmoral erholt.«

Burmeester staunte nicht schlecht. Muße war nicht das Lieblingswort seiner Chefin, schon gar nicht am frühen Morgen. Da scheuchte sie normalerweise alle, sich selbst eingeschlossen, durch den Kreis Wesel.

»Geht es dir gut?«

»Sehr gut sogar. Kennst du das Gefühl, wenn alles läuft und sich in Wohlgefallen auflöst? Wir finden heraus, was da passiert ist, davon bin ich überzeugt. Es spielt keine Rolle, ob eine halbe Stunde früher oder später.«

»Das ist mir neu. Daran werde ich dich bei passender Gelegenheit erinnern. Wo nimmst du diese Ausgeglichenheit her?«

Karin lehnte sich zurück und verschränkte die Arme über dem Kopf.

»Nenn es Liebeszauber. Ich bin so glücklich mit Maarten. Meine Familie versteht sich mit ihm, Moritz akzeptiert und schätzt ihn. Manchmal wache ich auf und denke, ich träume das alles nur.«

So betrachtet war der Mordfall in Bislich-Büschken, den Karin vergangenes Jahr aufgeklärt hatte, zwar grausig, aber für sie ein Glück. Damals hatte sie Maarten getroffen. »Beneidenswert«, sagte Burmeester, »ich muss weit in meinem Gedächtnis kramen, um mich an meine letzte Liebe zu erinnern.«

Sie zahlten, standen auf und gingen zum Parkplatz, wo der alte Polo zwischen gehobenen Mittelklassewagen, geputzt und blank gewienert, stand. Dann bewegten sie den Fremdkörper zurück nach Wesel.

Es war bereits weit nach acht Uhr. Der Tote saß angelehnt an den schlanken Baum und behielt die Lage im Blick. Der ungläubigen Reglosigkeit des O.P.A.-Trios folgte eine unkontrollierbare Geschäftigkeit. Während sie Dosen einsammelten, die Zielscheibe abbauten, Pistole und Zubehör verstauten, diskutierten sie über die weitere Vorgehensweise. Sie wurden das Gefühl nicht los, dass die Leiche sie beobachtete. Alfons fand trotzdem zu seinem Pragmatismus zurück.

»Wir lassen ihn hier sitzen und verschwinden.«

Heinz-Hermann pulte eine abgedriftete Kugel aus einem Baumstamm.

»Der Herr Direktor macht heute den Schlauberger. Mensch, spätestens übermorgen kontrollieren sie alle Besitzer von entsprechenden Waffen, dann bin ich dran. Wir müssen ihn verschwinden lassen.«

Gesthuysen scharrte mit dem Fuß im Waldboden.

»Ein großes Loch und eingraben. Wie im Friedwald. Von einer anonymen Begräbnisstätte mit solch einem Namen habe ich schon gehört. Man lässt sich unter einem Baum im Wald begraben. Ohne Grabstein und sonst was.«

»Und wie willst du hier, zwischen dem ganzen Wurzelwerk, ein anständig tiefes Loch graben? Vergiss es.«

Wieder standen sie auf dem Bunkerdach. Alfons kam die Erleuchtung.

»Wir gehen zur Polizei, und jeder sagt, er habe geschossen, er sei es gewesen. Da im Zweifelsfall für den Angeklagten entschieden wird, können sie niemanden verurteilen, da nicht drei Leute mit drei Schüssen ein Loch verursacht haben können.«

Gesthuysen protestierte: »Ich geh nicht freiwillig zu den Bullen. Die lochen mich doch gleich ein. Nicht mit mir.«

Alfons wandte sich ab. »Mir wird schlecht, wenn ich weiter hinschaue. Es funktioniert aber, ich habe von Präzedenzurteilen gehört. Wir müssen nur immer wieder die gleiche Aussage machen. Ohne jegliche Abweichung.«

Heinz-Hermann winkte energisch ab. »Du kannst mir viel vertelle. Der Mann da hat en Kugel aus meiner Waffe im Kopf. En Unglück war das, bedauerliches Pech. Aber deshalb vor Gericht gehen? Dadurch wird de Kerl nich wieder lebendig. Et nutzt doch niemandem, wenn wir uns melden. Ich gehe nicht zur Polizei und du auch nicht. Wir lassen ihn verschwinden. Nicht hier, woanders.«

»Ach! Und wo? Du mit deinen Scheißideen hast uns doch erst in diesen Schlamassel gebracht. Schießübungen im Wald!«

Heinz-Hermann trat auf Gesthuysen zu. Alfons, geplagt von seinen Magenschmerzen, beobachtete beide aus dem Augenwinkel heraus.

»Wegen dir, du Feigling! Wer hat denn gestern gezittert und sich fast in die Hose gemacht, he? Da sagtest nichts mehr.«

Gesthuysen und Heinz-Hermann standen sich gefährlich nah

gegenüber. Die Luft um sie herum vibrierte. Alfons vergaß seinen flauen Magen. »Es nutzt nichts und niemandem, wenn ihr euch die Köpfe einschlagt. Ruhig Blut. Kommt erst mal runter hier. Wir setzen uns einen Moment unten auf die Mauer.«
Konflikt auflösen, Setting wechseln, Gespräch strukturieren. Krisenmanagement, er hatte nichts vergessen. Sie einigten sich auf eine Viertelstunde, um eine gemeinsam tragbare Lösung zu finden. Die Zeit drängte.

»Wir versenken ihn im Rhein.«

Drei Männer starrten ins Unterholz.

»Heute haben wir eine geschäftliche Verabredung, schon vergessen?«

»Wir nehmen ihn mit.«

»Jau! Nach Holland, wo jeder Falschparker hart angefasst wird. Da geht es härter zu als bei uns. Mit Antiquitäten zusammen kutschieren wir eine Leiche durch die Gegend.«

»Dann müssen wir ihn eben irgendwo zwischenlagern.«

Zwei empörte Gesichter blickten Heinz-Hermann an.

»Wie redest du denn? Das ist ein Mensch.«

»Ich weiß, und gleichzeitig das größte Problem, das ich je zu lösen hatte.«

»Also gut. Wo bringen wir ihn hin?«

Schweigen.

Alfons sprang auf.

»Ich glaube, ich kann da etwas anbieten. Wir haben eine riesige Tiefkühltruhe im Keller, so einen alten Stromfresser. Das Ding wird kaum noch genutzt. Irene kocht immer frisch. Dieser Kasten ist fast leer, den restlichen Inhalt schaffen wir weg. Er müsste hineinpassen. Irene ist immer gegen neun weg. Ich werde die Putzfrau einkaufen schicken, und wir haben freie Bahn.«

»Und mittags sucht deine bessere Hälfte das zarte Frühlingsgemüse von Eiszwerge. Und? Hat sie ein krankes Herz? Willst du sie loswerden?«

»Das kranke Herz habe ich. Mir ist auch noch immer ganz flau. Nein, ich werde den Keller abschließen. Überlasst das ruhig mir. Ich sage ihr, die Truhe habe den Geist aufgegeben. Alles ist vergänglich.«

Stille.
»Jetzt äußert euch. Was haltet ihr davon? Wir gewinnen auf jeden Fall Zeit für einen ordentlichen Plan.«
Kopfnicken.
»Und wie?«
»Was, und wie?«
»Wie schaffen wir ihn hier weg?«
»Durch die kräftigen Hände starker Männer.«
Gesthuysen blickte sich um. »Wir sollen ihn schleppen?«
»Der kann sich leider nicht auf den Beinen halten. Wir wickeln ihn stramm in die Zellstoffdecke.«
Skeptische Blicke.
Alfons war sich sicher. »Zu dritt wird das gehen. Der sieht nicht übergewichtig aus. Ist doch nicht weit zum Auto. Die Zielscheibe verstecken wir unter dem Laub. Heute Abend hol ich sie ab.«
Sie standen mit der Decke in den Händen vor dem Toten. Gesthuysen wurde blass. »Ich kann den nicht anfassen.«
»Jetzt hab dich nicht so. Wenn der erst eingewickelt ist, denkst du dir einfach, et is Omas Perserteppich. Wirst sehen, dann geht et.«
Sie machten sich an die Arbeit.
Um acht Uhr zwanzig marschierten sie mit ihrer schweren, grau eingedrehten Last unter dem Arm astend und keuchend los Richtung Parkplatz. Mit roten Köpfen und durchgeschwitzt erreichten sie das Fahrzeug, als sich ein Pkw auf der holprigen Straße näherte. Gesthuysen reagierte am schnellsten. »Ab hinter den Holzstapel mit ihm.«
Ein sportiver junger Mann stieg aus, verstöpselte sich die Ohren, dehnte Bänder und Gelenke und joggte los. Er schaute sich noch einmal nach den keuchenden Opas um, die auf einem Stapel Baumstämmen hockten, und verschwand hinter der nächsten Kurve.
Gerade als sie wieder Tritt gefasst hatten, parkte eine ganze Fahrzeugkolonne am Waldrand. Die Last verschwand erneut hinter gestapelten Buchenstämmen. Eine Gruppe Nordic Walker sammelte sich für einen Marsch durch die Hees. Stockgeklapper und scharrende Schuhsohlen zogen vorbei.
»Es wird zu voll hier. Ich hole den Wagen näher heran. Und dann musset aber flott gehen.«

Zehn Minuten später blickte sich Alfons sichernd um. Mit einer schnellen Geste verabschiedete er sich und fuhr mit seinem Auto davon, das er neben dichten Brombeerranken geparkt hatte. Heinz-Hermann und Gesthuysen saßen schweigend in ihrem Transporter und brausten ebenfalls los.
Kurz vor der Rheinbrücke meldete sich Gesthuysen zu Wort.
»Was riecht denn hier so?«

Karin knallte den Hörer auf den Apparat.
»Jetzt blendet sich die van den Berg ein. Frau Doktor Vorgesetzte soll tun, was sie kann – repräsentieren. Ich hatte mir das anders gedacht. Unser Fall und unsere Methoden, das war wohl nur ein schöner Traum. Da steckt bestimmt der Zeiger dahinter. Was wir denn da täten, das wäre wohl nicht unser Metier, bitte Bericht in doppelter Ausfertigung zu ihr, sie würde entscheiden, wer den Fall weiter bearbeitet, wenn es denn ein Fall ist.«

Karin stand unwirsch auf und ging zum Fenster. »Unfassbar! Die beschneidet glatt unsere Kompetenz.«

Sie merkte an Burmeesters abwartender Reaktion, dass er einen der typischen Ausbrüche seiner Vorgesetzten diagnostizierte. Sie wusste, dass er wusste, dass nur die stille Defensive bis zum Abklingen des Anfalls half. Die Präsidiumsdirektorin, Frau van den Berg, war anderer Meinung als das K1. Das kam in regelmäßigen Abständen immer mal wieder vor. Heute reagierte Karin jedoch extrem sauer, zupfte schnaubend trockene Blätter aus dem halb verdorrten Ficus auf der Fensterbank. Burmeester tastete sich vorsichtig heran.

»Bist du wieder auf der Erde?«

Karin nickte.

»Lass uns einen Bericht verfassen, in dem die Fakten interessant genug erscheinen, um weiter hier bearbeitet zu werden. Wir wissen doch, was Frau Doktor lesen will, oder?«

Sie drehte sich im Zeitlupentempo um, ließ das pulverisierte Bürolaub in den Papierkorb rieseln.

»Wir werden gar nichts aufpeppen. Ich packe alles ein, klappe den Deckel zu und lege ihr das Ganze auf den Schreibtisch. Soll Zeiger doch darin herumkrümeln.«
Burmeester sah sie erstaunt an. Sie schmunzelte.
»Aber erst morgen nach Feierabend. Bis dahin ist es unser Fall, und wir tun unser Bestes. Also weiter, was haben wir? Welche Gemälde wurden in den letzten drei bis fünf Jahren hier in der Gegend gestohlen? Wir brauchen den Zugang zur Datei, das haben wir ja schon besprochen. Kunstraub gehört in die Zuständigkeit der Landeskriminalämter, aber nicht in NRW. An wen wenden wir uns, weißt Du inzwischen mehr?«
Es ging also weiter. Das wirkte auf Burmeester wie ein Befreiungsschlag. Er legte erfreut los: »Ja, ich habe mich umgehört. Da gibt es einen Spezialisten, der sitzt beim LKA Baden-Württemberg in der Stuttgarter City. Schöller, Ernst Schöller. Ein grauer Behördenbau, aber innen drin – sagenhaft. Der hat in seinem Büro ein kleines Museum, erzählt man sich. An der linken Wand hängen Gemälde von Jackson Pollock und Karel Appel neben Zeichnungen von Salvador Dali und Karl Schmidt-Ruloff. Ein Frauenporträt von Pablo Picasso und ein Männerbildnis von Lucas Cranach zieren die Seite gegenüber, passend zum schweren Edelholzschrank statt schnödem Aktenbehälter. Alles in allem schlappe zwanzig Millionen wert. Das klingt wirklich nicht nach Polizei-Ambiente, ist es aber doch. Keines der Bilder in diesem hübschen Ensemble ist nämlich echt, alle waren Beweisstücke in Fällen, die die Stuttgarter einmal bearbeitet haben. Die kamen richtig ins Erzählen, ganz nette Leute. Ich habe mir das extra notiert, weil ich es nicht glauben konnte. Wir müssten von hier aus bei Schöller und seinen Leuten anfragen, wie man in die Datei mit Kunstdelikten kommt und wie man mit den Ergebnissen umgeht.«
Nach diesem Informationsschwall schwieg Burmeester nachdenklich und zog seine Stirn kraus. »Spätestens wenn wir uns offiziell anmelden, sind wir den Fall garantiert los.«
»Ach, was ist los? So kenn ich dich gar nicht, zögerlich und ohne Spontaneität.«
»Man wird halt älter und lernt dazu. Ich habe keinen Bock mehr darauf, mir immer wieder den Kopf an Mauern einzurennen, in denen es Türen gibt.«

Ja, dachte Karin, früher oder später gelangt man in diesem Job an diesen Punkt. Manchmal ist es gut, ihn kurzfristig auszuradieren.

»Ich habe bei meiner Nachfrage in Stuttgart auch von einem inoffiziellen Weg gehört. Wir loggen uns mit einem Testcode ein und schauen mal ins Archiv. Keine Sorge, ganz legal und ohne disziplinarischen Ärger.«

Karin übernahm die Führung am PC, und nach wenigen Minuten tauchte eine beachtliche Liste namhafter Werke auf, die in der BRD gestohlen worden waren. Außerdem Anfragen über Interpol zu internationalen Diebstählen, die Seiten nahmen kein Ende. Burmeester juckte es in den Fingern.

»Da müssen wir erst mal eingrenzen. Ich übernehme das. Willst du wirklich den Fall abgeben?«

»Habe ich das gesagt?«

»Nicht direkt.«

»Na, also.«

Alfons hatte seinen Benz neben dem Haus geparkt, stand schwitzend in seiner Einfahrt und dirigierte Heinz-Hermann mit dem Transporter rückwärts in seine Garage. Die Flügeltüren am Heck beanspruchten ordentlich Platz, sie selbst mussten sich auch noch drehen und wenden können, also musste das Tor offen bleiben. Nun gut, dann eben so.

»Ich schicke die Putzfrau eben zum Kaufhof. Ich gebe euch ein Zeichen, dann bringt ihr ihn schon mal ins Haus. In der Zwischenzeit räume ich die Truhe leer.«

Alfons ließ seine matt nickenden Kollegen zurück und verschwand hinter einer Stahltür im Haus. Heinz-Hermann musterte sie aus der Nähe.

»Feine Arbeit, gut eingebautes Schloss, da kommt so schnell keiner durch, das kannste mir glauben.«

Gesthuysen kurbelte sich mit zittrigen Fingern eine windschiefe Zigarette. »Du hast vielleicht Sorgen. Kannst einfach so umschalten, als hätten wir einen Sack Mehl im Kofferraum. Du bist ja abgebrühter, als ich gedacht habe.«

»Abgebrüht, he? Männeken, komm mir nich so, da kann ich ganz fies werden. Meinst du vielleicht, das macht mir Spaß hier? Meine Waffe, mein Auto, meine Nerven, und wenn du nich aufpasst meine Faust in deiner Visage, damit du die Klappe hältst.«

Alfons kam in dem Moment zurück, als sich beide wieder bedrohlich nah gegenüberstanden.

»Euch kann man auch keine zehn Minuten allein lassen. Marlene ist in einer halben Stunde fertig, dann hat sie frei. Wir werden uns noch ein wenig gedulden müssen.« Er klopfte Heinz-Hermann verständnisvoll auf die Schulter. »Du bleibst hier, und ich räume mit Gesthuysen schon mal die Truhe leer. Keine Sorge, wir machen das.«

Gesthuysen schlurfte widerwillig hinter Alfons ins Haus. Es schien eine halbe Ewigkeit zu dauern, bis sie mit prall gefüllten Klappboxen zurückkamen.

»Da unten ist mehr drin als erwartet. Hast du noch irgendwelche Behälter im Auto?«

»Nein, aber wir könnten ihn auswickeln, und ihr packt alles auf die Decke.«

Alfons bemerkte, wie Gesthuysen zurückwich.

»Lass mal, ich denke, wir nehmen Müllbeutel. Dann müssen wir eben öfter laufen.«

Die Putzfrau verabschiedete sich mit einem freundlichen Winken zu den Herren in der Garage. Die Truhe war leer, die Luft unschuldig rein.

Das Trio bewegte sich astend mit dem unhandlichen, länglichen Paket durch die blank gewienerte Diele, als es klingelte, gefolgt von energischem Klopfen.

»Opa, mach mal kurz auf, ich muss was abgeben für Theresa.«

Alfons flüsterte: »Das ist Charlotte, meine Enkelin. Ich muss aufmachen.«

»Und jetzt?«

Heinz-Hermann wies auf das Wohnzimmer.

»Jetzt klemmen wir ihm ein Käppi auf und setzen ihn in einen Sessel. Du wimmelst sie schnell wieder ab.«

Charlotte fiel Alfons stürmisch um den Hals.

»Ach Opa, schön, dass du da bist. Stell dir vor, ich habe die Zulassung zur Meisterklasse der Kunsthochschule, ist das nicht irre? Vor dir steht ein vielversprechendes Talent der bildenden Kunst aus der Düsseldorfer Schule.«

Sie drehte sich schwungvoll um die eigene Achse, die unterschiedlichen Stofflagen ihres Zigeunerlooks, Rüschen und die verfilzten Zöpfe, alles in Erdfarben, wirbelten fröhlich.

»Fein, Kleines, freut mich für dich.«

Sie musterte ihn kurz, hörte Stimmen aus dem Wohnzimmer.

»Du hast Besuch, ich sag kurz Hallo.«

Bevor er reagieren konnte, stand sie im Türrahmen. »Tagchen.« Sie wandte sich Alfons zu. »Deine Kollegen von der O.P.A.-Initiative, oder? Wieso sitzt einer auf deinem Sessel und die anderen stehen steif daneben?«

»Der Kollege ja, dem ist nur ein wenig schlecht. Hat sich überanstrengt, weißt du, deshalb haben wir hier eine Pause eingelegt, damit er sich kurz ausruhen kann. Der Kreislauf, nichts Kritisches, geht gleich wieder. Hat er öfter. Charlotte, ich muss wieder zu den Männern. Was wolltest du abgeben?«

»Ja, genau, hier ist Theresas Tasche mit den Sachen für die Musikschule, hat sie vergessen. Ich muss los, müsste schon längst auf der Autobahn sein.« Schon stand sie wieder an der Haustür. »Grüß Oma von mir. Und deinem Kollegen wünsche ich gute Besserung. Tschüssi.«

Sprach's und verschwand ebenso quirlig wie das Eichhörnchen, das im Gewirr der Baumkrone neben dem Haus lebte.

Alfons stand bebend in der Diele. Mein Herz, wenn mein Herz jetzt nur nicht aufgibt, dachte er.

Theresa schaute ihren Großvater an, als wolle sie an seinem Geisteszustand zweifeln. Alfons hegte schon seit mehreren ihrer konspirativen Treffen den Verdacht, sie würde die Geschichte für ein Hirnge-

spinst halten. Trotzdem hörte sie mit ungeteilter Aufmerksamkeit zu.

»Du willst mir nicht ernsthaft erzählen, der Macker, den Charlotte da im Sessel gesehen hat, war in Wirklichkeit die Leiche? Kann doch nicht sein. Der Kollege aus deiner Firma hat doch mit dem geredet.« Alfons deutete ein Schulterzucken an.

»Der hat so getan, damit das wie echter Besuch wirkte. Klingt skurril und wirr, ich weiß. Wir waren ja auch durch den Wind. Man findet nicht alle Tage eine Leiche, bei der man nicht weiß, wohin damit«, sagte er.

Und dachte, dass das dicke Ende ja erst noch kommt.

Die Kellertreppe stellte eine Herausforderung an Kraft und Geschicklichkeit des Trios dar. Gesthuysen ließ seinem Verdruss freie Bahn. »Sind wir eigentlich bescheuert? Warum ich mich auf den ganzen Scheiß eingelassen habe, weiß ich nicht mehr genau. Mir ist nur eines klar: Ich saß noch nie so tief in der Patsche wie mit euch.«

»Red nicht, pass lieber auf, dass du ihn nicht fallen lässt, sonst können wir ihn auch nicht mehr halten.«

Das weiße Licht der Truhenbeleuchtung warf gespenstische Schatten an die Wand hinter den Männern. Drei Körper, die sich gleichzeitig über den Truhenrand beugten.

»Den kriegen wir nie da rein.«

Heinz-Hermann, der Praktiker, blickte stumm in den Innenraum.

»Doch, bloß, wenn er einmal drin ist, kriegen wir drei Dinosaurier den unser Lebtag nich wieder rausgehoben.«

»Und jetzt?«

Jetzt war guter Rat teuer.

»Ich habbet! Wartet ebkes, bin gleich zurück.«

Heinz-Hermann hechtete die Treppe hoch und erschien eine Minute später mit einer dicken Rolle Trassierband.

Alfons schüttelte den Kopf. »Was hast du vor?«

Gesthuysen verschränkte die Arme. »Völlig logisch, er will den Tatort abriegeln.«

Heinz-Hermann sah aus, als erreiche sein Blutdruck gerade seine Tageshöchstleistung. »Sehr witzig, selten so gelacht. Wir werden ihn so einschnüren, dass man ihn an den Schlaufen wieder herausheben kann. Capito?«

Eine makabre Szene folgte, in der sie sich über das Knüpfen der besten Knoten stritten und letztlich im Halbdunkel des Kellers den verhüllten Körper, ähnlich einem Kunstwerk des berühmten Verpackers Christo, mit rot-weißem Band verschnürten und in die Truhe hievten.

Schwer atmend stützten sie sich auf den Truhendeckel.

»So, Teil eins erledigt. Nachdenken können wir später.«

Alfons fühlte sich matt und erschlagen. Sie brauchten schnellstens eine andere Lösung. Dabei lag der Tag noch vor ihnen. Als Nächstes galt es, die Antiquitäten an ihrem Zielort abzuliefern.

Burmeester, Meister der effektiven Nutzung des Internets, klickte sich durch die Dateiübersicht. Seine Informationen stimmten, mithilfe des LKA unternahm er eine aufschlussreiche Reise durch die Welt der Museen und privaten Sammlungen und die der bösen Buben, die sich an den Schätzen vergriffen hatten.

Tom und Jerry platzten in seine Recherche. Sie kamen, ebenfalls erfolglos, von ihrer »Bed-and-Breakfast-Tour« zurück. Tom wirkte genervt.

»Macht ihr mal eine Niederrheinfahrt durch die Mittelklasse und die Absteigen der Region mit einem total aufgedrehten Haitianer mit Weseler Dialekt neben euch. Der ist so aufgekratzt, dass dem keiner mehr den guten Bullen abnimmt. In mindestens drei der billigsten Häuser wollten sie uns sofort einen Schlüssel reichen und fragten, wie lange wir bleiben würden.«

Jerry schlängelte auf ihn zu und legte den Arm um seine Schultern.

»Du übertreibst, Liebling, nur in zweien hat man unser wahres Naturell erkannt.«

In dem Moment, als Jerry seinem Kollegen einen Kuss auf die Wange hauchte, ging die Tür auf, und Simon Termath starrte die beiden ungläubig an.

»Was ist das? Trennungsschmerz oder die Offenbarung des Monats?«

Jerry lachte und steckte mit seiner Freude die Anwesenden an, löste sich von Tom und ging mit offenen Armen und schwingenden Hüften auf seinen älteren Kollegen zu.

»Das ist ein traditionelles Abschiedszeremoniell, und jetzt bist du dran.«

Simon nahm seine Aktentasche, hielt sie wie ein Schild vor sich und verabschiedete sich schnell zu den restlichen zu überprüfenden Adressen.

»Lass gut sein, Junge. Ich wünsch dir eine schöne Reise, und komm zurück. Du gehörst nach Wesel, nicht in die Karibik.«

Karin schaute demonstrativ auf die Uhr und entschied, dass Jerry jetzt Feierabend hatte, damit er noch packen konnte.

»Morgen früh um zehn nach sechs dürft ihr an mich denken. Dann sitze ich Düsseldorf in meinem Flieger, rolle elegant auf die Startbahn und dann up and away.«

Burmeester zupfte an Jerrys Krawatte, auf der sich ein dralles Pin-up räkelte.

»Lass die hier, damit kommst du nicht durch die Passkontrolle. Hauptsache, du vergisst uns nicht. Denk an die Voodoopüppchen für die van den Berg und unseren Staatsanwalt.«

»Ich weiß, und eine besonders große für deine Mutter.«

»Hat sich erledigt.«

Jerry versprühte so viel Erwartung und Hoffnung, er begab sich nicht einfach auf eine Reise in den politisch gebeutelten, bitterarmen Inselstaat, er war auf dem Weg zu innerem Frieden. Als er breit lächelnd in der Tür stand, war sich Karin nicht mehr sicher, ob sie ihn jemals wiedersehen würden. Die Tür fiel ins Schloss. Es entstand ein merkwürdig bedrückter Moment, bevor Karin zum Tagesgeschäft zurückfand.

Tom wurde in die Differenzen mit van den Berg eingeweiht und verschwand nach kurzer Absprache wieder zur Überprüfung der nächsten Hotels in Richtung Dinslaken. Allein. Es konnte weitergehen.

»Wollen wir mal sehen, ob wir nicht doch noch einen Berliner auftreiben, der zu der Beschreibung passt.«

Burmeester war erstaunt über die Vielzahl der verschollenen Werke namhafter Künstler. Noch verblüffender fand er, wie lange manche bereits in dunklen Kanälen verschwunden waren.

»Anscheinend gibt es schwarze Löcher, in denen diese sündhaft teuren Bilder für immer verschwinden.«

»Da kursieren ja unterschiedliche Ansichten über den Verbleib. Am populärsten ist die Fantasie des krankhaften Millionärs, der sich eigens für ihn geklaute Gemälde in einen begehbaren Tresor hängt.«

»Klar, und einmal pro Tag nimmt er sich ein Glas mit edlem Rotwein und verschwindet damit hinter einem Meter Stahl, um sich daran zu ergötzen. Diese Geschichte gehört in die Kategorie ›Es war einmal‹.«

Karin rollte mit ihrem Bürostuhl neben Burmeester und schaute auf den Bildschirm.

»Ist das so abwegig?«

»Heutzutage wird aus anderen Motiven geklaut. Verlust von wertvollen Kulturgütern macht erpressbar.«

»Du meinst, da geht es nicht um die Darstellungen, sondern ausschließlich um den Wert der Bilder?«

»Genau, denn irgendwem wird viel daran liegen, dass dem allseits bekannten, beliebten Prunkstück einer Kunstsammlung nichts Schlimmes geschieht.«

»Und das funktioniert?«

Burmeester lehnte sich zurück und genoss die Tatsache, dass er fachlich vor seiner Vorgesetzten glänzen konnte.

»Nicht immer. Manche Museen stellen sich stur. Es werden keine Versicherungen abgeschlossen, da die Prämien horrend hoch sind. Die Kassen sind knapp, da bleibt nichts übrig für einen eventuellen Rückkauf.«

Karin staunte über sein Wissen. Hätte sie ihm nicht zugetraut. Mit hochroten Wangen starrten beide auf die Vielzahl von faszinierenden Gemälden und Skulpturen, die langsam vor ihnen vorbeizogen.

»Soll das heißen, da wird zum Beispiel ein berühmtes Blumenbild von Emil Nolde geklaut, und niemand bewegt sich, um es zu finden?«

»Nicht ganz, denn ...«
Karins Handy zirpte, sie hob die Hand, um anzudeuten, dass ihre Aufmerksamkeit dem Gespräch galt. Sie stand auf, lauschte mehr, als dass sie sprach, schaute auf die Uhr, überlegte kurz und beendete das Telefonat mit einem eingehauchten Kuss.

Burmeester grinste. »Ah, der Holländer vonne Kommissarin.«

»Genau. Du, ich kriege ein Problem, wenn ich heute nicht pünktlich Schluss mache. Mein Sohn wartet zu Hause mit einem Berg Fragen zu einer Hausaufgabe auf mich, und Maarten muss dringend nach Nijmegen.«

»Ist in Ordnung. Ich schau mich hier noch weiter um, vielleicht werde ich ja fündig. Da, guck, der ›Schrei‹ von Edvard Munch ist noch drin. Gerade habe ich gelesen, das Bild ist wieder aufgetaucht. Mit Rissen, aber immerhin. Die norwegische Polizei hatte einen Deal mit einem geschnappten Großgangster gemacht, der bei entsprechendem Entgegenkommen das Versteck des Gemäldes ausgeplaudert hat. Ist noch nicht aktualisiert, das macht die Sache schwieriger für uns, wenn nicht alle Fakten up to date sind. Fahr nur, ich mach das hier.«

»Mit Bericht?«

»Inklusive doppelter Ausführung. Brauchst du morgen früh nur noch abzuzeichnen.«

Er überkreuzte sein Herz, hielt die Schwurhand hoch und legte den treuen Dackelblick auf. Karin musste lachen.

»Du bist ein Schatz. Dafür hast du noch was gut bei mir.«

Burmeester sah ihr nach. Zu seinen Aussagen, wer sich noch um gestohlene Kunstschätze kümmert, war er nicht gekommen.

Das Zimmer ihres Sohnes glich einer zigmal übertapezierten Grotte. Poster der gängigen Favoritenbands der Teenager und von Snowboardern und Skatern in Aktion hefteten in mehreren Lagen übereinander. Das Rollo war heruntergezogen, das dämmrige Licht passte zu Moritz' Stimmung. Der untrügliche muffige Geruch des dauerhaft geschlossenen Zimmers eines pubertierenden Jungen hing in der Luft. Karin stand fassungslos vor einem Berg aus Büchern und Heften, der sich mitten im Raum auftürmte. Moritz saß wie ein Häufchen Elend an seinem Schreibtisch und starrte in Erwartung der Gardinenpredigt vor sich hin.

»Moritz, ich fass das nicht! Du hattest ganze drei Wochen Zeit für dieses Referat und heute, am letzten Tag vor dem Abgabetermin, fällt dir endlich ein, dass du ein bisschen dafür tun musst.«

»Ich weiß, ist blöd gelaufen. Ich hab eben keinen Draht zu diesen alten Schinken. Das Thema geht glatt an mir vorbei, echt. Mom, hast du nicht eine Idee, wie ich da schnell was zusammenkriege? Maarten wollte mir ja helfen, aber der hat einen Anruf von seinem Freund gekriegt. Soll sich irgendwas angucken für eine Versteigerung oder so.«

Wie er so verzweifelt dahockte, kochte er Karins Mutterherz schon halb weich. Sie konnte sich zu gut an verhasste Referatsthemen erinnern und an Aufgaben, die sie bis zur letzten Sekunde vor sich hergeschoben hatte. Aber Moritz sollte noch ein wenig zappeln.

»Und außerdem war durchgehend so tolles Wetter zum Skaten. Sonst meckerst du immer, dass ich zu viel drinnen bin. Und dass ich zu wenig Freunde habe. Die Clique ist echt cool, die sich an der Halfpipe trifft. Und Flo hat gesagt, der alte Meiser nimmt es nicht genau mit Referaten, die vor den Ferien fertig sein sollen. Jetzt will er sie doch einsammeln. Kein Pauker macht mehr was Gescheites vor den Zeugnissen, und der sammelt Referate ein, das soll unsereins auch wissen.«

»Exakt, ihr habt es gewusst.«

Bevor er die eingemachten Argumente von gesundem Sport herauskramen konnte, setzte sich Karin auf sein Bett und ließ sich erklären, worum es ging. Sie hatten ausgelost in der Klasse. Es ging um Bilder verschiedener Kunstepochen, und er hatte die Zeit des Biedermeier gezogen.

»Es gab so geile Bilder, Picasso und so, und ich zieh den Supergau. Das hässlichste Bild von allen.«

»Rück raus, welches?«

»›Der arme Poet‹ von Carl Spitzweg.«

Karin prustete los. Moritz sah sie verständnislos an.
»Sehr witzig.«
»Weißt du, dass genau dieses Bild mir neulich begegnet ist? Und rate mal, wo. Kommst du nie drauf.«
»Sag schon.«
»Oben bei Oma im alten Apartment. Burmeester hat es sich als großformatigen Kunstdruck über das Sofa gehängt. Ist das ein Zufall?«
Moritz gab Laute des Entsetzens von sich. »Der Punkbulle hat so einen schrägen Geschmack, das passt.«
Karin stellte sich neben ihren Spross und schaltete seinen Computer ein. »An die Arbeit, Sohn, gib den Titel in die Suchmaschine und schau, was die Elektronikzwerge für dich finden. Dann sehen wir weiter. Ich blättere im Wohnzimmer durchs Lexikon, und nachher tragen wir alles zusammen.«
Moritz' Laune lichtete sich ein wenig. »Du bist echt klasse, Mom.«
Ein Tag voller Komplimente von netten Männern, dachte sie.
Mitten in der spannenden Lektüre über die Vita von Spitzweg, 1808 bis 1885, klingelte das Telefon.
»Johanna hier, Tag, meine Gute. Ich wollte mal hören, wie es euch so geht.«
Karin erzählte von der kurzfristig zu lösenden Aufgabe, gewann jedoch schnell den Eindruck, dass es eigentlich um ganz andere Themen gehen sollte.
»Weißt du, dein Kollege ist schon ein ganz Eigenwilliger.«
»Aha, darum geht es. Mutter, wenn es Probleme gibt, dann besprche sie bitte direkt mit ihm.«
»Nein, keine Probleme, er hat nur so individuelle Eigenheiten, weißt du. Er isst immer nachts.«
»Ist doch seine Sache, wann er Hunger hat.«
»Schon, aber gesund ist das nicht. Und die Wäsche gibt er in die Wäscherei, dabei könnte er so viel sparen, wenn er das selber erledigen würde.«
»Mutter! Er ist erwachsen und muss sich um seine Sachen kümmern, so wie er es für richtig hält.« Karin hörte eine sonore Männerstimme im Hintergrund lachen. »Ist Henner da?«

»Ja, und mal wieder seid ihr zwei einer Meinung.«
»Wieso? Was sagt er zu deiner Fürsorglichkeit?«
»Er setzt recht frech seinen friedlichen Platz an meinem Küchentisch aufs Spiel. Ich soll eine Annonce aufgeben unter der Rubrik Verschiedenes: Überschwappende Großmütterlichkeit sucht passendes Pendant.«
»Wo er recht hat, hat er recht.«
»Warte, seine Weisheit ist noch nicht am Ende. Er behauptet, alles, was Burmeester bräuchte, wäre eine Freundin, aber du seiest ja leider schon vergeben.«
»Mutter, er wird eindeutig frech. Ich empfehle Folter mit selbst gebackenem Käsekuchen.«

Sie scherzten noch eine Weile weiter, bis Moritz mit einer Handvoll bedruckter Bögen im Türrahmen stand und der Rest des Abends dem kauzigen Münchener Maler galt.

Der Tag war energieraubend gewesen, jedoch lagerte bei guter Kühlung ein Problem in Alfons' Keller, das dringender Lösung bedurfte. Sie trafen sich am Abend zur Krisensitzung, abgeschirmt vor fremden Ohren auf der »Comtesse Irene«.

Gesthuysen, saft- und kraftlos, hockte blass auf der grob geschreinerten Holzkiste für das Wetterzeug und knüpfte geschickt einen Palstek, den wohl bekanntesten Seefahrerknoten zum Festmachen eines Bootes am Poller. Er knüpfte konzentriert mit beiden Händen, legte Seilenden übereinander, zog die Schlaufe auf ihre Größe, holte den Knoten dicht, löste ihn wieder, knüpfte erneut. Alfons tigerte über das enge Deck, hin und her, immer wieder, sechs Schritte vom Heck zum Ruder und zurück. Heinz-Hermann strich mit der Hand über die Bordwand, die er vor Kurzem erst gestrichen hatte. Die Stille an Deck war bleischwer. Der Schlüssel zum Keller mit der Eistruhe schmorte wie ein glühendes Stück Kohle in Alfons' Hosentasche.

Das Startsignal zur Kommunikation mit Worten gaben zwei Enten, die schnatternd vor dem Boot auf der Wasseroberfläche aufsetzten. Alle redeten gleichzeitig drauflos.

»Wir können aus dieser Nummer nicht mehr raus.«

»Er muss weg, das ist klar, er kann nicht lange in der Truhe bleiben. Ich will ihn aus dem Haus haben, ganz flott.«

»Jetzt mal nix über et Knie brechen. Er will gut überlegt sein, de nächste Schritt. Lass mal prakesieren, welche Möglichkeiten et gibt.«

Alfons setzte sich ans Steuer und klopfte mit den Fingern auf dem Armaturenbrett einen energischen Takt.

»Keine langen Diskussionen, heute Abend noch muss er aus dem Haus, bevor Irene irgendeinen Verdacht schöpft. Wenn ich ihr erzähle, die Truhe sei defekt, wird sie einen Elektriker bestellen, der sie repariert. Die Entsorgung der Lebensmittel kann ich mit einem Stromausfall begründen, mehr wird sie mir nicht abnehmen. Das ist der Stand der Dinge. Sie wird erst spät aus Düsseldorf zurück sein, noch haben wir freie Bahn. Fakt ist, dass er umgehend weg muss.«

Gesthuysen saß entspannt auf der Kiste, war dazu übergegangen, einen Zeppelinknoten mit beiden Tauenden zu knüpfen. Mit ruhiger Stimme setzte er sich durch.

»Seebestattung. Versenken im Rhein. Wir holen ihn im Dunkeln her und schippern ein Stück auf den Fluss raus. Zwei dicke Steine an die Füße und ab nach unten.«

Er löste den Knoten wieder und legte das Tau zur Seite. Heinz-Hermann nahm das Seil, bildete zwei Schlaufen nebeneinander, zog eine durch die andere fest und löste den Knoten, indem er ruckartig an beiden Enden zog.

»Dann holen wir ihn eben gleich, verpacken ihn unter einem Berg Abdeckfolie und bringen ihn an Bord.« Er gähnte ausgiebig.

»Müssen wir ebkes heut en Nachtschicht einlegen. Gesthuysens Idee ist nicht schlecht, klares Wetter, Mondlicht, kriegen wir alles hin.«

Gesthuysen trottete wie mechanisch hinter den anderen beiden her, die auch nicht gerade vor Energie strotzend den Steg entlang- und die Stufen zum Damm hinaufschlichen.

Die Nachtschicht war für die Katz gewesen. In den letzten Fetzen der Abenddämmerung wurde ihnen beim Blick über die Reling schnell klar, dass zu wenig Gewicht an den Füßen befestigt war. Da fehlte es ihnen schlicht und einfach an Erfahrung. Während sie noch entsetzt der umwickelten Zellstoffdecke nachblickten, die munter an der Oberfläche dümpelte, statt planmäßig zu versinken, kam ihnen ein schnelles Boot entgegen. Die Wasserschutzpolizei, unschwer an Größe, Aufbauten und Beleuchtung zu erkennen. Hektisch fischten sie das Paket mit einer Stange längsseits, starrten dem passierenden Boot wie gelähmt nach und entschieden blitzschnell, dass dies nicht die geeignete Methode war. Mit vereinten Kräften hievten sie das vollgesogene Paket zurück ins Boot und manövrierten sich bei einsetzender Dunkelheit zurück an den Liegeplatz.

In Fernsehkrimis sah immer alles so einfach aus. Egal, ob jemand eine Leiche transportierte oder auf vielfältige Weise verschwinden ließ, nie schwitzten die Täter so, wie das Trio bei der Aktion ölte. Bis Heinz-Hermann sich damit brüstete, die endgültige Lösung gefunden zu haben. Er müsse nur kurz mit einem alten Freund reden. Alfons reichte ihm wortlos sein Handy. Nach kurzer Einweisung in die Handhabung verließ Heinz-Hermann, das Kleinstgerät ans Ohr gepresst, das Boot und tigerte eine Zeit lang den Steg auf und ab.

»Alles im Lot. Wir packen ihn ins Auto und bringen ihn nach Birten.«

»Und was dann? Ich schleppe den Kerl bestimmt nicht zurück in den Wald.«

»Nein, mein Kumpel hat dieses kleine Bestattungsinstitut, Haus des Abschieds in der alten Tankstelle an der B57.«

»Ich ahne was. Aber ich kenne mich in Birten nicht so aus. Meinst Du etwa diese Klitsche? Diese großflächige Improvisation, wo die Trauergemeinde aus der Tür kommt, die früher Einfahrt für die Waschanlage war? Mit Grabsteinen im Vorgarten und einem weißen Plastikstuhl unter dem ovalen Vordach. Sieht immer ein wenig heruntergekommen aus.«

»Frag mich mal, wie der sich über Wasser hält. Keine Ahnung, zumal ein seriöser Kollege seiner Zunft keine hundert Meter entfernt still und zuverlässig arbeitet. Mein Kumpel macht bestimmt Dumpingpreise oder so. Jedenfalls ist der mir einen Gefallen schuldig, will von nichts wissen, wird nichts sehen, hören oder sagen, wie die drei Affen. Ich weiß, wie wir reinkommen und wo der Sarg für eine Beisetzung in Wesel steht. Zum Friedhof an der Caspar-Baur-Straße geht et. Soll morgen früh zugenagelt werden. Und genau da legen wir ihn gleich ganz stillekes zu. Bums, aus, ordentlich beigesetzt.«

Ein bisschen morbid und nicht risikolos, aber etwas Besseres fiel ihnen nicht ein. Niemand würde jedenfalls mit einer solchen Verschwindeaktion rechnen. Blieb noch der Weg zum Ziel. Gesthuysen brachte mit hängenden Armen ein bedeutungsvolles Argument ins Gespräch.

»Die ganzen Stufen zum Damm wieder hoch mit Gepäck? Der ist nass doppelt so schwer wie vorher. Schaffen wir nie.«

Ratlosigkeit ließ sie schweigen, bis Alfons aufatmete: »Ich schipper ihn nach Xanten zum Anleger, und du wartest da mit dem Transporter.«

»Das könnte klappen. In Xanten fährt Gesthuysen mit mir, und du bringst die ›Comtesse‹ zurück.«

Alfons war froh, dass dieser Kelch an ihm vorübergegangen war. Im Innersten wollte er sich die Szene nicht einmal vorstellen, wollte nur noch nach Hause und ins Bett.

Die Vorstellung, den Fluss im Dunkeln bezwingen zu müssen, war ihm in jüngeren Tagen schon immer ein Graus gewesen. Jetzt machte ihm das Vorhaben erst recht zu schaffen. Seine Augen waren zwar noch gut in Form, die Dunkelheit machte ihm jedoch schon beim Autofahren Probleme, was er natürlich niemals zugeben würde. Auf dem Wasser fühlte er sich plötzlich völlig unsicher. Allein zwischen den großen Pötten, in deren Heckwellen die »Comtesse Irene« bedenklich schwankte, eine Leiche im Genick, machte er sich auf den Weg stromabwärts.

Die Grundregeln für ein Referat gerieten zu später Stunde bei Moritz endgültig ins Wanken.

Karin riss sich zusammen. Jetzt war pädagogisch vorgetragene Hilfe angesagt, fand sie. Dann sprach sie sanft, aber bestimmt: »Du musst dich an die Gliederung halten, sonst gibt das bestimmt Punktabzug.«

Es ging auf Mitternacht zu. Moritz saß mit glühenden Wangen am PC, beseelt von einer Mischung aus euphorisierendem Stress und Stolz auf sein Werk. Zugleich war er knapp vom Frust jenseits der Toleranzgrenze entfernt. Karin agierte erneut mit Bedacht, jedoch ließ sich Kritik nicht ganz vermeiden.

»Schau, dass Carl Spitzweg doch Maler wurde, entschied sich nicht in seinem Elternhaus. Er ist Apotheker geworden, weil sein Vater das so wollte. Und erst 1833 ergriff er die Chance, diesen Beruf aufzugeben, um zu malen. Gehört also nicht zu Kindheit und Ausbildung.«

Widerwillig verschob Moritz diesen Part zum künstlerischen Werdegang unter Punkt drei.

»Super, mein Sohn, und jetzt nur noch ausdrucken und zusammenheften. Übrigens eine gute Idee, den ›Armen Poeten‹ als Titelbild einzuscannen.«

Die Wohnungstür wurde aufgeschlossen, und Maartens »Hallo« klang matt und leise durch die Räume. Er kam auf müden Beinen in Moritz' Zimmer geschlichen, wuselte durch dessen Sturmfrisur und küsste Karin sanft in den Nacken.

»Guten Abend, meine Schöne. Ihr seid noch immer dabei?«

Der Drucker nahm surrend seinen Befehl ernst und produzierte eine Reihe fein säuberlich gegliederter Seiten.

»Die Antwort formiert sich gerade auf Papier. Du siehst geschafft aus. War mehr zu tun in Nijmegen, als Henk angekündigt hat?«

»Erzähl ich dir nachher. Ich hab einen riesigen Hunger und mach noch schnell ein paar Sandwiches für uns, okay?«

Nachdem Moritz fast am Tisch eingenickt war und den Weg zu seinem Bett nur mühsam gefunden hatte, kuschelten sich Karin und Maarten in die Tiefen des roten Kingsize-Sofas und berichteten von ihren Erlebnissen des Tages. Karin war schnell durch, da es noch nicht viel Neues zu dem Leinwandfetzen aus dem Biedermeier und dem verschwundenen Berliner gab.

»Die Arbeit an dem Referat von Moritz hat mich ein Stück in die Schulzeit zurückversetzt. Das ist schon ein trockenes Thema für einen Teenager, aber während wir das Porträt des Malers zusammenstellten, war er auf einmal mit Eifer dabei. Je mehr er von Spitzweg erfuhr, desto plastischer wurde er für ihn. Moritz, der in letzter Zeit nur Interesse für Mangas hatte. Jetzt du, was hast du erlebt in deinem Heimatland?«

Maarten hatte eine Menge zu berichten. Sein Freund Henk Serafim, der Auktionen für ein Handelshaus in Nijmegen organisierte, hatte SOS gefunkt.

»Henk musste extra zusätzlich eine riesige Halle organisieren, weil er mit dieser Flut überfordert war. Ich kenne ihn schon sehr lange, der Mann ist die Ruhe selbst. Diesmal stand er eindeutig am Rande des Wahnsinns. Ein paar Antiquitäten sollten geliefert werden. Ihr Deutschen seid manchmal Meister im Understatement. Zwei volle Lkws kamen an, bis unters Dach bepackt. Wir haben nicht alles geschafft, deshalb wirst du mich am Wochenende noch einmal entbehren müssen.«

Er kramte in seiner Hosentasche, zog eine Visitenkarte hervor und zeigte sie Karin.

»Ach, wo hast du die her? O.P.A.-Initiative, das sind die netten älteren Herren, die bei Mutter renoviert haben.«

»Das sind drei äußerst nervöse ältere Männer, die den ganzen Transport gemacht haben. Der eine, Alfons Nackedei …«

Karin schmunzelte und konnte sich gut vorstellen, dass jemand mit diesem Namen des Öfteren mit vertauschten ersten Buchstaben konfrontiert wurde.

»Maarten, Mmmmackedei, mit M.«

»Jedenfalls hat der alles unter seinem Namen eingeliefert. Die Branche kennt den überhaupt nicht. Henk hat nur noch gestaunt. Schränke, Kommoden, Skulpturen, Porzellanfiguren, Tafelbilder, Ikonen, silberne Leuchter, Bleikristall. Ich hatte dir schon erzählt, dass manchmal Schund angeliefert wird. Aber diesmal ist alles echt, ich fass das nicht. Bei so einem Umfang sucht Henk dann händeringend nach Fachleuten, die bei der Beurteilung helfen, und landet einmal im Jahr mit dem Finger auf meiner Telefonnummer. Deshalb mein kurzfristiger Einsatz, tat mir echt leid für Moritz.«

»Schon in Ordnung, dem war letztlich egal, wer ihm hilft, Hauptsache, er kann morgen glänzen. Mackedei und Antiquitäten, da schau her. Eigentlich nehmen die nur Aufträge an. Unter seinem Namen, sagst du?«
»Ja, ich habe die Lieferscheine gesehen.«
»War da, abgesehen von der Masse, noch was Außergewöhnliches bei?«
»Kann man so sagen. Es handelt sich unter anderem um eine ganze Reihe sehr interessanter Gemälde. Düsseldorfer Schule, Licsegang, Achenbach, Mühlig und so. Die werden vom Wert her hoch angesetzt. Und die Anzahl wird einen Schwerpunkt bei der Gemäldeversteigerung bilden. Henk wusste gleich einen Antiquitätenhändler hier aus Xanten, der sich brennend dafür interessieren wird.«
»Apropos brennend interessieren ...«
Sie entfernte das Haargummi aus seinem Zopf und vergrub ihre Hände in seinen Haaren.
»Wie hast du den Mackedei vorhin genannt?«
»Du meinst, ich soll noch einmal genussvoll meinen Freud'schen Versprecher wiederholen?«
»Genau, da sprach dir ein inniger Wunsch aus der Seele. Hab ich genau gehört.«
Er küsste sie und wollte sich aus ihrer Umarmung lösen. »Erst duschen.«
Karin hielt ihn fest und fuhr mit ihrer Nase liebevoll schnüffelnd vom Kinn abwärts langsam über seine Brust.
»Bloß nicht, du riechst so gut.«

Sieben

Die Zeugin rief am späten Vormittag aus Rees an, wo sie in dem Hotel an der Rheinpromenade an der Rezeption arbeitete. Sie wollte mit Herrn Burmeester sprechen. Karin reichte den Hörer weiter. Nach einem kurzen, freundlichen Dialog gab er seiner verdutzten Vorgesetzten den Hörer zurück und rieb sich die Hände.
»Das könnte ein Anfang sein. Da ist ein Kunstsachverständiger aus Berlin im Ringhotel Rheinpark in Rees abgestiegen. Hat für eine Woche gebucht.«
Karins Miene verzog sich, während Burmeester aufstand und in seinen Hosentaschen kramte.
»Habe ich ›Rees‹ verstanden?«
»Richtig, diese niedliche kleine Stadt mit der pittoresken Promenade hier auf der rechten Rheinseite Richtung Holland.«
»Burmeester, du musst mir erklären, wie du auf dieses Hotel gekommen bist. Ich kann mich beim besten Willen nicht daran erinnern, die Ermittlungen auf Hotelbetriebe außerhalb des Kreises Wesel ausgeweitet zu haben. Verbessere mich, falls ich mich irre. Rees gehört zum Kreis Kleve, wir zum Kreis Wesel. Bei den Zuständigkeiten der Polizei ist es genauso. Rees ist nicht unser Revier, oder?«
Zeit zum Backen kleiner Brötchen. Karin war bekannt für diese Art der Nachfrage. Sie endete meist in maßregelnden Ansprachen. Burmeester kramte intensiver. Kaugummis, Haustürschlüssel, da, hinten links kam sein Autoschlüssel zum Vorschein.
»Nein. Ja. Nein. Ich meine, du hast natürlich recht. War ja auch keine Ermittlungsfahrt. Ich habe mich einfach nach Feierabend auf meinen Rennesel gesetzt und bin diesen tollen Radweg auf dem Deich entlang Richtung Rees gefahren. Landschaftlich einmalig, sage ich dir, viel zu sehen in den Altrheinauen, Blick auf den Rhein und das Vorland ...«
»Burmeester!«
»Ja, schon gut. Also ich kam in Rees an und brauchte eine Apfel-

schorle, da fiel mir die Terrasse von dem Hotel auf, halbrund oberhalb der Promenade gebaut, feiner Blick auf das Wasser, knackig bunte Kunst vorm Haus, also bin ich hin. Und beim Rausgehen habe ich halt an der Rezeption kurz nachgefragt und darum gebeten, hier anzurufen, wenn jemand aus der Bundeshauptstadt absteigt, der irgendwas mit Kunst zu tun hat oder sonst wie ungewöhnlich wirkt. Daran hat sich Nicole heute erinnert. Gestern hatte sie keinen Dienst, darum hat sie heute erst die Liste der neuen Gäste durchgesehen.«

»Nicole, soso.«

»Ja, die haben da alle so Namensschildchen an der Bluse und schätzen den persönlichen Kontakt zum Gast.«

Burmeesters Hand lag auf der Türklinke.

Tom Weber, am anderen Schreibtisch in Papiere vertieft, horchte auf.

»Was meint der Fachmann mit ›persönlichem Kontakt‹?«

»Nicht, was du wieder denkst. Die sind einfach nur sehr nett und zuvorkommend und bedienen Radfahrer, die eine Pause einlegen, mit der gleichen Höflichkeit wie schicke Leute, die zum Menü bleiben.«

Karin erkannte seine Fluchtreflexe.

»Fahr schon, und sieh zu, dass du ein paar Worte mit diesem Kunstsachverständigen wechseln kannst. Vielleicht ist er unser Mann. Das ist höchst unwahrscheinlich, aber schaden kann es nicht. Lauf bloß nicht Frau Doktor van den Berg über den Weg, wenn du richtige Kompetenzstreitigkeiten vermeiden willst. Schalte deine Sinne auf Bereitschaft.«

Auf der Terrasse bei Klausi war Flaute, trotzdem flüsterten die Männer. Sie waren nur zu zweit, denn Heinz-Hermann hatte Gesthuysen in der Nacht beurlaubt. Nach dem Ausflug in das groteske Bestattungsinstitut hatte er auf dem Rückweg anhalten müssen, weil seinem Kollegen schlecht geworden war.

»Habe den Sarg an der beschriebenen Stelle entdeckt, und et war eigentlich keine große Geschichte, den Deckel abzunehmen und unser Problem zu der alten Frau zu legen, die auf ihre Beisetzung wartete. Fast hätt ich noch de Motten gekriegt, denn plötzlich kippt mir der Gesthuysen einfach um, zack, wie en gefällter Baum.«

»Der ist ohnmächtig geworden. Kann ich gut verstehen. Mir war auch nicht gut, allein mit dem Problem auf meinem Boot.«

»Et lag an der Atmosphäre in dieser Bestattungstanke. Zwei Leichen im Visier waren zu viel für sein zartes Gemüt.«

»Wann wird sie, ich mein, werden sie beigesetzt?«

Klausi kam mit zwei Tassen Cappuccino. Die Männer verstummten.

»Mein lieber Mann, da hat aber jemand 'ne Leiche im Keller und will nicht, dass der Wirt seines Vertrauens mithört.«

Sie starrten ihm mit vor Schreck weit aufgerissenen Augen nach.

»Nein, der kann nichts wissen, das war nur einer seiner blöden Sprüche. Erzähl weiter, wann und wo?«

»Friedhof an der Caspar-Baur-Straße, nachher um zwölf.«

Alfons löffelte mit zittrigen Fingern den Milchschaum aus seiner Tasse, den Blick auf den Löffel fixiert.

»Wir sollten sichergehen, dass auch alles planmäßig abläuft.« Er blickte auf seine Uhr. »Es ist bereits halb zwölf. Ich schlage Folgendes vor. Ich bringe die Lieferpapiere zu Fallenahr, damit der überprüfen kann, dass alles seine Ordnung hat, und bespreche mit ihm die weiteren Modalitäten. Du fährst zum Friedhof und nimmst ganz dezent aus gebotener Entfernung an der Beisetzung teil.«

Heinz-Hermann sprang ihm fast an die Gurgel, beherrschte sich in Sekundenschnelle wieder und sprach heftig, Speicheltröpfchen über den Tisch verteilend.

»Ich habbet satt mit den fremden Leichen. Ich bin auch nur en Mensch und kann et ganze Gebrassel bald nich mehr ertragen. Ich hab überhaupt keinen Sinn für en Beerdigung von zwei Leut, die ich nich kenn. Schluss, jetzt muss endlich Schluss sein.«

Alfons ließ ihm Zeit zum Durchatmen.

»Du musst ja nicht in unmittelbarer Nähe mitsingen. Verbirg dich hinter einem Strauch und beobachte mit einem Auge, ob alles in Ordnung geht. Nur zur Sicherheit. Das ist ja nicht besonders

aufregend. Die letzte Überprüfung deiner genialen Idee, eine Leiche verschwinden zu lassen, in deren Körper eine Kugel steckt.«
Letztlich siegte die Vernunft. Sie trennten sich auf dem Parkplatz und fuhren in verschiedene Richtungen zu Missionen, die unterschiedlicher nicht sein konnten.

Der rote Polo von Burmeester wirkte wieder mal exotisch zwischen den gepflegten Wagen der Gäste mit gehobenem Einkommen auf dem Hotelparkplatz in Rees. Er entdeckte ein einziges Berliner Kennzeichen und dachte sich seinen Teil. Die Werbung für das Modell versprach jedenfalls Rennfahrergefühle bei luxuriöser Ausstattung.

Burmeester öffnete schwungvoll die Tür zur Halle, trat in den hellen, freundlichen Raum. Cremefarbene Sitzmöbel, apricotfarbene Wände, ein herabgehängter, beleuchteter Himmel über dem Rezeptionstresen wirkten einladend. Beim ersten Kontakt mit einer Hotelangestellten begegnete ihm die erwartete vereinnahmende Freundlichkeit, die das Personal versprühte, ohne gekünstelt zu wirken. Der Berliner Gast, Harald Nauenstein, ließ ausrichten, er bräuchte noch zehn Minuten und würde ihn vor dem Haus treffen.

Burmeester ging hinaus und hockte sich auf die Mauer, die Promenade und Gastronomiebereich trennte. An der Terrasse bewegten sich die bunten Flügel eines modernen Kunstwerks im Sommerwind, Fußgänger schlenderten am Wasser entlang, leises Gemurmel drang zu ihm, die Tische im Außenbereich des Restaurants waren gut besetzt. Burmeester wandte sich um, schaute auf die Uhr. Herr Nauenstein ließ sich Zeit. Burmeesters Blick fiel auf einen Teil der alten Stadtmauer auf der gegenüberliegenden Seite der Straße. Ein Wachturm mit Zwiebeldach wurde von einer Gruppe Touristen bestaunt. Sie stiegen auf der glyzinienberankten Treppe hinauf auf die Mauerkrone und verharrten lange vor dem eingezäunten Bereich des uralten jüdischen Friedhofs. Unterhalb der Mauer spielten zwei Kinder mit der Skulptur des Froschkönigs, der lässig hinter seiner goldenen Kugel im Gras lag. Blesshühner huschten über den Teich vor der Mauer. Über allem leuchtete ein strahlend blauer Himmel.

»Sie wollten mich sprechen?«

Die Stimme riss ihn aus der müßigen Betrachtung, er sprang auf und war sich schlagartig seiner aufdringlichen Farbigkeit bewusst. Wie das Windspiel im Hintergrund, Rot, Türkis, Gelb, Grün, krass und peinlich. Vor ihm stand ein gepflegter Mann in mittlerem Alter, der durchaus in britischen Filmen den Gentleman geben konnte und ihn von oben bis unten musterte. Trotz der frühsommerlichen Hitze trug der Mann ein teuer wirkendes Jackett aus fließendem, dezentem Stoff. Er schaute kurz zum Parkplatz und erwiderte das Winken einer Frau, die offensichtlich in ihrer Handtasche den Autoschlüssel suchte. Ganz andere Liga, dachte Burmeester, elegant, braune Haut und goldglänzender Schmuck, hochhackige Schuhe. Sie passte zum Stil des Mannes, der neben ihm stand. Städtisches Flair gehobener Klasse, ging es Burmeester durch den Kopf, und er kam sich plötzlich vor wie der einfache Hahn vom Land zwischen edlen Pfauen.

»Nauenstein mein Name. Man sagte mir, Sie hätten ein Anliegen.«

Burmeester stellte sich vor.

»Lassen Sie uns ein paar Meter gehen.«

Sie schlugen den oberen Weg der Promenade ein, entlang der Stadtmauer. Knapp und präzise erläuterte Burmeester, dass ein Kollege von ihm auf der anderen Rheinseite vermisst würde. Ihm entging nicht, dass Nauenstein aufmerksam zuhörte.

»Was habe ich damit zu tun?«

»Mich interessiert, ob Ihnen der Name Darius Bagavati bekannt vorkommt.«

»Nein, nie gehört. Wie kommen Sie darauf?«

Zwei schwatzende junge Mädchen aus Bronze lehnten am Geländer, wurden bewundert und fotografiert.

»Es ist eine erhöhte Frequenz von Kunstsachverständigen aus der Bundeshauptstadt hier am Niederrhein zu verzeichnen, und ich dachte, man kennt sich eventuell untereinander.« Burmeester ärgerte sich über seine geschwollene Sprache, die ironisch gemeint war, jedoch Unsicherheit verriet. Aber er konnte nicht anders.

Nauenstein schüttelte sacht den Kopf.

»Vielleicht gibt es da ein gemeinsames Interesse an Kunst aus dem achtzehnten Jahrhundert?«

Nauenfeld straffte für einen Moment die Schultern, was Burmeester aus dem Augenwinkel heraus wahrnahm.

»Das kann schon sein. Aber warum sprechen Sie mich darauf an? Ich bin erst angekommen, wie soll ich da wissen, was Sie meinen?«

»Herr Nauenstein, ich bin der Mann von der Kripo und stelle hier die Fragen.«

Die Heckwellen eines hoch mit Containern beladenen Frachters schlugen gegen die Uferbefestigung. »Wir können uns auch auf dem Präsidium unterhalten, wenn Sie sich dort besser konzentrieren können. Noch einmal, gibt es ein gesteigertes Interesse an Kunst aus dem Biedermeier?«

»Nicht dass ich wüsste.«

Langsam, dachte Burmeester, in der Geduld liegt die Kraft.

Sie passierten den Mauerdurchgang zur Innenstadt. Die Stärke des Bollwerks gegen das Hochwasser war an den breiten Schienen zu erkennen, in die gewaltige Metalltore geschoben werden konnten, um die Innenstadt zu schützen.

»Aus welchem Grund sind Sie hier?«

»Aus beruflichen Gründen.«

»Wer war die Dame, die Sie gerade verabschiedet haben?«

»Eine Bekannte.«

»Ich wiederhole meine Frage, wer war die Dame, Herr Nauenstein?«

»Na hören Sie mal!«

»Ja, ich höre.«

Schräg über ihnen klapperte emsig Besteck auf Geschirr, saßen Gäste dicht gedrängt auf der schmalen Terrasse eines Restaurants. Die flache Auenlandschaft kam in Sicht, mehrere Buhnen hintereinander minderten die Strömung des Flusses in der lang gezogenen Kurve.

»Eine flüchtige Bekanntschaft, die ich erst gestern zufällig kennenlernte.«

Glatt gelogen, dachte Burmeester.

Die Promenade verengte sich, ging über in einen einfachen Weg auf dem Wall. Das stromabwärts fahrende Weseler Ausflugsschiff »Riverlady« gab im Vorbeifahren laut Signal, was von mehreren Bewohnern eines Hauses oberhalb der Wallanlage mit heftigem Winken beantwortet wurde.

»Was genau ist Ihre Tätigkeit?«

»Ich arbeite mit Versicherungen zusammen, taxiere Kunstgegenstände, handele und verhandele im Auftrag von Kunstliebhabern oder Museen. Alles legal, aber aufgrund der hohen Werte mit äußerster Diskretion. Alles andere wäre tödlich.«

»Heißt das, Sie verhandeln momentan hier am Niederrhein über Kunstwerke, die nicht, zum Beispiel, durch Auktionshäuser gehen?«

»Richtig.«

»Was ist der Gegenstand Ihrer hiesigen Verhandlungen?«

»Kann ich Ihnen nicht sagen, Herr …«

»Burmeester.«

»Herr Burmeester, ich darf nicht darüber sprechen, dazu muss mich mein Auftraggeber erst von der Schweigepflicht entbinden. Nur so viel, alles spielt sich im legalen Rahmen ab. Schließlich geht es um Kunst.« Ein abschätziger Blick streifte Burmeester. »Aber das verstehen Sie ganz bestimmt nicht.«

Nicht aufregen, dachte Burmeester, nicht aus der Ruhe bringen lassen. Wetten, dass er bei nächster Gelegenheit wieder meinen Namen vergisst? Ein großer Taktiker, der ein ungeschultes Gegenüber bereits vernichtet hätte.

Unter dicht belaubten Bäumen stand die Abbildung eines Kämpfers, der sich ein Bärenfell mit Kopf übergestülpt hatte. Nauenstein stellte sich neben die Figur.

»Ein spanischer Hauptmann, der zu nächtlicher Stunde den Mut seiner Leute mit einer fingierten Bärenattacke erproben wollte. Alle rannten weg, nur einer blieb und schoss. Gut und gründlich. Man sollte sich nicht wissentlich mit jemandem anlegen, der über scharfe Munition verfügt, Herr, wie war noch ihr Name?«

»Burmeester. Ist das einer Ihrer Grundsätze?«

»Unter anderem. Ein weiterer lautet *carpe diem*, vergeude deine Zeit nicht mit überflüssigen Gesprächen. Ich muss gehen. Wenn Sie noch Fragen haben, wissen Sie, wo Sie mich finden. Für alle Fälle hier meine Karte.«

Nauenstein hielt Burmeester, lässig zwischen Zeige- und Mittelfinger geklemmt, eine Visitenkarte entgegen, verabschiedete sich mit einer überheblichen Kopfbewegung. Über die Ziegeltreppe begab er sich zielstrebig hinter den Wall und verschwand in den Gassen der Stadt.

Dem bin ich nicht zum letzten Mal begegnet, dachte Burmeester. Er schaute an dem Krieger vorbei in die Auenlandschaft. Im Hintergrund erkannte er den Kirchturm von Haffen, irgendwo in Richtung Wesel lag Bislich-Büschken. Echt Niederrhein. Noch nie hatte er sich so intensiv zu Hause gefühlt, angekommen, wie in den letzten Tagen.

Er setzte sich auf eine Bank und blickte versonnen über den Fluss, in dessen trägen Wellen sich das Sonnenlicht spiegelte.

Vorsichtshalber stellte Heinz-Hermann den Transporter am Nordglacis ab, weit entfernt vom Friedhof an der Caspar-Baur-Straße, und ging den Rest des Weges zu Fuß. Niemand sollte in dieser Gegend die O.P.A.-Aufschrift mit dem Friedhof in Verbindung bringen können. Die alte Sonnenbrille aus dem Handschuhfach hing schräg auf seiner Nase. Hinter dem Fahrersitz hatte er die schwarze Strickjacke mit den Lederflicken auf den Ellenbogen gefunden. Besser als nichts.

Eine uralte Buche beschattete den Platz vor der Aussegnungshalle. Heinz-Hermann kämpfte mit Fluchtgedanken. Er fühlte sich nicht wohl auf Friedhöfen, überließ die Pflege der Gräber seiner Eltern der emsigen Ehefrau. Es gab sowieso mehr Frauen als Männer an diesen Orten. Bestimmte Pflanzen kamen ihm nicht in den Garten, weil sie auf jedem Friedhof zu finden waren, so wie hier: Lebensbäume, Kirschlorbeer, Eiben, Zypressen, praktisches Immergrün, langweilig und starr. Die Hallentür wurde zu allem Überfluss auch noch flankiert von Plastiktöpfen mit künstlichen Buchsbaumkegeln. Der Bestatter von der Tankstelle war bekannt für seinen schroffen Minimalismus. Anscheinend neigte sich die Feier bereits dem Ende zu, die Hallentüren wurden geöffnet. Heinz-Hermann suchte Deckung.

Rechts zweigte ein Weg vom Platz ab, und von dort aus, verborgen hinter Thuja und Tanne, blinzelte Heinz-Hermann durch die weit geöffnete Tür in die Halle. Eine kleine Trauergemeinde erhob sich von den Stühlen, ältere Frauen in traditionellem Schwarz. Vereinzelt wurden Taschentücher gezückt, der Pfarrer schwang Weihrauch. Heinz-Hermann erkannte den Eichensarg, der von sechs schmalen, älteren Trägern mühevoll auf den Wagen gehievt wurde. Die Reifen gingen gehörig in die Breite.

Die Trauergemeinde machte sich auf den Weg, kam genau auf ihn zu. Er lief einen Querweg lang, sah, wie die Gemeinde mit den heftig arbeitenden Trägern in den Hauptweg einbog, nahm den Parallelweg, und gemäßigten Schrittes schloss er sich in der Ferne der überschaubaren Gruppe gebrechlicher Damen an. Nach ungefähr hundert Metern verlangsamte sich der Zug, Heinz-Hermann bog wiederum in einen Querweg, den vorgelagerten, lief wieder auf die Gruppe zu und verbarg sich hinter einer uralten Zypresse mit gewaltigem Stamm. Aus dem Wurzelwerk ragte ein alter, grauer Grabstein. Heinz-Hermann ließ sich für einen Moment von der Inschrift ablenken. Fräulein Agnes starb 1927.

Der Pfarrer forderte zum gemeinsamen Gebet auf. Während dünne Stimmchen intonierten, kam stumme Unruhe bei den Trägern auf. Der Wagen schien zwischen den ausgelegten Bohlen festgefahren zu sein.

»... dein Wille geschehe ...«

Sie zerrten und schoben gleichzeitig, ein kurzes, pfeifendes Zischen kündete vom Zerbersten des eingeklemmten Reifens.

»... so auch auf Erden ...«

Sie schoben nun zu sechst, jedoch bewegte sich der Wagen nicht wie planmäßig nach vorn, sondern nahm eine inzwischen bedenkliche Schräglage an. Heinz-Hermann lehnte sich eng an den Stamm, betete inbrünstig mit.

»... in Ewigkeit. Amen.«

Eine Sekunde zu spät versuchte die Trägerschar, die Schwerkraft zu besiegen. Hoffnungslos. Mit einem unschönen Geräusch setzte sich der Sarg von selbst in Bewegung, beschleunigte und rutschte passgenau, schmales Vorderteil voraus, senkrecht in die Grabstelle. Er landete mit knirschendem Gepolter auf dem Grund.

Ein Moment unguter Stille entstand. Der Pfarrer blickte stumm herum, trat vor, schaute in die Tiefe, neigte sich nach vorn, beäugte das Malheur intensiver, wechselte die Perspektive und wandte sich danach an einen der Sargträger, der wie gelähmt verharrte. Der Geistliche flüsterte ihm etwas zu, der alte Mann eilte ungelenk den Hauptweg zurück. Während der Pfarrer nach Worten suchte, um die Trauernden zu verabschieden, löste sich eine alte Dame aus der Gruppe und blickte in den Schacht. Sie schaute auf den aufgesprungenen Sargdeckel und erkannte, wie aus dem zersplitterten Seitenholz Arme und Beine herausragten. Und bei genauer Betrachtung erkannte sie einen Kopf zu viel. Sie wich zurück, schrie und fuchtelte panisch mit den Armen.

»Da sind zwei, großer Gott, zwei ...«

Plötzlich kam Leben in die Gruppe.

»Zwei. Was hat das zu bedeuten?«

»Noch jemand in Minchens Sarg!«

»So was hab ich mein Lebtag noch nicht erlebt ...«

Heinz-Hermann schlich so gelassen wie möglich den Weg zurück, den er gekommen war. »Komm, ich nagel die Kiste zu«, hatte Gesthuysen gesagt und mit bebenden Händen Nägel und Hammer geführt. Wenn man einem Windhund wie dem wichtige Dinge überließ. Hätte er das mal lieber selbst übernommen. Und jetzt? Jetzt hatten sie die Entdeckung, die sie um jeden Preis vermeiden wollten. Verdöhlt noch en mohl!

Nicht die schöne Lou van Drehfeld öffnete die schwere Tür, sondern der Hausherr selbst.

»Ach, Herr Mackedei, kommen Sie rein.«

In der Diele wollte Alfons gleich zur Sache kommen und hielt ihm die Einlieferpapiere entgegen.

»Sie müssen mir alles genau berichten. Was kann ich Ihnen anbieten?«

»Ein Kaffee wäre nicht schlecht.«

»Ja. Gut. Kaffee. Ich könnte auch einen gebrauchen.« Fallenahr stand in der Diele und hinterließ für einen Moment einen desorientierten Eindruck, machte einen Schritt nach links, hielt inne, wandte sich nach rechts, als wüsste er nicht, wo in seinem Haus die Küche war.

»Ja, der Kaffee. Meine gute Lou ist nicht im Haus, da muss ich wohl mal schauen.«

Er stand mitten in dem durchorganisierten Raum zwischen Landhausküchenfronten und Geräten und schaute sich um. Alfons hielt sich im Hintergrund. Fallenahr entging nicht, dass er beobachtet wurde.

»Wissen Sie, ich kenne mich mit so etwas gar nicht aus. Das macht alles meine Frau, meine Lebensgefährtin, meine ich, und früher, früher war meine Frau dafür zuständig.«

Alfons fühlte sich nicht wohl in dieser Situation. Lösung forcieren.

»Lassen Sie uns doch mal gemeinsam in die Schränke schauen. Meistens stehen Filtertüten und Kaffeemehl beisammen, und da drüben steht die Maschine.«

Natürlich befand sich alles im Hängeschrank über dem Automaten, und Alfons setzte den Kaffee an. So ungefähr das Einzige, was er selbstständig in einer Küche kochen konnte, waren Tee und Kaffee, und in diesem noblen Haushalt reichten seine Kenntnisse völlig aus, um damit zu brillieren.

»Herr Mackedei, ich habe genau gewusst, dass Sie alles im Griff haben.«

Die Maschine nahm brodelnd ihren Dienst auf.

»Und nun berichten Sie mir über das Auktionshaus. Ich erwarte ein glänzendes Geschäft. Sie nehmen doch direkt an der Versteigerung teil, will ich hoffen? Planen Sie die drei Tage Anfang September ein. Die werden verschiedene Gruppen von Kunst bis Kuriosa zusammenstellen, damit Interessenten zu ihren Schwerpunkten anreisen können. Ich habe von allem etwas eingereicht, aber das wissen Sie ja, haha. Es wird seine Zeit brauchen, alles unter den Hammer zu bringen. Und in regelmäßigen Abständen informieren Sie mich über den Zwischenstand.«

Die letzten Tropfen der braunen Flüssigkeit fielen in die Kanne. Fertig.

»Wo sind nur die Tassen? Lou weiß das alles. Für mich ist Ordnung in Schränken ein Rätsel. Früher machte das meine Mutter, ganz früher, meine ich. Frauen kennen sich da aus. Egal ob Ehefrauen oder Sekretärinnen, die sind wie geschaffen dafür. Meine Lou auch. Jeden Morgen liegen meine Sachen auf dem Herrendiener, Socken, Unterwäsche, bis hin zum Einstecktuch hat sie alles perfekt zusammengestellt. Ein wahrer Schatz, ah, da sind ja Tassen. Brauchen Sie Zucker oder Milch?«

Alfons zögerte, schüttelte dann jedoch den Kopf. Er überlegte sich die Antwort, die Irene parat hätte für den Fall, dass er mit solchen Marotten wie Prinz Charles nach Hause käme. Gebügelte Söckchen passend zur Krawatte, fein.

»Aber ich bräuchte einen Tropfen Milch, wo die wohl sein könnte?«

»Schauen Sie mal in den Kühlschrank.«

Der Kaffee war stark und schmackhaft. Fallenahrs Wangen röteten sich. Plauderstündchen bei Bankdirektor Raffzahn.

»Bei genauer Betrachtung hat meine erste Frau mir alles aus dem Weg geräumt, wissen Sie? Die hat alles organisiert. Meine Karriere stand im Vordergrund. Dafür war sie überkandidelt und anspruchsvoll, da, schauen Sie sich diesen protzigen Kronleuchter an. Schade, dass der nicht mit versteigert wird, aber den müssen Fachleute abbauen.«

Alfons wechselte das Thema.

»Warum sind Sie nicht schon früher auf die Idee gekommen, alles zu versteigern?«

»Bequemlichkeit, schließlich brauchte ich die Räume nicht. Lou brachte mich auf die Idee. Hinzu kommt, dass ich Pech mit ein paar Investitionen im Osten hatte. Da sind Investitionen nicht ganz so gelaufen wie geplant, und jetzt brauche ich eben das Geld, um meinen Lebensstil aufrechtzuerhalten. Ich will noch mal richtig neu anfangen, mein Traumhaus bauen und das Leben mit meiner Lou genießen. Was lag da näher, als zu entrümpeln? Wo sie nur bleibt?

Sonst lässt sie mich nie so lange allein. Ich mache mir so schnell furchtbare Sorgen, wissen Sie? Sie findet das übertrieben ...«

Allein gelassener Mann versinkt in Selbstmitleid. Darauf hatte Alfons keine Lust. Er trank den Kaffee zügig aus.

»Ich muss los. Wir telefonieren miteinander. Das wird ein lukratives Geschäft, Sie werden sehen.«

Alfons' Handy klingelte, als er an dem wasserspeienden Karpfen vorbei zu seinem Auto ging. Heinz-Hermann keuchte ins Telefon.

»Lass alles stehen und liegen, wir müssen reden.«

»Du hörst dich nicht gut an.«

»Alles ist danebengegangen. Der Sarg ist aufgesprungen ...«

»Was? Bist du verrückt?«

»Nein, es ist so. Verheerend. Ich kann nich weiter am Telefon ...«

»Verdammt, verdammt, verdammt. Ich komme zum Hafen.«

»Nein, da ist zu viel los. Hol den Gesthuysen ab und kommt zu mir nach Xanten. B57 bis zur Ampel, wo et rechts zur Rheinfähre geht, da abbiegen und de nächste links, Beekscher Weg, ich warte vorm Haus. Mach schnell.«

Es gab einfach kein Ende, diese Geschichte mit dem erschossenen Unbekannten klebte an ihm wie Harz, zäh und stinkend.

Er klingelte Gesthuysen aus seiner Lethargie und war eine halbe Stunde später in Voerde. Mit einer Zigarette im Mundwinkel, sich eine Jacke überstreifend lief Gesthuysen ihm hektisch entgegen.

»Was ist passiert?«

»Der Teufel ist los.«

Als Burmeester Karins Nummer auf dem Display las, ahnte er nichts Gutes. Handy, nicht Dienstanschluss, das konnte nur heißen, sie war unterwegs.

»Ist der Berliner noch bei dir?«

»Nein, wieso?«

»Er darf noch nicht abreisen. Mit aller Wahrscheinlichkeit haben wir seinen Kollegen gefunden. Komm zurück nach Wesel. Wir sind auf dem Friedhof an der Caspar-Baur-Straße. Jemand hat versucht, ihn mit einem anderen Leichnam gemeinsam bestatten zu lassen. Der Körper weist ein Einschussloch auf. Wir müssen also von einem Mord ausgehen.«

»Was? So eine wahnsinnige Idee. Aber wenn der Trick geklappt hätte, wären wir nie weitergekommen. Dann wäre der Mörder fein raus gewesen. Ist es denn sicher, dass der Tote unser verschwundener Hotelgast aus Xanten ist?«

»Nein, hundertprozentig identifiziert ist er noch nicht. Aber zurzeit gibt es nur diese eine Vermisstenmeldung bei uns. Zwei Leichen in einem Sarg, eine davon illegal und nach Aussehen, Kleidung und Haarfarbe der Vermisste aus Xanten – das passt alles zu unserem Fall, da sind wir gefragt. Der Sarg war zu schwer. Er ist in die Grube gekracht und dabei aufgesprungen.«

»Ich bin schon unterwegs.«

Endlich kam Bewegung in die Sache, und es konnte kein Zweifel mehr an der Zuständigkeit aufkommen. Ein unbekannter Toter in einem Sarg war eindeutig Sache vom K1.

Beim Hotel an der Promenade traf er Nauenstein auf dem Weg zu seinem Auto.

»Herr Nauenstein, wir haben den vermissten Kunstfreund gefunden, leider tot. Ich muss Sie bitten, uns eventuell zu einer Identifizierung zur Verfügung zu stehen. Vielleicht sind Sie sich doch schon einmal begegnet, also reisen Sie in den nächsten Tagen nicht ab.«

Reglementierungen passten dem Herrn offensichtlich überhaupt nicht. Jedoch sagte er zu und blieb an seinem Wagen stehen, während Burmeester durchstartete.

Ein unvoreingenommener Beobachter hätte vermutet, dass der Mann mit der feuchten Stirn und den leicht hektischen Bewegungen unter Druck stand. Es schien, als fühle er sich verfolgt. Doch der Mann war allein. Er hatte in Rees nach einer unscheinbaren Ecke als Treffpunkt gesucht. Er hatte sorgfältig darauf geachtet, unbeobachtet zu bleiben. Er tippte eine Nummer in sein Handy ein.

Der Mann kam ohne Umschweife zur Sache. »Alles muss viel zügiger abgewickelt werden, die Polizei ist aus anderen Gründen ganz in meiner Nähe. Ja, ich bin bereit, eine angemessene Summe vorab zu zahlen. Nein, nicht morgen, ich will eine garantierte Zusage in einer halben Stunde. Wenn man auf der Promenade ein wenig vom Rhein weggeht, führt eine Treppe durch die Stadtmauer hinauf zu einer Bank in einer Nische, da finden Sie mich.«

Selbst ein sehr aufmerksamer Beobachter hätte sich nicht gefragt, warum der Mann hinter der hochgezogenen Mauer, durch bepflanzte Blumenkästen vor neugierigen Blicken geschützt, auf einer Bank saß und wartete. Hin und wieder befühlte er beiläufig die Innentasche seines Jacketts. Sie war prall gefüllt, aber der raffinierte Schnitt verhinderte jede auffällige Ausbeulung. Nach einer Weile erschien eine Frau, eine große Sonnenbrille verdeckte ihre Augen. Sie setzte sich neben ihn, achtete aber darauf, dass ein Sitzplatz zwischen ihnen frei blieb.

»Das war eine gute Entscheidung. Sie wissen, dass es mehrere Interessenten gibt. Wer zuerst zahlt, hat gesiegt«, sagte sie mit dem Blick geradeaus und ohne den Kopf zu ihm zu wenden.

»Nennen Sie mir Ihre Bedingungen«, murmelte der Mann leise, aber hörbar.

»Zwei Drittel der genannten Summe.«

»Als Anzahlung? Die Hälfte, maximal. Sie müssen das verstehen, ich lasse mich ohne konkrete Beweise auf ein Geschäft von beachtlichem Format ein.«

»Sie können mir vertrauen.«

»Ich vertraue Ihnen, sonst säße ich nicht hier. Aber im Übrigen weiß ich, wo und wie Sie leben, wo ich Sie finden kann. Vertrauen ist gut, Kontrolle und Weitsicht gehören zu meinem Geschäft. Die Welt ist manchmal verdammt schlecht. Sind wir uns also einig? Die Hälfte jetzt, die andere bei Lieferung binnen der nächsten vierundzwanzig Stunden.«

»In Ordnung.« Sie machte eine Handbewegung, die man als Zustimmung hätte deuten können oder als spontanes Verscheuchen einer lästigen Fliege.

Mit unmerklicher Kopfbewegung schaute sich der Mann um. Niemand war in unmittelbarer Nähe. Er fingerte die griffbereite Brieftasche aus seinem Jackett und entnahm ihr einen dicken Umschlag, den er unter seinen Oberschenkel schob.

»Ich melde mich morgen bei Ihnen und gebe den Übergabeort bekannt. Auf Wiedersehen«, sagte die Frau, die immer noch geradeaus blickte. Er stand wortlos auf und ging, der Umschlag blieb zurück. Er lag wie vergessen am hinteren Ende der Bank. Die Frau verharrte noch ein paar Minuten. Dann nahm sie beiläufig die abgelegte Geldsendung und ging.

Ein Beobachter hätte nicht einmal gestutzt. Aber es gab keine Beobachter. Nur ein Geheimnis.

Heinz-Hermann lief auf der linken Straßenseite vor einem einstöckigen, verklinkerten Haus mit liebevoll gestrichenen Blendläden auf und ab. Er winkte ihnen von Weitem zu.

»Kommt, wir gehen nach hinten.«

Die Grundstücke der Häuser waren ungewöhnlich lang und endeten an der B57. Heinz-Hermann führte sie durch einen Ziergarten, über eine Obstwiese und durch das Dickicht mehrerer Tannenreihen. Fast vor der Böschung zur Bundesstraße, wo eine ständige Geräuschkulisse die Idylle trübte, stand ein alter Holzschuppen.

»Riesiges Grundstück.«

»Im nächsten Jahr wird die Hälfte verpachtet. Hier entsteht ein Streifen Ackerland. Die anderen Nachbarn machen auch mit. Zu viel Plackerei.«

Der Schlüssel zum Schuppen hing unter einer losen Schindel.

»Mein Materiallager, hier sind wir ungestört.«

Heinz-Hermann räumte einige Bretter zur Seite und verstaute

Werkzeug im Regal, um Platz zu schaffen, überprüfte eine Holzkiste auf Stabilität und bot sie als Sitzplatz an.

»Nu isset passiert. Der Kerl will einfach nich verschwinden, jedenfalls nich so anonym. Der will ordentlich unter de Erd kommen.«

»Was meinst du damit?«

Heinz-Hermann zerbrach eine Handvoll dünner Holzleisten mit einem kurzen Knirschen und warf die Splinte in eine Obstkiste. Er erzählte stockend die Geschichte der gescheiterten Beerdigung und seiner Flucht vom Friedhof vor dem Eintreffen der Polizei.

»Und die sind schlau, das sag ich euch. Die kriegen alles raus. Außerdem hat de Kerl die Kugel aus meiner Waffe im Kopf und is in meine Decke eingewickelt. Wir alle haben ihn transportiert, die werden jede Menge Spuren von uns finden.«

»Jetzt lass mal diese Holzleisten in Ruhe, die können nichts dazu.«

»Du hast vielleicht Probleme. Das is Anmachholz für de Kamin. Ich muss was in den Fingern haben.«

Gesthuysen stand still neben der Tür. »Ich hab's gewusst. Die ganze Zeit hab ich gewusst, dass das mit euch nicht gut gehen kann. Gealterte Amateure. Unsereins ist froh, so einigermaßen durchs Leben zu lavieren, und dann treffe ich euch, und schon sitz ich in der größten Scheiße aller Zeiten.«

»Halt die Klappe, wir haben dich nicht gezwungen mitzumachen. Wir sitzen gemeinsam in einem Boot, kapier das endlich.«

Heinz-Hermann stapelte die erste Kiste mit Kleinholz neben einem Arbeitstisch auf zwei bereits gefüllte und machte weiter. Knacks.

»Die kriegen uns, bestimmt. Wir müssen uns ausdenken, wie et gewesen is.«

Alfons kam nicht dazu, ihn zu unterbrechen. Heinz-Hermann steigerte sich in wilde Erklärungsfantasien.

»Ich habbet. Wir haben gesehen, wie jemand den Mann durch den Wald gehetzt hat, haben uns in dem Bunker versteckt, weil das nach Flucht und Verfolgung aussah. Genau, der wurde von einem übel fluchenden Russen verfolgt, de Russenmafia is doch überall am Werk. Und dann, peng, ein Schuss, und der Schütze gab Fersengeld. Oben lag der Kerl, und auf den Waldwegen waren schon Sportler unterwegs, de Rennleute, die immer laufen müssen. Wir dachten, jemand könnte uns gesehen haben. Den Kerl haben wir deshalb mitgenommen. Und meine Pistole, ja, die hab ich seit Jahren nich mehr gesehen, und irgendwann muss die mir geklaut worden sein. Unter de Nase weg. Na, klingt das echt?«

Alfons atmete tief durch, während Heinz-Hermann weiter die Kiste füllte. Knacks.

»Natürlich glaubt uns jeder, dass die Russenmafia in der Xantener Hees einen Mann hingerichtet hat. Man wird dich fragen, warum du den Diebstahl der Pistole nicht gemeldet hast. Und? Was sagst du dann? Nein, nein, jetzt kann uns nur noch die Flucht nach vorn helfen.«

Gesthuysen kurbelte sich eine Zigarette und horchte auf.

»Nie und nimmer, nicht mit mir, ich geh nicht freiwillig zu den Bullen.«

Alfons wandte sich um, schaute Gesthuysen einen Moment lang in die Augen.

»Vergiss deine Ablenkungsmärchen. Das ist alles unglaubwürdig. Es gibt keinen anderen Weg, als sich der Polizei zu stellen. Die Tochter von Frau Krafft ist doch Kommissarin. Zu der werden wir fahren, gemeinsam und so schnell wie möglich. Du kennst sie doch auch. Hart, aber gerecht und keineswegs so unangenehm, wie du sie geschildert hast. Gemeinsam schaffen wir das. Mein ursprünglicher Gedanke ist sehr wertvoll. Wenn jeder von uns sagt, er war es, kann keiner verurteilt werden.«

Heinz-Hermann hatte sein Holz zerkleinert, jeder war in seine Gedanken versunken. Lediglich der Verkehr der Bundesstraße untermalte das Treffen mit dauerhaften Fahrgeräuschen. Motorradfahrer gaben Gas vor der Ampel, die Maschinen heulten auf.

Alfons nahm seinen Autoschlüssel zur Hand.

»Ich gehe jetzt zu meinem Wagen und warte dort auf euch.«

Als er über die Obstwiese ging, hörte er beide hinter sich herkommen.

»Warte, wir kommen mit.«

»Einer für alle, alle für einen.«

Und Gott mit uns, dachte Alfons. Gut, dass seine Irene über das Wochenende zu einer internationalen Benefizveranstaltung nach Bregenz am Bodensee gereist war.

»Mach keine Dummheiten, mein Alterchen«, hatte sie noch gesagt und ihm lächelnd gewunken.

»Ich hol ebkes die Pistole, dann können wir los.«

Acht

Montag, zehn Uhr, große Lage im Besprechungsraum der Kreispolizeibehörde. Karin bevorzugte, wie immer, die Treppe zur oberen Etage des winkeligen Backsteingebäudes an der Reeser Landstraße. Jedes Mal, wenn sie das Gebäude betrat und ihr die Ausmaße der Zentrale bewusst wurden, war sie froh darüber, dass ihre Dienststelle sich in einem überschaubaren Nebengebäude befand. Stufe für Stufe nutzte sie den Aufstieg zur inneren Sammlung.

Staatsanwalt Haase, perfekt zurückgekämmtes Haar, leicht gebräunter Teint, saß aufrecht vor seinem Notebook und tippte. Sein lockerer Sommeranzug von Armani fiel aus dem Rahmen. Er verkörperte wieder mal den Dressman, wirkte wie ein Fremdkörper in der kühlen, funktionalen Atmosphäre, schien nicht zu bemerken, wie der Raum sich langsam füllte.

Heierbeck von der Spurensicherung erschien mit zwei Kollegen. Das gesamte Wochenende hindurch waren sie mit der Auswertung der Spuren beschäftigt gewesen, Schlafmangel ließ Heierbecks Gesicht grau erscheinen.

Karins verkleinertes Team saß links neben der Tür. Simon Termath übernahm das Protokoll. Tom Weber wirkte wie halbiert ohne seinen dunkelhäutigen Schatten Patalon. Burmeester war ausnahmsweise dezent gekleidet. Im Gegensatz zum letzten Jahr war sein Erscheinen bei offiziellen Terminen eher still als schrill. Karin nahm diese Entwicklung wohlwollend auf. Es stand eine Beförderung in ihrem Kommissariat an, und Burmeester rangierte ganz oben auf der Liste.

Frau Doktor van den Berg rauschte herein. Schlagartig ging bei Haase die Sonne auf. Notebook zugeklappt, auf Lächeln umgeschaltet, aufgesprungen, galant angedeuteter Handkuss. Sie trug ein hellgraues Kostüm in klassischem Schnitt und um die Schultern ein edles Tuch. Wie festgetackert lag es dort und verrutschte keinen Millimeter. Ihrer Kurzhaarfrisur war ebenfalls jede Eigenwilligkeit ausgetrieben worden. Immer exakt die gleiche Länge, derselbe

Schnitt, hielt bei Wind und Wetter. Die Korrektheit in Person. Die beiden Köpfe neigten sich heiter zueinander. Man scherzte gern unter seinesgleichen.

Haase begrüßte die Anwesenden sachlich knapp und erteilte Hauptkommissarin Krafft das Wort. Die Anwesenden aus anderen Abteilungen lauschten mit ungläubigen Gesichtsausdrücken den Fakten, die Karin für sie zusammenfasste.

Eine männliche Leiche war aus einem umgestürzten Sarg gekippt, in dem schon eine alte Dame ihre letzte Ruhe finden sollte. Ein Schuss aus mittlerer Distanz in die Stirn hatte den Mann dahingerafft. Bei dem Toten handelte es sich mit Sicherheit um einen Berliner, der als Darius Bagavati in einem Xantener Hotel eingecheckt hatte und am Montag der letzten Woche vermisst gemeldet wurde. Eine Angestellte von Neumaier hatte ihn, vorerst per Foto, einwandfrei identifiziert.

»Ferner stimmen seine Fingerabdrücke mit denen aus dem Zimmer überein. Allerdings haben wir ihn unter diesem Namen in keinem Melderegister in Berlin gefunden. Identität also ungeklärt.«

Der zuständige Bestatter beteuerte, von allem nichts gewusst zu haben. Fakt war jedoch, dass der Tote in seinem – Karin betonte das folgende Wort süffisant – Institut in den Sarg gelegt wurde.

»Wir sprechen hier von einer umgebauten Tankstelle in Unterbirten, die er ›Haus des Abschieds‹ nennt. Grabsteine im Vorgarten und Clubsesselchen in der Eingangshalle von der Größe einer Abstellkammer. Alles dort wirkt improvisiert. Der Bestatter, Günther Wackernagel, ist bislang ein unbeschriebenes Blatt.«

Karin berichtete von den drei Männern, Mackedei, Trüttgen und Gesthuysen, die noch in der Vorwoche ein Geständnis abgelegt hatten und für den makaberen Fundort verantwortlich waren.

»Ah, dann haben wir die Täter also schon.«

»Prompte, zügige Bearbeitung, sehr effektiv, das K1.«

Stimmengewirr entwickelte sich in den Reihen. Einen Fall reinzubekommen und kurze Zeit später die Lösung auf dem Schreibtisch zu haben, war Wunschtraum aller Kripoleute. Man lehnte sich mit verschränkten Armen zurück. Siegerpose.

»Tut mir leid, Kollegen, so einfach, wie es scheint, ist es nun doch nicht.«

Die Aufmerksamkeit galt wieder der Hauptkommissarin. »Der Pathologe hat heute früh nicht nur ihre Geschichte bestätigt. Er hat die Männer auch entlastet.«

»Welche Geschichte? Bitte klären Sie uns auf.« Haase wirkte ungehalten. Er war am Nachmittag auf dem Golfplatz verabredet.

»Der Mann ist in der Xantener Hees erschossen worden. Das Trio glaubte, dafür verantwortlich zu sein, meinte, ihn bei Schießübungen versehentlich erwischt zu haben. Das war am Mittwoch letzter Woche, dem zweiten Juni. Auf Dosen und Zielscheiben haben sie geschossen und fanden nach einem Fehltreffer den toten Mann. Sie hielten sich für die Täter. Aus Angst vor den Konsequenzen schafften sie ihn nach Wesel und legten ihn zunächst in die Tiefkühltruhe von Alfons Mackedei.«

Karin hatte sich das M des Namens mit Textmarker neongelb markiert, um nicht in diesem Kreis einen fatalen Versprecher hinzulegen.

»Abends wollten sie ihn im Rhein versenken. Als diese Aktion misslang, drangen sie in das Institut ein. Einer von den dreien, Heinz-Herman Trüttgen, kannte den Platz, an dem der vergessliche Bestatter den Ersatzschlüssel deponiert. So kamen sie ohne Probleme und ohne Spuren in das Gebäude.«

Haase schüttelte ungläubig den Kopf.

»Das ist die seltsamste Räuberpistole, die mir in meiner gesamten Laufbahn begegnet ist. Sie glauben das doch nicht, Frau Krafft? Hier spielen Bauernschläue und Dreistigkeit die Hauptrollen. Offensichtlich will man Sie bewusst täuschen.«

Karin war mit den Verbalattacken des Schönlings vertraut und fuhr unbeirrt fort.

»Die Odyssee der Leiche ist nachgewiesen. Man hat Partikel vom Waldboden der Xantener Hees gefunden, desgleichen Spuren von Rheinwasser in seinem Rachenraum. Das Gefrieren lässt sich anhand von Zellschädigungen ebenfalls zweifelsfrei feststellen. Allerdings erschweren die durch den Frost verursachten Schäden auch die Festlegung auf einen genauen Todeszeitpunkt.«

Heierbeck meldete sich zu Wort. »Eingewickelt war er in eine Zellstoffdecke, von der wir Fasern in Trüttgens Fahrzeug gefunden haben. Auf dem Trassierband, mit dem er verschnürt war, sind die

Fingerabdrücke der drei. Am Fundort der Leiche, ich meine am Tatort, fanden wir Blutspuren und Haare des Opfers in der Rinde des Baumes, an dem er lehnte.«

Haase schien noch nicht überzeugt. »Frau Krafft, Sie beantragen Haftbefehl gegen die Männer.«

Auf diesen Moment hatte sie gewartet. Diesen arroganten Golfspieler vor dem Einputten in das letzte Loch derart zu irritieren, dass er den Schlag gründlich versemmeln würde, bereitete ihr innerlich großes Vergnügen.

»Nein, Herr Staatsanwalt, genau das werde ich nicht machen.«

Wer bereits auf dem neuesten Wissensstand war, lehnte sich beobachtend zurück. Frau Doktor setzte den strengen Frau-Behördenleiterinnen-Blick auf, den sie einsetzte, wenn sie höchste Autorität meinte zeigen zu müssen.

»Von dieser anmaßenden Entscheidung müssen Sie mich erst mal überzeugen, Frau Krafft.«

»Das Kaliber der Waffe, mit der die Männer auf eine Zielscheibe und leere Dosen geschossen haben, stimmt nicht mit dem der Kugel aus dem Kopf des Toten überein.« Heierbeck hatte am Samstag die Nacht und den halben Sonntag mit seinen Leuten bei den Bunkerruinen im Wald verbracht und jedes Blatt umgedreht. »Wir haben Munition aus Baumstämmen und einer toten Taube gepult und Absplitterungen an den Betonruinen untersucht. Alles, was wir fanden, war neun Millimeter Parabellum-Munition, passend zu der Glock von Trüttgen.«

Karin deutete auf den vorläufigen Bericht, der aufgeschlagen vor ihr lag.

»Die Kugel aus Bagavatis Kopf ist eine 7,65er Parabellum. Anderes Kaliber, andere Waffe.«

»Dann hatten die zwei unterschiedliche Waffen dabei.«

Karin ignorierte den Einwand. »Am ursprünglichen Fundort der Leiche wurde zudem festgestellt, dass es schier unmöglich ist, jemanden vom Standort der Schießübungen aus zu treffen. Egal ob stehend oder an den Baum gelehnt, der Winkel stimmt einfach nicht.«

Simon Termath knallte seinen Kuli auf den Tisch. »Hohlköppe, diese drei O.P.A.s. Hätten die uns gleich geholt, ohne ihn anzurühren, wären wir jetzt weiter, und die säßen nicht in dem Schlamassel.«

Karin hob beschwichtigend die Hände. »Ich habe sie gestern laufen lassen. Es besteht keine Fluchtgefahr, sie stehen uns zur Verfügung, und wegen Dummheit gibt es keinen Haftbefehl.«

Haase wahrte mühsam die Beherrschung und den aufgesetzt kultivierten Gesichtsausdruck.

»Ich hoffe, Sie wissen, mit welchen Konsequenzen Sie rechnen können, wenn einer der Männer der Täter ist. Und über die Verschleierungsversuche dieser Straftat werde ich noch nachdenken.«

»Zunächst sind es harmlose, irritierte ältere Herren, die kopflos reagierten.«

Van den Berg und der Staatsanwalt tauschten Seitenblicke aus.

»Habt ihr euch die Kleidung des Toten vorgenommen?«

Heierbeck schien fast beleidigt bei dieser Frage, die Termath in seine Richtung stellte, und übernahm wieder: »Keine Papiere, kein Autoschlüssel, keine Geldbörse. Lediglich so einen winzigen Notizblock mit der Nummer vom Anzeigenservice der WAZ und einen vorbereiteten Text haben wir gefunden. Da steht: ›Wiedervereinigung kurz vor der Vollendung. Alles wie vereinbart.‹ Mehr war nicht mehr zu rekonstruieren, weil dieses hauchdünne, billige Papier zu aufgeweicht war.«

»Wir müssen ermitteln, wo er von Samstag bis Dienstag gewesen ist. Jedenfalls nicht in dem Hotelzimmer, das er gemietet hatte.«

Van den Berg klopfte mit ihrem Stift auf die Tischplatte.

»Haben Sie eine Vermutung zu dem Inhalt der Anzeige?«

»Aufgrund eines Fundes in seinem verwüsteten Hotelzimmer gehen wir von einem Delikt im Bereich Kunst aus.«

Sie berichtete von dem alten Leinwandfetzen und der Zahl auf der Karte.

»Wer legal mit Kunst handeln will, bringt Fotos oder Originale mit anstelle von kleinen Fasern. Erpressung oder Kunstraub wären denkbar.«

Haase mischte sich ein. »Dann ist das ja ein Fall für das BKA. Oder das LKA Stuttgart hilft, das kennt sich da besonders gut aus.«

Van den Berg widersprach ihm sanft lächelnd, jedoch mit Nachdruck.

»Zunächst handelt es sich um ein Tötungsdelikt, und das gehört in unsere Zuständigkeit. Holen Sie sich Unterstützung aus Berlin, Frau Krafft, meinetwegen auch aus Stuttgart, finden Sie heraus, wer der Mann war. Foto rübermailen, wir sehen uns wieder morgen um zehn. Berichte finde ich vorher pünktlich in doppelter Ausfertigung auf meinem Schreibtisch. Ich werde recht kurzfristig entscheiden, ob im Laufe des morgigen Tages eine Pressekonferenz einberufen wird. Das K1 hält sich bereit.«

Im Büro verteilte Karin ziemlich übellaunig die anstehenden Aufgaben. Tom sollte in Berlin Kontakt zur Kripo aufnehmen und die Identität des Toten klären.

»Vielleicht vereinfacht die Tatsache, dass wir wissen, wie er aussieht, die Ermittlungen vor Ort. Beruf, Wohnort, alles, was es gibt und was wir im ersten Anlauf nicht gefunden haben.«

Simon Termath sollte das elektronische Archiv der WAZ durchforsten, um zu erfahren, ob und wo die Annonce aufgegeben wurde.

»Ob die das alles speichern? Du glaubst immer noch an Wunder.«

»Wirst du schon sehen. Und dann kümmerst du dich um die Tatwaffe.«

Burmeester wurde zu Mackedei geschickt.

»Der ist Chef von dieser O.P.A.-Initiative. Lass dir noch einmal genau erklären, was für ein ominöser Auftrag Grund für die Schießübungen war und warum die sich für den Toten verantwortlich fühlten. Wenn nötig, fahr noch einmal mit ihm raus in den Wald.«

»Muss das sein? Ich hab keine Lust auf ältere, verdatterte Kerle. Ich übernehme den Part von Tom und …«

»Nein, schließlich kennt Nackedei dich schon, also los.«

Verdammt, da war es passiert. Und sie wurde allen Ernstes auch noch verlegenheitsrot. Erwachsene Männer glucksten leise, keiner traute sich weit aus dem Fenster.

»Ihr wisst, dass ich Mackedei meinte.«

»Klar.«

»Logo.«

Die Kollegen kicherten noch auf dem Flur.

Missmutig griff Karin zum Hörer und wählte Maartens Nummer.

»He, ich muss absagen für heute Abend. Wir sind mitten im Fall, und das kann dauern. Ich hatte mich so gefreut.«

»Und ich erst. Schließlich haben wir zwei sturmfreie Buden und könnten so richtig Party quer durch Xanten machen.« Moritz verbrachte die erste Ferienwoche bei einem Freund in Wardt. Sie wollten ihre Fähigkeiten in der Wasserskianlage antesten, meinten, Brett sei Brett und so schwer könne das doch nicht sein.

»Nur meine Schöne und ich.«

»Mach's mir nicht so schwer.«

»Du kannst mich nicht versetzen, schließlich ist es sehr nett, mich zu treffen.«

Karin schmunzelte. Der Mann strotzte vor Selbstbewusstsein.

»Außerdem kann ich dir Interessantes aus dem Auktionshaus berichten. Mit *de Fiets* ist dein informeller Informant in einer halben Stunde am Kornmarkt in Wesel, is dat okay?«

Was gab es da zu überlegen?

»Okay, um eins im Alex.«

Zwei sturmfreie Buden. Manchmal fragte sie sich ernsthaft, ob sie nicht endlich zusammenziehen sollten. Andererseits lief alles bestens, also gab es keinen triftigen Grund, etwas zu ändern.

Burmeester ließ sich von dem sichtlich niedergeschmetterten Hausherrn in das Wohnzimmer führen und saß nun in einer schweren Ledergarnitur vor dem altdeutschen Eichentisch.

Mackedei schien verwirrt und war über Nacht geschrumpft.

»Was? Noch einmal erzählen, jaja. Ich habe meiner Frau noch nichts gesagt von dieser Geschichte. Sie ist so glücklich aus Süddeutschland zurückgekommen. Ich weiß einfach nicht, wie ich anfangen soll. Nie gab es was zu beichten.«

Er starrte in die Weite seines Gartens und rieb sich geräuschvoll die Bartstoppeln, die nicht zu dem Mackedei passten, den Burmeester vor zwei Wochen kennengelernt hatte.

»Ich hatte keine Affären, keine dunklen Geschäfte, nicht einmal irgendwelche obskuren Gelüste, wie so manch einer aus der Branche. Wissen Sie, so Frauen in Lack und Leder mit Peitsche und Rohrstock und so. Nichts. Und jetzt soll ich meiner Frau sagen, dass einen Tag lang eine Leiche in unserer Truhe gelegen hat? Hier in meinem Sessel saß. Kann ich nicht. Kann auch nicht mehr darin zur Ruhe kommen. Ich werde beides zum Sperrmüll geben, jawohl, beides.«

Er plapperte ununterbrochen, rieb sich die Hände, fuhr sich durch die Haare.

»Da steht sie vor mir und lächelt mich an, und ich sage, Schatz, da ist uns diese Leiche begegnet, und wir haben sie mitgenommen.« Er tippte sich an die Stirn. »Irene lässt mich doch in Bedburg-Hau einweisen, wenn ich ihr so komme.«

Gerade als Burmeester einen kleinen Dialog aufgebaut hatte über die Arbeit der Initiative, den Auftrag für die Auktion von Fallenahr und die Schießübung vor dem wertvollen Transport, klingelte es stürmisch an der Haustür. Wie mechanisch erhob sich Alfons und schlurfte mit müden Füßen in die Diele. Ein Schwall Lebendigkeit schwappte ins Haus.

»Hi, Opa. Was ist los? Du siehst so verknittert aus. Ich wollte dich einladen zu einer Vernissage nach Xanten. So ein total vielseitiger Künstler hat diese Woche offenes Atelier. Ein begnadeter Schüler von Michael Buthe aus Düsseldorf. Wird dir bestimmt gefallen. Der malt Bilder, da kannst du stundenlang vorstehen und entdeckst immer wieder was Neues. Komm, begleite mich. Ja?«

Es lag so viel Charme in der Stimme, überzeugende Fröhlichkeit. Ja, ich komme mit, hätte Burmeester am liebsten aus dem knorrigen Wohnzimmer gerufen. Er war aber nicht gefragt.

Ganz unvermittelt bekam er einen gefährlichen, sehr lauten Hustenanfall.

»Opa, du hast Besuch. Sind das wieder deine Kollegen?«

Schon stand sie im Türrahmen, hielt den Kopf schräg, sodass die verfilzten bunten Haarsträhne über die Schulter baumelten. Burmeester sah in die verschmitzten, strahlend blauen Augen und verlor sich auf der Stelle darin.

»Tagchen, ich bin die Charlotte.«

Mehr von ihr wurde sichtbar, individuell, gebatikt in knalligen Farben, ein hautenges Kleid aus dünner Baumwolle mit einem Schlitz bis zum Oberschenkel. Eine Kette mit dicken Holzperlen endete über dem Bauchnabel, Silberschmuck glänzte an Ohren, Armen, Fingern und Augenbrauen.

Mackedei schwitzte.

»Herr Burmeester, das ist meine Enkelin. Charlotte, das ist der junge Mann von der Kripo, dessen Wohnung wir leer geräumt und renoviert haben.«

Burmeester sprang auf, reichte ihr die Hand, kam sich in seiner dezent beigen Dienstverkleidung fad und langweilig vor.

»Nikolas.«

Nie mehr loslassen. Diese Hand einfach festhalten. Sie ließ es nicht nur zu, es gefiel ihr offensichtlich. Burmeester erschien alles so irreal, bis ihre Stimme zu ihm drang.

»Wow, ein echter Kommissar. Komm mit, wir schauen uns diese Ausstellung an, ja? Opa sieht müde aus. Du ruhst dich schön aus.«

Es wurde wieder möglich, die Hand sich selbst zu überlassen, da sie in einer unförmigen Häkeltasche nach dem Autoschlüssel kramen musste.

»In Ordnung, gerne. Herr Mackedei, wir reden später weiter.«

Gab es einen Auftrag von der Kommissarin? Welche Kommissarin?

Burmeester saß neben der flotten Charlotte in dem bunten Smart und konnte seine Augen nicht mehr von ihr lassen.

Maarten saß lächelnd vor dem Bistro in einem bunten Bild aus Tischreihen und verschiedenfarbigen Sonnenschirmen und blickte ihr entgegen. Der Kornmarkt lebte besonders an warmen Abenden so wie an diesem Junitag. Ein wenig mediterranes Flair lag über dem Platz mitten in Wesel. Die Gäste mochten es, draußen unter bunten Glühlampen und freiem Himmel zu sitzen. Von Weitem sah Karin, wie zwei jüngere Frauen in Maartens Richtung stierten und sich offensichtlich die Chancen für eine Kontaktaufnahme mit diesem Prachtkerl ausrechneten. Null, dachte Karin, der gehört mir, und sie bewegte sich mit lässigem Hüftschwung auf Maarten zu. Ein inniger Begrüßungskuss ließ die Blicke vom Nebentisch die Richtung wechseln.

»Du siehst echt genervt aus. Sehr schwierig, der Fall? Kaum bin ich mal ein Wochenende im Land, wo Milch und Joghurt fließen, und schon steht hier alles Kopf.«

Karin vergewisserte sich, dass niemand in ihrer Nähe sie belauschen konnte, und berichtete kurz und sachlich von der Entwicklung während der letzten Tage.

»Nee, wa? Eine Wanderleiche?«

»Dazu eine ziemlich agile. Drei Ortswechsel an einem Tag und dann so ein wahnsinniger Zufall mit dem geplatzten Reifen auf dem Friedhof. Der Sarg war einfach zu schwer für das Gefährt. Sonst wäre die Leiche wie geplant heimlich und still verschwunden.«

»Es gibt keine Zufälle. Der wollte nicht so einfach vom Erdboden verschwinden. Und jetzt?«

»Jetzt wird stringent ermittelt, mein Lieber. Komm, du wolltest mir was über die Auktion erzählen.«

Gestern hatten sie den Rest der eingelieferten Antiquitäten ausgepackt und taxiert.

»Henk schwitzt ganz gehörig, das sage ich dir. Die Versteigerung muss um zwei Tage verlängert werden. Er fühlt sich besonders geehrt, diese Bilder zu veräußern, und sagt, solch eine Chance kriegen sonst nur die ganz großen Häuser, Christ, Steinbüchel und so. Zunächst herrscht jetzt Stress bei meinem Freund. Der Katalog muss größer werden, die Druckerei ist überlastet. Ein durchnummerierter Transport von der Halle zum Auktionshaus muss organisiert werden, zusätzliche Leute, die geschickt und vertrauenswürdig sind, werden gesucht. Der Mann rotiert, glaub mir. Du wirst mich wohl im September noch einmal an meine Oranjes verlieren, ich habe ihm schon zugesagt zu helfen.«

»Gut, aber was ist nun das Interessante für mich?«

»Die Qualität der Sachen und der Preis, der zu erzielen ist. Wenn alles gut geht, rechnet Henk mit einem Reingewinn von mindestens fünfhunderttausend Euro für deinen Nackedei.«

»Sag das nicht immer, heute hab ich mich schon versprochen, war zu peinlich.«

»Falscher Kontext eben.«

»Das ist eine hohe, eine richtig schöne Summe. Ich werde den Verdacht nicht los, dass sich der Mackedei in eine Sache verstrickt hat, die einfach zu groß für ihn ist. Die Kunstgegenstände können unmöglich ihm gehören, aber der Gedanke, dass er das für einen Auftraggeber macht, ist auch seltsam. Das ist nicht Sinn der Initiative, wenn ich das Konzept richtig verstanden habe. Die wollen nicht reich werden, sondern beschäftigt bleiben, ohne große Nebenverdienste zu erwirtschaften. Fünfhunderttausend, eine halbe Million! Welcher Privatmann gibt so einen Auftrag raus und lässt unter anderem Namen versteigern? Das stinkt doch.«

Maarten winkte dem Kellner und bestellte zwei Milchkaffee und Baguettes *met Ham en Kaas*.

»Haben wir nicht.«

»Doch, da drüben.«

Er wies auf einen Nebentisch, an dem zwei appetitliche Baguettes mit Schinken, Käse und Salat verdrückt wurden.

»Das ist Schinken und Käse.«

»Mein ich doch.«

Manchmal ging seine Ursprungssprache mit ihm durch, ohne dass er es merkte. Sie würde wohl einen Kurs in Niederländisch belegen müssen.

Simon Termath hatte die Anzeige, deren Entwurf sich in der Hosentasche des Toten befand, im Archiv der Zeitung entdeckt.

»Sie wurde überregional geschaltet am Samstag, an dem er verschwand. Direkt aufgegeben, bar bezahlt. Sie war kreisweit zu lesen. Es war eine Verabredung, ein Zeichen seiner Anwesenheit.«

Tom hatte Kontakt nach Berlin aufgebaut, aber von dort noch keine Resonanz bekommen. Keine E-Mail, kein Anruf, kein Fax, nichts.

»Ein riesiger Apparat da in der Bundeshauptstadt. Bis ich mal jemanden an der Strippe hatte, der sich zuständig fühlte, wäre ich fast selber per ICE dort gewesen. Der Mann ist krass. Sagt doch glatt, sie hätten genug eigene Leichen zu bearbeiten und wir sollten unsere mal ruhig dabehalten. Er wird sich kümmern, wenn er Zeit hat. Ich habe ihm die Daten aus der Pathologie, Röntgenbild der Zähne, Blutgruppe, Foto und so gemailt, mehr konnte ich nicht erreichen.«

Karin entschied, der Kunstsachverständige, der sich in Rees aufhielt, müsse her. Die Karten wurden neu gemischt.

Die Nachmittagsbesprechung brachte keine neuen Erkenntnisse, zumal auch Burmeester in dieser Runde durch Abwesenheit glänzte. Stundenlang war er bereits verschollen und meldete sich einfach nicht. Karin ließ zum x-ten Mal per Wiederholungstaste Burmeesters Nummer anwählen und landete im Nichts.

Maartens Nachrichten schwirrten ihr durch den Kopf. Fünfhunderttausend Euro Reingewinn bei einer Auktion bedeutete einen riesigen Umsatz für das versteigernde Haus. Der eigentliche Gesamtwert lag also wesentlich höher, selbst wenn man bedachte, dass so manches Teil vielleicht zum Schnäppchenpreis den Zuschlag bekam. Warum nicht unter dem eigenen Namen?

Endlich meldete sich Burmeester. Er klang merkwürdig.

»Nikolas?«

»Ja, Moment.«

Sie hörte ihn verschwommen mit jemandem sprechen. Er war also noch bei Mackedei. Sein Gegenüber antwortete. Jung, lebhaft und weiblich. Karin horchte auf.

»So, da bin ich.«

»Nikolas, ich versuche ständig, dich zu erreichen. Wo bist du?«

»Äh, in Xanten.«

»Voll und ganz bei der Ermittlung.«

»Natürlich, voll dabei.«

»Ortstermin Hees, gut.«

»Nicht ganz, eher Eiscafé in der Innenstadt. Ich sitze hier mit

Mackedeis Enkelin. Der Mann selber war heute genauso wenig zu gebrauchen wie gestern, ehrlich. Völlig durch den Wind. Charlotte ist so gut und erzählt mir, was sie über diese Klamotte mit der Versteigerung weiß. Mackedei hat alles über O.P.A. haarklein zu Hause erzählt. Jedenfalls, was die Versteigerung und die Kunst betrifft. Charlotte kann das einordnen, die ist als Kunststudentin sozusagen Fachfrau.«

Der beruhigend gemeinte Hinweis verfing nicht. Karin hielt sich einfach zurück. In Xanten saß er, neben einer guten Charlotte, statt bei einem älteren Herrn in Wesel zu hocken.

»Die Männer haben den Auftrag ganz arglos übernommen, einpacken und transportieren sollten sie. Mittendrin wurde ihnen angeboten, alles auf Mackedeis Namen zu übernehmen. Keiner hat sich was dabei gedacht. Der Wert hat sie beeindruckt, und um Sicherheit zu gewährleisten, haben sie in letzter Sekunde noch ein privates Nachhilfestündchen in Waffenkunde eingelegt. Den Rest kennst du. Moment eben.«

Wieder hörte sie ihn in einer Stimmlage sprechen, die ihr völlig unbekannt war. Das war keine normale Tonlage, das war ausgeprägtes Säuseln.

»Da bin ich wieder.«

»Nikolas, ermittelst du, oder ist das Flirten?«

»Äh, ja.«

»Wer ist Auftraggeber für die Versteigerung?«

»Ein gewisser Fallenahr, ich glaube …«

»… Bernhard Fallenahr, Bankdirektor …«

»… im Ruhestand, wohnt im Grünen außerhalb von Wesel im Raum Lackhausen.

»Der ist mir aus der Presse und aus der Weseler Gerüchteküche hinlänglich bekannt. Nikolas, du hast die Adresse?«

»Was sagst du?«

»Mensch, sperr die Ohren auf und schalte den Kopf dazwischen, noch bist du im Dienst!«

»Ja, ich höre.«

»Hast du Fallenahrs genaue Adresse?«

»Hab ich notiert.«

»Dann setz dich in Bewegung und fahr hin. Fühl dem Mann auf

den Zahn. Es muss einen Grund geben, warum er seinen Namen aus dem Geschäft heraushalten will. Er macht nichts ohne Kalkül.«
»Was hat denn der mit dem Toten zu tun?«
»Alles rund um die O.P.A.-Initiative ist wichtig, also schwing dich auf die Hufe.«
»Schon gut.«
Nachdem das Gespräch beendet war, machte es bei Karin Klick. Natürlich, so hört man sich nur in speziellen Lebenssituationen an. Verliebt war der Kerl, bis über beide Ohren. Das erste Mal, seit sie ihn kannte. Karin hoffte inständig, dass noch ein Teil seiner Ratio auf der Erde verblieben war, während der Rest im Orbit schwebte.

Bernhard Fallenahr steckte also hinter dieser riesigen Summe zu erwartenden Geldes. Irgendwas war faul. Der Banker galt als stinkreich, und zu aktiven Zeiten war er in alles verwickelt, was riesige Erträge abwarf. Er hatte als genialer Wirtschaftsmann gute Renditen für seinen Arbeitgeber verdient und gleichzeitig nichts dagegen gehabt, wenn auch persönlicher Profit mithilfe seines Insiderwissens abfiel. So soll es gewesen sein, bewiesen wurde ihm nie etwas. Mildtätig war er auch gewesen, ja, aus Bankerträgen. Alle paar Wochen auf den Titelseiten, wenn er wie Robin Hood die Witwen und Waisen von Wesel beschenkte. Er wurde zur gesellschaftlichen Größe, anerkannt und hochdekoriert. Hinter dieser Kulisse konnte der Mann ungestört seine Geschäfte abwickeln. Wie kam der bloß zu Antiquitäten im Nettowert von einer halben Million Euro oder mehr? Von einem Kunstkenner Fallenahr hatte sie noch nie etwas gehört.

Burmeester würde einen ersten Eindruck mitbringen. Hoffentlich.

»Opa, nun schweif nicht ab. Erst die Kommissarin und ihr Niederländer, dann turtelt meine Schwester mit dem Burmeester. Wie das gekommen ist, hat mir Charlotte nie erzählt. Finde ich ja superinteressant, wie das bei ihr so läuft bis zum Happy End oder zum

großen Drama«, sagte Theresa unverblümt. »Was du alles weißt. Oder schmückst du die Geschichte mit Herz und Schmerz nur für mich aus?«
»Alfons fühlte sich ertappt, ein bisschen wenigstens. »Ja, das stimmt schon. Es macht Spaß, die Dinge gefühlvoll auszumalen, wenn ein Erzähler mit seinen Worten in Fahrt kommt. Aber ich habe nichts dazugesponnen, alles ist so passiert. Plötzlich kann ich danebenstehen und die Geschehnisse betrachten wie einen Film. Dabei ist alles bitterernst gewesen und ein aufregender Teil meines Lebens.«
Theresas Wissbegier wuchs. »Weiter, Opa! Ich möchte unbedingt wissen, wie es dir weiter ergangen ist, wie du verpackt hast, was passiert ist. Und wie der Fall gelöst wurde.«
»Sollst du. Aber es ging nicht nur um mich. Andere waren noch tiefer verstrickt mit ihrer Gier, ihrer Geltungssucht und ihren Geschäften. Zum Beispiel der ehrenwerte Bankdirektor.«
»Ist ja ein richtiger Krimi. Leg los.«

Ein spätes Frühstück ohne frische Brötchen und ein Dreieinhalb-Minuten-Ei war undenkbar im Hause Fallenahr. Lou van Drehfeld fuhr kilometerweit für die Wünsche ihres Liebsten. Er saß bereits am edel eingedeckten Tisch, als sie mit der Papiertüte in die Küche hetzte, um die Brötchen dort exakt zu halbieren. So entging man dem Gekrümel am Tisch. Außerdem konnte sich Fallenahr ungehindert den oberen Hälften widmen. Sie schob noch schnell Orangenhälften in die Saftmaschine und kam mit einem beladenen Tablett ins Esszimmer.
»Leider heute keine Butterhörnchen. Aber es ist bestimmt für dich was dabei.«
»Wo ist das Salz?«
»Gut, dass du so aufmerksam bist, Berni. Ich hole es.«
Sie eilte in die Küche und kam mit dem Streuer zurück.
Fallenahr köpfte mit einem gezielten Messerhieb sein Ei, hob die Kuppe ab und blickte stumm in glibberiges Eiweiß.

»Schatzi, da ist was danebengegangen. Waren das wirklich dreieinhalb Minuten?«

Sie legte Messer und Serviette beiseite und sprang auf.

»Es waren sehr große Eier, ich koch dir ein neues.«

Während sie in der Küche hantierte, trank er seinen Kaffee.

»Bring den Süßstoff mit, ja?«

Sie brachte den Spender und schreckte danach das Ei ab. Unter kaltem, fließendem Wasser.

Zurück am Tisch trafen sich ihre Finger im Brötchenkorb und Lou van Drehfeld ließ ihm mit galanter Handbewegung den Vortritt. Er stöhnte mitleiderregend.

»Ich habe schlecht geschlafen.«

»Du Armer. Ich konnte hören, wie unruhig du in den Federn gewühlt hast. Das Telefonat von gestern Abend hat dich beunruhigt?«

Fallenahr seufzte und spülte sein Brötchen mit einem Schluck Kaffee nach.

»Langsam werde ich alt. Ich brauche immer länger, um Entscheidungen zu treffen. Die ganze Nacht habe ich überlegt, ob wir die Versteigerung so weiterlaufen lassen oder absagen.«

Lou van Drehfeld kannte seine Art, durch die Hintertür zum Wesentlichen seiner Aussagen zu gelangen.

»Wer war denn dran?«

»Die Landrätin, Frau Mergesheim-Bratzweiler. Du kennst sie vom Neujahrsempfang.«

»Ich erinnere mich. Die Frau mit dem Talent, ihre Figur durch mehrere Lagen Stoff in einen alternativen Sack zu verwandeln. Wenn es eine Liste der schlechtest angezogenen Frauen Wesels gäbe, hätte sie die Spitzenposition inne. Kennst du sie aus dem Golfclub?«

»Nein, sie war treue Kundin bei mir und hat gut profitiert. Deshalb wäscht eine Hand die andere. Haben wir noch Kaffee?«

»Ich setze schnell frischen auf.«

Lou erhob sich und lief.

»Worüber habt ihr gesprochen?«

»Ein Parteifreund von ihr ist Staatsanwalt in Wesel. Er ist mir von der Bürgermeisterin bei der Eröffnung einer hochkarätigen

Ausstellung im Kreishaus vorgestellt worden. Smarter Mann. Jäger und Sammler. Mit dem habe ich über Versteigerungen gesprochen, ganz allgemein. Der hat der Landrätin gestern Nachmittag erzählt, da stünde momentan etwas in einer Akte, was dazu passt. Einlieferung zur Auktion nach Holland. Sie meinte, ich solle darüber Bescheid wissen.«

»Wieso meint er, es handele sich um unsere Aktion?«

»Gutes Gedächtnis hat der Mann. Mir war klar, dass wir gemeint sind, weil die O.P.A.-Initiative darin verwickelt ist. Stell dir vor, ein Tötungsdelikt. Die gaben Arbeiten für eine Versteigerung als Grund für Waffengebrauch an. Du siehst, ich habe ein Problem.«

»Was? Diese netten Männer, auf die du so viel hältst?«

Fallenahr klopfte unruhig mit den Fingern auf den Tisch. Plötzlich wirkte er längst nicht so souverän, wie er sich sonst gab. Ein Spur Verunsicherung lag in der nachdrücklichen Bewegung, mit der er seine Hand auf die Tischplatte legte.

»Genau. Ich habe überlegt, ob wir die Versteigerung rückgängig machen, bevor unser Name mit der O.P.A.-Initiative in Verbindung gebracht wird. Sämtliche Veräußerungen stoppen, sofort. Alle.«

Der Kaffee war durchgelaufen. Sie sprang auf und schenkte nach, was ihr kurz Zeit gab, eine überlegte Antwort zu formulieren.

»Das geht nicht so einfach. Wir machen gerade eines deiner Sahneschnittchen zu Geld und haben bereits Vorschuss bekommen. Wir können nicht zurück. Wir müssen standhaft bleiben. Wir dürfen uns nicht beirren lassen.«

Fallenahrs Gediegenheit wich abrupt der Nervosität. »Bevor alles durchwühlt und beschnüffelt wird, nehmen wir es wieder vom Markt.«

»Berni, darf ich dich darauf aufmerksam machen, dass die erste Geldquelle offensichtlich versiegt ist, denn sie meldet sich nicht mehr. Es ist nicht so einfach mit Objekten, die nicht ans Tageslicht können. Bis jetzt läuft es doch relativ problemlos.«

Sie sprang erneut auf, ging dieses Mal in die Diele und kam mit ihrer Handtasche zurück. Sie nahm einen Briefumschlag aus dem Seitenfach, legte ihn neben Fallenahrs Teller. Sein unruhiger Blick pendelte ungläubig zwischen ihr und dem hellbraunen Umschlag.

»Mach auf.«

Zum Vorschein kamen dicke Bündel Fünfhundert-Euro-Scheine.

»Vorabzahlung als Sicherheit. Du siehst, wir können nicht zurück.«

»Aber die Versteigerung …«

»… findet im Ausland statt, mit Bietern aus halb Europa. Alles wird gut, glaube mir.«

»Ein unkalkulierbares Risiko einzugehen war noch nie meine Stärke.«

»Wenn du jetzt einen Rückzieher machst, wird das Auktionshaus verlangen, dass alles ordnungsgemäß wieder abgeholt wird. Wen willst du damit beauftragen, wenn die Männer ausfallen?«

Fallenahr wurde noch nachdenklicher. Lou van Drehfeld straffte ihre Haltung.

»Du warst so glücklich, alles loszuwerden. Ich habe gemerkt, dass es Dinge in deinem Haus gab, die dir Löcher in dein Gewissen brannten. Alles wechselt Ort und Eigentümer, alte Möbel, kitschiges Porzellan, und selbst der arme Dichter auf seiner Matratze verschwindet endgültig, dafür sorge ich. Was kann dir besseres passieren? Deine Vergangenheit verflüchtigt sich in alle Himmelsrichtungen.«

Fallenahrs Augen ruhten stumm und leer auf dem Brötchenkorb.

»Und das viele Geld, denk bitte an den Gewinn.« Sie legte ihm die obere Hälfte eines Mohnbrötchens auf den Teller. Er dachte an ihre Kraft und ihren Willen. »Wir haben doch so viele Pläne.«

»Schatzi, reich mir mal die Butter.«

»Gerne, Berni.«

Von der begründeten Ahnung, dass sich die Fahnder zu neuen Fakten vorarbeiteten und sich die Schlinge enger zog, konnten sie nichts wissen.

Genauso hatte Karin sich einen Kunstsachverständigen vorgestellt. Stilvoll, eine imposante Erscheinung, deren Selbstbewusstsein aus jedem Knopfloch quoll. Kaum hatte er die Tür eine Spur zu laut hinter sich geschlossen, begann er sofort, verbal um sich zu schlagen. Harald Nauenstein kannte kein Pardon, wenn er sich ungerecht behandelt fühlte. Karin ließ ihn Dampf ablassen.

»Wo sind wir denn hier? Wer bin ich denn, dass ich so rüde Umgangsformen ungeahndet hinnehme?«

»Unter Umständen sind Sie ein wichtiger Zeuge. Alles, was ich von Ihnen erwarte, ist eine Stunde Ihrer Zeit und Antworten auf meine Fragen. Ich glaube nicht, dass dieser Anspruch Ihr Niveau, Ihr Zeitkontingent oder Ihren Terminkalender arg strapaziert, Herr Nauenstein. Meinem Kollegen sagten Sie, dies wäre ein Urlaubsaufenthalt. Oder etwa doch nicht?«

»Nicht in dem Ton, nicht mit mir!«

Er verweigerte sich wie ein kleiner Junge, der nachsitzen sollte, wippte mit der Schuhspitze, starrte aus dem Fenster und kaute auf einem Bügel seiner Sonnenbrille.

»Herr Nauenstein, es liegt an Ihnen, ob wir in sechzig Minuten fertig sind oder in drei Tagen. Sie haben die Wahl. Ich habe Zeit.«

Karin lehnte sich zurück, blickte auf ihren Bildschirm und klickte sich erneut durch die Datei vom LKA, auf der Suche nach wertvollem Diebesgut aus der Region. Sie gab ihm sechs Minuten bis zur Kapitulation. Es dauerte nur drei.

»Ich habe Ihrem Kollegen, diesem …«

»Herrn Burmeester.«

»… ja, diesem Herrn Burmeester schon gesagt, dass ich Ihnen nicht weiterhelfen kann.«

»Vielleicht ja doch. Herr Nauenstein, was genau macht ein Kunstsachverständiger hier bei uns auf dem platten Land? Antwort eins wird nicht gewertet, tut mir leid, aber den Urlaub nehme ich Ihnen nicht ab.«

Nauenstein druckste herum, suchte nach einem Anfang. »Man weiß manchmal nicht, worauf man sich einlässt. Mein Interesse gilt ausschließlich der Erhaltung von Kunstwerken. Ich taxiere in den großen Kunstgalerien und Auktionshäusern in London, Paris, New York. Ich werde von Museen zurate gezogen, wenn es um

Neuerwerbungen geht. Ich bewege mich aber auch manchmal zwischen den Linien. Zum Beispiel bei Geldforderungen oder Expertisen, die nicht so ausfallen, wie es sich der Auftraggeber gedacht und erhofft hatte. Dann gibt es leicht unkalkulierbare emotionale Reaktionen. Dann kann es auch mal darum gehen, Dilettanten davon abzuhalten, aus Enttäuschung oder Verärgerung etwas unschätzbar Wertvolles zu zerstören, nur weil jemand nicht exakt das macht, was sie verlangen.«

»Na sehen Sie, da befinden wir uns an einem Punkt, über den wir uns näher unterhalten können. Ich habe verstanden, dass Sie bei der Wiederbeschaffung geraubter Bilder mitarbeiten, richtig?«

»Wenn Sie es so ausdrücken wollen, gut. Keine Sorge, ich pfusche Ihnen nicht ins Handwerk. Ich bin für andere, für große und einflussreiche Interessenten im Einsatz, die bereit sind, gewisse Summen zu bezahlen, um verschwundene Kunstwerke wiederzubeschaffen. Das ist mein Geschäft, wenn die Polizei längst aus den Ermittlungen ausgestiegen ist. Ich bewege mich auf dünnem Eis, ja, aber andererseits geht es um Dinge, die nicht zu ersetzen sind. Ja, in Wirklichkeit geht es um viel mehr!«

Engagement und Eifer versprühte er jetzt.

»Jedes Kunstwerk ist einmalig in Ausdruck, Kraft, persönlichem Duktus. Es spiegelt Epoche, Lebensstil und Lebenslust, spricht von Kulturkreis, politischer Situation, von Religion und Philosophie. Nur ein einziges Mal von dem Maler in der Form hergestellt, hält es alles fest, was in seinen Augen wichtig ist. Auch wenn es sich um Auftragsarbeiten handelt, steckt hinter jedem Detail die Handschrift des Künstlers. Es geht um Werte in einer Dimension, die Ihnen fremd ist. Es geht hier nicht um das Gute und das Böse im Staatssinn oder um einen Orden für einen gelösten Fall. Es geht um Wertschätzung von Kunst, die ihre Bedeutung über Jahrhunderte behält.«

Die Energie, die in seinen Worten und dem bewegten Tonfall lag, füllte den Raum. Er lehnte sich zurück, beugte sich wieder vor und setzte nach.

»Ich habe Beamte erlebt, die Klee oder Nolde nicht von Rembrandt unterscheiden konnten und für die jede Sonnenblume von Vincent van Gogh ist, weil sie mal eine auf einem Kalenderblatt gesehen haben. Schauen Sie sich in Ihrem Zimmer hier um. Das kleine Stückchen Wand, an dem der blau-weiße Kunstdruck von Matisse hängt, ist lebendig. Alles andere ist trist und leblos.«

Ja, ja, dachte Karin spontan, wie recht er hat. Sie war kurz davor, sich von so viel faszinierender Überzeugungskraft mitreißen zu lassen. Doch ein fanatisches Aufblitzen in seinen Augen warnte sie. Sie zwang sich mit professioneller Härte, auf dem sachlichen Weg zu bleiben. Es dauerte ein paar Sekunden, bis sie nüchtern fragen konnte: »Wie läuft so was ab, wer beauftragt Sie?«

Nauenstein zeigte keinerlei Irritation, aber sein freundlicher Eifer von eben war verflogen. Seine Stimme senkte sich in eine kühle und energische Tonlage. »Versicherungen, Museumsdirektoren, Kuratoren. Ich stelle den Kontakt zur Unterwelt her, wenn Sie so wollen. Noch einmal, es geht mir nicht um Bereicherung, sondern um die Kunst.«

»Sie stellen also den Kontakt her. Nach wem haben Sie denn hier Ihre Fühler ausgestreckt?«

Er schaute sie durchdringend an und schwieg. Karin erwiderte den Blick und wartete. Langer Atem, zweite Runde, wer sich zuerst rührt, hat verloren. Nauenstein platzierte seine Antwort energisch mit der Faust auf den Schreibtisch.

»Sie glauben doch nicht ernsthaft, dass ich über meine Aufträge plaudere. Nicht mit Ihnen. Sie haben doch Ihre vorgefertigte Meinung schon in der Schublade. Ich stehe für Sie doch auf der falschen Seite, weil ich meinem eigenen Wertekodex gehorche. Wissen Sie überhaupt, was ich meine? Ich glaube nicht, dass wir die gleiche Sprache sprechen, dazu sind unsere Ausgangspositionen zu unterschiedlich. Frau …«

»Krafft mit zwei F.«

»Frau Krafft, es gibt zwischen Schwarz und Weiß unendlich viele Schattierungen.«

Nauenstein war schlecht einzuschätzen. Intelligent, nobel, mit allen Wassern gewaschen und gleichermaßen versiert im Umgang mit Schickeria, Ganoven und eifrigen Kripoleuten. Karin wusste, sie musste hart bleiben und eindeutig sprechen. »Und damit Sie eine bemalte Leinwand retten, ist Ihnen jedes Mittel recht. Der Kunstdieb bekommt sein Geld und nimmt bei nächster Gelegen-

heit wieder eine viereckige Berühmtheit mit, der Sie erneut voller Bewunderung und Sorge hinterherjagen. Und so weiter und so weiter. Wo liegt der tiefere Sinn, Herr Nauenstein?«
Sie legte eine Kunstpause ein und ließ ihre Worte wirken. »Herr Nauenstein, noch einmal zum Mitschreiben: Hier geht es um Mord. Da werde ich Ihnen keine freie Hand zusichern, wenn dadurch ein Mörder auf freiem Fuß bleibt. Es geht bei dem Mord um ein Kunstwerk, und sie suchen am Niederrhein nach einem Bild. Das ist doch kein Zufall. Nein, nein, so kommen wir nicht weiter.«
Karins gezielte Konfrontation zeigte Wirkung. Nauenstein hielt inne. Sie hatte ihm klargemacht, dass es an der Zeit war einzulenken. Die Hauptkommissarin würde er nicht in die Knie zwingen können, sie hatte geschafft, dass ihr Signal angekommen war. »Kann ich ein Glas Wasser haben?«

»Natürlich.«

Er trank zügig, schien intensiv nachzudenken. »Ich möchte Ihnen Folgendes vorschlagen. Ich habe einen Brief aus Wesel erhalten. Er ist nicht an mich gerichtet, jedoch an mich adressiert. Es geht um ein lange verschollenes Bild, das urplötzlich wieder auf dem Markt ist. Es wurde 1989 gestohlen, und jetzt droht jemand mit der Zerstörung des Werkes, wenn nicht gezahlt wird. Das wäre weder im Sinne meiner Auftraggeber noch in meinem, wie Sie sich denken können.«

Er zögerte einen Moment lang und fuhr fort. »Ich möchte mit Ihnen kooperieren. Ich stelle Ihnen den Brief zur Verfügung. Das ist nicht so ungewöhnlich, wie Sie jetzt glauben. Ich will mich doch nicht bereichern, ich will das Bild sicher an seinen Ort zurückbringen. Sie ermitteln den Täter oder die Tätergruppe und stellen das Gemälde sicher, die Versicherung bekommt das Geld zurück, das ich in ihrem Auftrag ausgebe.«

Karin überlegte angestrengt. Ja, so könnten sie gemeinsam und doch jeder für seine Sache ans Ziel kommen. Vielleicht war Nauenstein doch kein so abgefahrener Kerl, wie sie befürchtet hatte. In ihre Gedanken mischte sich eine warme, vertrauensvolle Stimme.

»Also, wie ist es, Frau Krafft? Sie können sicher sein, dass ich die Polizei unterstütze. Und ich darf Ihnen ganz persönlich sagen, dass Sie mir gefallen. Wie unbeirrt und souverän Sie Ihre Sache verfolgen, beeindruckt mich. Das spricht für innere Stärke und für Charakter. Sie haben Menschenkenntnis und Fantasie genug, um den Mord und die anderen Taten auf einen Schlag aufzuklären. Glauben Sie mir, ich kenne viele Fahnder, aber nur wenige haben mich so überzeugt wie Sie. Ich freue mich darauf, Ihnen zu helfen.«

Karin freute sich auch, denn sie würde die Fäden in der Hand behalten. Jetzt könnte wieder Ruhe in die Ermittlungen einkehren. Der Kerl konnte richtig charmant sein und hatte zum ersten Mal ihren Namen sofort richtig ausgesprochen. Sie hatte sich durchgesetzt und sagte im Siegesgefühl: »Gut, Herr Nauenstein. Wenn ich ehrlich bin, habe ich nicht damit gerechnet, dass Sie so zugänglich sind. Es ist gut, dass wir uns so vehement ausgesprochen haben. Das klärt die Fronten.«

Sie fixierte ihn mit festem, aber offenem Blick. Nauenstein legte ein Kuvert auf den Schreibtisch. »Wie gesagt, ich kenne den ursprünglichen Adressaten nicht, aber jemand wollte, dass ich involviert bin. Diese indirekte Art der Beteiligung ist mir nicht fremd, sie erfordert Feingefühl, Taktik und Geduld. Hoffentlich gelingt es Ihnen, herauszufinden, wer dahintersteckt, bevor es zu spät ist, Frau Hauptkommissarin Krafft.«

Er stand langsam auf und verabschiedete sich mit einem freundlichen Nicken.

Karin stand vor ihrem Schreibtisch und bugsierte in Einweghandschuhen den aufgefalteten Brief in eine widerspenstige Klarsichthülle, den Umschlag und ein kleines Stückchen Leinwand hatte sie bereits versorgt. Abwesend sah sie kurz auf, als Tom Weber eintrat. »Hallo, Chefin. Ist das Ekel weg? Ich rate mal. Der war stumm wie ein Fisch.«

Sie tütete erst das Beweisstück vollständig ein, dann berichtete sie. »Du glaubst es nicht! Ich musste ihm seine Grenzen zeigen, aber dann machte er mit. Der Nauenstein kann sogar richtig charmant sein. Er arbeitet jetzt mit uns zusammen. Keine Eigenmächtigkeiten mehr. Das Gespräch hat sich auch wegen etwas anderem gelohnt. Ich weiß jetzt, um welches Bild es sich handelt. Ganz in unserer Nähe befindet sich die Sensation des Jahres und sorgt für Verwirrung und wahrscheinlich für Mord und Totschlag. Damit nicht genug, denn nebenbei geht es noch um Erpressung.« Sie hielt die Asservatenhüllen demonstrativ hoch. Tom Weber schaute ungläubig. »Komm wieder auf den PVC und erklär einem Normalo, was du damit meinst.«

»Nichts geschieht zufällig, alles zu seiner Zeit, verstehst du? Seit Tagen verfolgt mich ein altes Gemälde. Moritz musste ein Referat darüber schreiben, ein Kunstdruck hängt bei Burmeester über dem Sofa. Tom, die suchen genau dieses Bild. Den ›Armen Poeten‹ von Spitzweg! Diese ungewöhnliche Dichte von Berliner Besuchern in unserer Region ist nicht zufällig, und ich glaube fest daran, dass der Tote aus dem Wald der Mann ist, dem das Originalschreiben galt. Deshalb hatte er das Stück Leinwand, genau wie Nauenstein. Hier, das muss analysiert werden.« Sie gab ihm den Brief und den Streifen alter Leinwand. »Ich wette, der ist vom gleichen Bild wie der von unserer Leiche. Du hast den Kontakt nach Berlin aufgebaut, jetzt nutze ihn. Mach dir eine Kopie von diesem Brief, und gib den Namen durch. Die sollen alles rausfinden, was es über den Mann zu wissen gibt. Das eingetütete Exemplar geht zur kriminaltechnischen Untersuchung.«

Tom überflog den Brief, der mit dem Text nach oben in die Klarsichthülle geschoben war.

»Wie kommst du an dieses Schreiben?«

»Nauenstein. Der harmlose Berliner auf Flachlandurlaub entpuppt sich als Mittelsmann bei einer zwielichtigen Aktion um den Rückkauf des Gemäldes. Es hat mich verdammt viel Anstrengung gekostet, bis er das Beweisstück herausrückte.«

»Und wieso glaubst du, dass der Tote dieser Plaschke ist?«

»Ich weiß es nicht, nur so ein Gefühl. Als aus dem Hotel verschwundener Darius Bagavati war er nirgends zu finden. Los, auf die Sohlen und ab nach Berlin mit den letzten News. Nein, warte, ich zeig dir was.«

Karin suchte diesmal gezielt in der Datei des LKA, fand den Spitzweg'schen »Poeten« und drehte den Bildschirm in Toms Richtung. Mit imaginärem Trommelwirbel schritt sie zur Präsentation, sah sich bereits mit dem Original in den Händen auf dem Pressefoto strahlen.

»Das ist er.«

Ehrfürchtig stellte sie sich neben Tom und verlor sich mit leicht schräger Kopfhaltung und angedeutetem Lächeln in der Tiefe des dargestellten Raums.

»Alter, vergilbter Schinken. Bisschen kitschig, wenn du mich fragst. So was soll wertvoll sein? Das hängt sich doch heutzutage keiner mehr ins Wohnzimmer.«

Abrupt befand sie sich zurück im Hier und Jetzt.

»Du bist genau der Kunstbanause, vor dem dieser Nauenstein Bilder retten will. Tue Buße und geh kopieren. Ich bring die Sachen gleich persönlich rüber zu Heierbeck. Den habe ich schon beim Gedanken an seinen heimischen Ohrensessel aufgestöbert und davon abgehalten, dass er zu ihm fährt. Los, mach schon. Um fünf zur kleinen Lage hier. Sag den anderen Bescheid.«

Die frische Luft tat gut. Karin schwirrte der Kopf. Ein echter Spitzweg, ein teuer gehandelter Klassiker auf Abwegen am Niederrhein. Sie überquerte die Reeser Landstraße in Höhe der Alten Delogstraße und kämpfte sich durch Radler- und Skaterpulks. Die nutzten den schönen Tag, bevor es sich der sonnige Frühsommer doch noch anders überlegte. Neben ihr stoppte ein Skater aus voller Fahrt ab, um sein klingelndes Handy aus dem hautengen Sportoutfit zu fingern.

»Ja, prima, ich komme nachher zur Spontanfete«, hörte Karin noch, bevor sie eine Erkenntnis packte. Sie hatte in aller Euphorie etwas übersehen. Dem Schreiben war auf der Rückseite eine mobile Nummer beigefügt, die sie noch nicht überprüft hatte. Sie blieb vor den Schienen von Flachglas in der Weseler Aue stehen, kramte ihr kleines technisches Wunderwerk aus der Hosentasche, tippte die Nummernfolge ein und lauschte angespannt. Auf Empfang. Jemand nahm ab, sagte aber keinen Ton. Vage Geräusche, ein fernes Atmen. Sollte sie sich melden oder besser nicht? Keine Frage. Möglichst neutral. Helle, unschuldige Stimme mimen: »Hallo, Tina, bist du es?«

Aufgelegt.

Die Nummer war noch in Betrieb, es musste möglich sein, das Handy zu orten. Nauenstein. Dieser Kerl wusste genau, wer am anderen Ende atmete, dachte Karin, der hat mich gelinkt, hat dem gemeinem Volk ein paar Almosen vor die Füße geworfen.

Hatte sie sich einwickeln lassen? Oder hatte der Kunstdetektiv die Nummer schlicht vergessen?

Karins Gedanken fuhren Achterbahn. Sie würde es bald wissen.

Schneller als zunächst vermutet kam Bewegung in den Fall der unbekannten Leiche aus der Xantener Hees.

»Er ist identifiziert. Eindeutig. Foto und Name auf dem Erpresserschreiben passen überein. Zudem gibt es noch eine Fahrzeugbeschreibung und Kfz-Nummer. Habe ich bereits rausgegeben. Die Kollegen halten die Augen auf.«

Toms demonstrative stoische Ruhe löste sich in Euphorie auf. »Der Berliner Kollege ist ein flotter Fuchs. In null Komma nichts waren die vor Ort bei Plaschkes Frau. Die will von allem nichts gewusst haben.«

»Ist Plaschke der Wachmann, der in dem Brief beschrieben wurde?«

Tom berichtete, der Tote sei ein unbescholtener Angestellter der Nationalgalerie gewesen, zuverlässig und korrekt, bis zu dem Tag des großen Kunstraubs. Danach sei er lange krank gewesen, die Nerven, und nur noch im reinen Verwaltungsdienst eingesetzt worden. Der Diebstahl von zwei berühmten Bildern sei siebzehn Jahre her, und mittlerweile krähe in Berlin kein Hahn mehr danach. Aber damals, 1989, habe das Diebesduo, das wie zum Hohn einen Rollstuhl mit der Aufschrift »Null Problemo« zurückgelassen hatte, für mächtigen Wirbel gesorgt.

Karin Krafft hielt nachdenklich inne, bevor sie leise sprach: »Das Mordopfer ist also identifiziert. Wir wissen, dass es um Carl Spitzwegs berühmten »Armen Poeten« geht, der zusammen mit einem weiteren Bild seitdem verschwunden ist. Das Meisterwerk taucht zwar nicht direkt wieder auf, aber ein Brief aus Wesel, nein, zwei Briefe, deuten darauf hin, dass es am Niederrhein zu finden ist. Davon erfährt ein Versicherungsagent und Kunstdetektiv, der einen der Briefe erhält. Er eilt in unsere Region. Das ist leicht zu erklären, schließlich gehört es zu seiner Profession, geraubte Kunstwerke aufzuspüren.«

»Aber, Chefin? Das hört sich an, als komme jetzt das große Aber, das alles infrage stellt«

»Ja, praktisch alle wesentlichen Hintergründe fehlen uns. Am meisten beschäftigt mich, warum dieser Plaschke, dazu noch unter falschem Namen, in Xanten eingecheckt hat. Warum macht der solch einen Aufstand und versucht nicht, mit dem Erpresser eine andere Lösung hinzubekommen? Nach siebzehn Jahren muss er doch nicht in Panik ausbrechen. Und wer ist derjenige, der den ominösen Brief geschrieben hat? Glaubte Plaschke, ihn zu kennen und hier in Wesel aus der Reserve locken zu können? Dann wusste oder ahnte er zumindest ernsthaft, bei wem der »Arme Poet« all die Jahre untergekommen war.«

Karin schätzte Tom Webers klaren Verstand. Mehr als einmal hatte er Zusammenhänge auf seine Art durchforstet und ihr auf die Sprünge geholfen. Das wusste er und wollte auch diesmal ihrer Wertschätzung gerecht werden. Karin schaute Tom an, der ließ sich nicht beirren und sinnierte. Als er sprach, saugte sie seine Gedanken auf.

»Das muss ein Schock für Plaschke gewesen sein. Er war damals fahrlässig, hatte der Einfachheit halber das Alarmsystem ausgeschaltet, damit das Putzgeschwader sich gefahrlos bewegen konnte. Mit Müh und Not ist er Sanktionen entkommen, weil niemand einen Skandal wollte und schon gar nicht öffentlich werden sollte, wie leicht sich Diebe bedienen konnten. Er behielt seine Stellung trotzdem, mit Pensionsanspruch und allem. Plötzlich erinnert ihn jemand an die geklauten Werke. Schließlich sind sie ja auch noch auf den Internetseiten im Bestand zu finden, als hätten sie das Haus nie verlassen. Plaschke glaubte, dass er verwundbar sei. Er fürchtet um seinen Lebensabend, um das bisschen Glück, das man ihm rauben will. Ihn packt die blanke Angst. Er will unbedingt direkten

Kontakt zum Briefschreiber. Entweder um das Erpressergeld zu zahlen, damit er seine Ruhe hat. Oder um den Erpresser aus dem Weg zu räumen. Beides wäre die Rettung für Plaschke gewesen. Vielleicht hatte er aber eine ganz andere Absicht ...«

»Na, sag schon. Raus damit.«

Tom genoss den Augenblick ungeteilter Aufmerksamkeit. »Er wollte das Bild selbst haben, er wollte es dem Briefschreiber abnehmen. Entweder um seine Ruhe zu haben oder es zu Geld zu machen für einen noch schöneren Lebensabend. Ein Rentenzuschuss sozusagen. Um herauszufinden, ob sich das Spitzweg-Gemälde wirklich hier befindet, musste er an den Niederrhein kommen. Xanten war ein guter Ausgangspunkt, um ungestört in Wesel zu recherchieren. Die Aussicht, aus dem Betrüger einen Betrogenen zu machen, setzt Kräfte frei. Und macht manchmal unvorsichtig. Die Mischung aus Panik und Gewinnaussicht haben den Mann beflügelt.«

Karin blickte anerkennend, aber das Faxgerät platzte in die konzentrierte Stimmung, das mit den Geräuschen altersschwach leiernder Stimmbänder seinen Betrieb aufnahm. Simon Termath saß in der Nähe und nahm das erste Blatt zur Hand.

»Da schau her. Das passt zu Toms Theorie. Ein Computerausdruck über den Niederrhein war hinter Plaschkes Schreibtisch gefallen. Er hatte Wesel und Umgebung eingekreist. Der Berliner Kollege hat in dem privaten PC eine riesige Datei zu Spitzweg gefunden. Sie enthält alle Presseberichte über den Coup, aber auch alle aktuellen Preise, die für andere Gemälde des Malers im legalen Handel gezahlt wurden. Manche Bilder hat er seit Jahren auf dem internationalen Markt verfolgt. Den hat der Diebstahl nie losgelassen. Der musste einfach wie ein Getriebener auf den Erpresserbrief reagieren.«

Simon pfiff anerkennend beim zweiten Blick in das Fax.

»Mein lieber Scholli, so viel Geld für graubraune Langeweile.«

Tom schaute ihn unvermittelt an. »Vorsicht, Glatteis. Leg dich nicht mit der Chefin an, die liebt das Bild.«

Fast neckisch fügte er mit einem Seitenblick auf Karin hinzu: »Du Kunstbanause, du.«

»Lästert ihr nur. Fakt ist, dass der Erpresserbrief auch mit der Leinwand in Berührung gekommen sein muss, die wir in dem Koffer in Xanten gefunden haben. Überlegt mal, wir haben schon vor Tagen ein winziges Stück des Gemäldes in Händen gehalten und konnten es nicht zuordnen, weil wir immer von einem regional eingegrenzten Kunstraub ausgegangen sind.«

»Ist doch logisch, oder? Zunächst sucht man den eigenen Acker ab.«

Karin ließ Simons Erklärungsversuch unkommentiert stehen. Engstirnig und provinziell, fand sie. Und unpassend in einer Situation, in der sachlich nach Erklärungen gesucht wurde. Gern hätte sie die Meinung ihres Assistenten gehört. Sie schaute sich kurz um.

»Wo ist Burmeester?«

»Den habe ich nicht erreicht. Hat sein Handy ausgeschaltet.«

»Ausgeschaltet. Im Ernst?«

Tom nickte. Karin nahm nicht wahr, dass das Telefon neben ihr klingelte. Sie spann weiter an der Plaschke-Theorie. »Wenn ein Brief an ihn ging, ein zweiter an Nauenstein, dann besteht durchaus die Möglichkeit, dass noch mehr Leute involviert sind. Konkurrenz belebt das Geschäft und treibt den Preis in die Höhe.«

»Gut möglich. Irgendwie muss das Bild nach Wesel gekommen sein. Es muss einen Käufer oder Zwischenhändler gegeben haben. Oder es gab einen direkten Weg zum heutigen Besitzer. Der weiß jedenfalls, wie der Coup in Berlin 1989 abgelaufen ist und welche Konsequenzen das hatte. Der hat genügend Informationen, zum Beispiel über Plaschke.«

Das Telefon verstummte wieder. Karin sprach ungerührt weiter: »Aber was nutzt uns die Erkenntnis? Wer hat ein Interesse an seinem Tod, wer ist der Mörder? Es macht doch keinen Sinn, ihn umzulegen, von welcher Seite man es auch betrachtet.«

Der Anrufer startete einen zweiten Versuch, die Kommissarin zu erreichen.

»Tom, ist die Ortung des Handys veranlasst?«

»Schon passiert. Kann aber nur gelingen, wenn es eingeschaltet ist. Sag mal, willst du nicht rangehen? Das Gebimmel nervt.«

Karin meldete sich forsch, lauschte.

»Mutter!«

»Ich störe nur ungern, aber ich muss dir etwas Ungeheures mitteilen.«

»Fass dich bitte kurz, wir sind in einer Besprechung.«
»Vermutlich fehlt euch der Kollege Burmeester.«
»Wie kommst du darauf?«
»Der vergnügt sich mit einem schrillen, quietschenden weiblichen Wesen in seinem Apartment. Karin, so war das nicht gedacht. Ich habe geglaubt, ich wäre tolerant wie nur was. Aber ich erfahre jetzt, dass es im Ernstfall damit nicht so weit her ist. Ich habe wohl zu lange allein gewohnt und gelebt. Er macht ja einen recht soliden Eindruck, abgesehen von seiner Kleidung, aber dass er jetzt schon irgendwelche Frauen ins Haus bringt, regt mich furchtbar auf. Und weißt du, wie er seinen Einsatz nennt?«
»Nein.«
»Recherche, sagt er! Er nähme die Dame zur Recherche mit nach oben.«
Im Hintergrund lachte eine sonore Stimme. Karin konnte nicht verstehen, was Henner sagte.
»Was meint dein Freund?«
»Der lässt sich über meine angebliche Prüderie aus, die eher ins neunzehnte Jahrhundert gepasst hätte.«
»Recht hat er. Eigentlich ist es Burmeesters Sache, wann er mit wem in sein Apartment geht.«
»Karin, das geht doch nicht.«
»Doch, und wie. Wenn er allerdings von Recherche gesprochen hat, ist er im Dienst, und du darfst ihn mal eben ans Telefon zitieren.«
Es dauerte nicht lang, und er meldete sich räuspernd.
»Hier spitzt sich die Lage zu, und du nimmst eigenmächtig frei zur Recherche im eigenen Zimmer? Bist du noch bei Sinnen? Du hattest einen fest umrissenen Auftrag!«
»Tut mir leid.«
»Will ich in deinem Interesse hoffen. Bist du auf Sendung?«
»Ja.«
»Maarten hat mir erzählt, was die O.P.A.-Initiative alles zur Auktion geschafft hat. Die ganze Ladung, Umfang zwei Lkws, stammt von Fallenahr. Deshalb solltest du dahin und denen mal etwas auf ihr Raffzähnchen fühlen. Richtig?«
»Ja.«

»Was hast du rausgefunden?«
»Ehrlich gesagt nichts.«
»Heißt das, du bist nicht da gewesen?«
»Genau. Ich hab einfach nur rosarot gesehen und nicht mehr dran gedacht.«
Karin fehlten zunächst die Worte. »Vögeln im Dienst?«
»Was du immer gleich denkst.«
»Nikolas Burmeester, mach dich auf den Weg nach Lackhausen, sofort und ohne Wenn und Aber. Wenn ich nicht heute Abend was Brauchbares von dir höre, ist Schicht im Schacht, verstanden?«
Sie knallte den Hörer auf und blickte in die fragenden Gesichter ihrer Kollegen. »Ist doch wahr, Mensch.«
Simon Termath fand als Erster zurück zum Thema.
»Wissen wir Genaueres über die Tatwaffe?«
»Bis auf das Kaliber nicht viel, aber vielleicht weiß Heierbeck auch darüber inzwischen mehr. Ruf mal eben bei ihm durch.«
An Simons Gesichtsausdruck ließ sich ablesen, dass Heierbeck sich nicht gerade über die neuerliche Störung freute. Eine alte Wehrmachtspistole käme als Tatwaffe infrage, vermutlich eine Mauser P08. Sieben Schuss aus einem Stangenmagazin, verhältnismäßig leicht. Davon wären nach dem Krieg einige in Kleiderschränken und Geräteschuppen verschwunden, nie angemeldet worden. Außerdem wurde sie 1942 von den Mauserwerken sogar für den Iran gefertigt. Heute eher ein Sammlerstück.
Noch eine Nadel im Heuhaufen.

Neun

Nicht viele Menschen kamen zu dieser Tageszeit auf den Bärenwall in Rees. Skater und Radfahrer mieden den ungeeigneten Untergrund, sonnenhungrige Flaneure den Schatten der alten Baumkronen zu spätnachmittäglicher Stunde.

Von Weitem wirkten die beiden Personen, die mit Abstand voneinander auf der Bank saßen, wie zufällig verweilende Touristen, die einander nicht kannten. Ein Mann und eine Frau. Beide blickten durch Sonnenbrillen auf den Fluss und die Aue. Wer ganz genau hinsah, bemerkte, dass sie leise miteinander kommunizierten, verstohlen, ohne die Köpfe zu bewegen, bemüht, jeden Blickkontakt zu vermeiden.

Der Mann wirkte verkrampft, verdeckte offensichtlich seine Wut, und bei der Frau deuteten nervöses Zerren am Rocksaum und Unruhe im ständig wippenden Fuß der übereinandergeschlagenen Beine darauf hin, wie angespannt sie war.

»Es ist spurlos verschwunden.«

»Verschwunden, verschwunden. Was soll das heißen, verschwunden? Ein Bild verschwindet nicht einfach. Eine Betrügerin sind Sie. Abkassieren und dann nicht liefern. So eine primitive Abzocke hätte ich Ihnen nicht zugetraut.«

»Nein, ehrlich, es ist nicht mehr dort, wo ich es deponiert habe. Ich bin entsetzt, kann es mir bis jetzt noch nicht erklären.«

»Das ist Ihr einziger Kommentar? Ich habe bezahlt, ich könnte mich ohrfeigen, Ihnen vertraut zu haben. Keine Ware, kein Geld. Es sind fünfzigtausend Euro, die ich umgehend von Ihnen zurückbekomme.«

»Das geht heute nicht. Ich habe es zur Bank gebracht und komme frühestens morgen wieder daran.«

Sie schwiegen eine Weile, der Mann und die Frau neben dem Denkmal des Offiziers mit dem übergestülpten Bärenfell auf einer braun gestrichenen Bank.

»Wenn Sie mich reinlegen, dann werde ich …«

»Was werden Sie dann? Zur Polizei gehen und zu Protokoll geben, dass Sie in illegale Kunstgeschäfte verwickelt sind?«

»Die Diebe sind mir egal, es geht um das Bild! Sonst nichts.«

»Und mir ums Geld. Egal, wir haben jedenfalls Konkurrenten im Kampf um das Gemälde. Schlaue Konkurrenten. Jetzt sollten wir uns nicht zerstreiten, sonst sehen wir das Bild nie wieder.«

Sie stand auf, hielt hinter ihm kurz inne, während sie in die Ferne blickte.

»Sie hören von mir.«

Er blieb noch eine kleine Weile sitzen, bevor er ihr folgte.

Zu Hause hatte es Heinz-Hermann nicht ausgehalten. Seine Frau traktierte ihn den ganzen Tag über mit Vorwürfen, um in direktem Anschluss in niederrheinisches Klagen zu verfallen.

»Wo soll dat all enden? Mein Gott, und wat de Leut dazu sagen werden. Hast du einmal dabei an mich gedacht? Morgen inne Stadt wird et heißen, da isse, die Frau von den Trüttgen. Wat der all bringt, de Bekloppte.«

Es nutzte nichts, ihr zu erklären, dass noch gar nichts in der Presse auf seinen Part hindeutete und höchstens ihr eigenes Lamentieren die Nachricht verbreiten konnte. Sie war nicht zu beruhigen.

Um sechs hatte er sich in den Transporter gesetzt und war zum Hafen gefahren. Einfach nur raus. Gesthuysen stand schon da mit seiner Angel, gebeugter, stiller als sonst, selbst die hübschen jungen Frauen, die den Steg passierten, nahm er nicht wahr. Heinz-Hermann ging die Treppe hinunter und stellte sich neben ihn.

»Na, wie isset?«

»Eher bescheiden. Muss.«

»Und, beißen se?«

»Schlecht.«

Irene Mackedei sah durch den unrühmlichen Vorfall mühselig aufgebaute gesellschaftliche Kontakte in Gefahr. Sie hatte alle Termine für die nächsten Tage abgesagt und tauchte immer wieder in Alfons' Nähe auf, um sich alles haarklein noch einmal erzählen zu lassen. Wenn es einen Grund gab, nie wieder in so eine Geschichte hineinzugeraten, dann war es Irenes Verhörtaktik. Sie hätte sich gut gemacht beim BND. Hinzu kamen kleine gehässige Sticheleien, die er seiner Frau gar nicht zugetraut hätte.

»Na, was planst du für morgen? Einen kleinen Banküberfall mit Geiselnahme? Du verfügst ja jetzt über Kontakt zum Milieu. Andere Ruheständler spielen Schach, und du?«

Alfons fürchtete mittlerweile das Geklacker ihrer Absätze in der Diele und beschloss die Flucht aufs Boot. An der Haustür erwischte es ihn noch einmal schräg von hinten.

»Wenn du rausgehst, vergiss nicht deine Grundausrüstung. Eine Decke, Plastikband und ein Seil, und grüß deine neuen Freunde von mir.«

»Ich fahre eine Runde mit dem Boot.«

Er fühlte sich so richtig elend. Hoffentlich würde sie bald ihre Tätigkeit als Spendenfee wiederaufnehmen. Dann war sie gut beschäftigt, wie immer aus dem Haus und konnte nicht meckern.

Im Hafen entdeckte Alfons die anderen auf dem Steg und freute sich auf Verständnis ohne Fragen und Genörgel. Wahre Männerfreundschaft.

»Na? Alles klar?«

»Nichts ist klar.«

»Bei mir auch nicht. Meine Frau behandelt mich wie einen Schwerverbrecher.«

»Dat können se. Schnippisch auf einem rumhacken.«

»Bin ich froh, dass ich solo bin. Bleibt mir wenigstens das erspart.«

Sie leckten ihre Wunden ausgiebig, bevor sie sich bei Klausi ein Bier genehmigten.

Der Wirt äußerte seine eigenen Theorien über die blassen, eingefallenen Gestalten.

»Sagt nichts. Lasst mich raten. Ärger mit den Gattinnen? Was habt ihr gemacht? Dauerkarten für Schalke 04 gekauft? Kollektiver Besuch im Puff?«

Er blickte in drei ernste Gesichter. Ihre völlig humorlose Reaktion ließ ihn blitzschnell verschwinden.

Aus dem einen Bier wurden zwei, beim dritten konnten sie wieder klar denken.

»Die sollen sich beeilen und den Täter schnappen. Das ist die einzige Möglichkeit, um über jeden Zweifel erhaben zu sein.«

»Oder die Tatwaffe muss gefunden werden.«

»Genau, da könnten 'ne Menge Fingerabdrücke drauf sein. Nur ebkes nich unsere.«

»Und? Wie sollen wir eine Waffe ausfindig machen, wenn wir nicht wissen, wer da vor uns im Wald gewesen ist?«

Verschiedene Argumente und Thesen belebten die Tischrunde allmählich. Was blieb, waren Ratlosigkeit und Unruhe. Heinz-Hermann kam auf die Idee, die Waffe könnte noch im Wald sein.

»Wir müssen die Knarre finden, so einfach ist das.«

»Einfach, einfach, bei dir geht immer alles einfach. Wo sollen wir denn anfangen?«

Alfons erinnerte sich an die letzten Tatort-Krimis.

»Wir müssen uns in den Täter hineinversetzen. Wie hat er sich verhalten, unter Druck, vielleicht panisch?«

»Ich würd se wegwerfen, wenn ich rennen müsste. Ballast abwerfen. Und im Wald kannste son kleinet Ding ruckzuck für immer loswerden.«

Man entschied sich, schnell zu handeln. Sie hatten eine Mission zu erfüllen. Zu ihrer Rehabilitation und zur Beilegung ehelicher Konflikte. Alfons zahlte, und auf dem Weg zu seinem Wagen spürte er zum ersten Mal seit Tagen wieder so etwas wie Zuversicht.

Sie stiegen am Jachthafen ein und fuhren schweigsam im sportlichen Benz mit offenem Verdeck in Richtung Xanten. Sie parkten das Auto wie gehabt am Rande der Hees, oberhalb des Krankenhauses in der Nähe der ehemaligen Kleiderfabrik.

Am frühen Abend bewegten sich diverse Läufer und Nordic Walker durch den Forst. Es kühlte sich ab, der Frühsommer hatte ein wenig an Kraft verloren.

Wortlos und zielstrebig machten sie sich auf den Weg. Das

Waldstück war nicht mehr abgesperrt, wirkte durchwühlt. Die drei hefteten ihre Augen auf den Boden und umkreisten aufgeregt und unsystematisch den Bereich zwischen Waldweg und Bunkerruine. Mehrmals kreuzten sich ihre Bahnen, und erst als Heinz-Hermann zum dritten Mal mit Alfons zusammenstieß, wurde ihnen bewusst, wie sinnlos diese Aktion war, wenn sie ihre Suche nicht koordinierten.

»Wir müssen das Gebiet in Sektoren einteilen und dem Raster folgend abschreiten.«

»Dat würd bedeuten, wir müssten en Plan vom Gelände haben und jeder hätt den gleichen zur Hand mit unterschiedlichen Einträgen. Haben wir nicht.«

»Seid doch nicht so kompliziert, wir gehen einfach im Abstand von einem Meter nebeneinanderher und das möglichst geradeaus. Jeder sucht sich einen Stock zum Stochern und los. Nur das Ausmaß müssen wir abstimmen.«

»Hört sich logisch an. Ich würde am Weg beginnen und ungefähr hundert Meter im Umkreis zur Fundstelle suchen. Wir müssen uns beeilen, weil es sonst zu dunkel wird.«

Alfons wurde mulmig, sobald er Waldboden unter seinen Füßen sah, den in jüngster Vergangenheit niemand betreten hatte. Die Warnhinweise zur Explosionsgefahr hatten sich fest in sein Hirn eingegraben.

Erst als sie das Bunkerplateau bestiegen, um ihren Plan nicht zu unterbrechen, gerieten die drei ins Stocken.

»Da oben hat die Kripo jedes Blatt umgedreht, da brauchen wir nicht hin.«

»Auch die sind nich unfehlbar.«

»Ich finde, Alfons hat recht. Da oben kann nichts sein.«

Sie einigten sich darauf, auszulosen, wer hinaufsteigen und suchen musste. Das kürzere Aststück zog Alfons, der sich Sekunden später erneut die Sinnfrage stellte: Was mache ich hier?

Unsicher erklomm er den verhängnisvollen Hügel, spähte nach allen Seiten, um sicher zu sein, dass nicht ein anderer Baum ein ähnlich furchtbares Geheimnis barg. Nein, hier konnte nichts verborgen sein. Wo würde er hinlaufen, wenn er vom Weg aus Gefahr wittern würde? Ein Blick in die Runde ließ in einigen Metern

Entfernung die nächsten Bunkerruinen auftauchen. Natürlich, er würde sich in den Gemäuerresten verbergen. Schließlich bildeten die gesprengten Wände Innenräume, in denen ein Mensch sich zusammenkauern konnte, ohne von außen bemerkt zu werden.

»Ich hab's.«

Die anderen folgten ihm, und der Suchtrupp verlagerte seine Tätigkeit noch tiefer ins Dickicht. Zwei Ruinen waren problemlos begehbar, knapp gebeugt konnte man darin stehen. Sie durchsuchten Ritzen und Spalten, kniffen die Augen zusammen, um in düstere Ecken zu schauen. Nichts, keine Spur. In die nächsten beiden künstlichen Höhlen konnte man nur kriechend gelangen. Sie wechselten sich ab. Ohne Erfolg. Der dritte, beängstigend schmale Eingang blieb für Alfons, dem die sichtbare Enge bereits aus sicherer Entfernung den Schweiß auf die Stirn trieb.

»Ihr meint also, ich soll da ...«

»Du bist dran, so einfach isset.«

Sein Herz schlug bis zum Hals, als seine hellblaue Sommerhose Kontakt mit dem bemoosten Untergrund aufnahm und er auf Händen und Knien ins Innere kroch. Muffig roch es, die schrägen Mauerreste bildeten ein Dreieck, aus den vereinzelten Lichtspalten hingen Wurzeln in den Raum.

Alles geschah gleichzeitig. Seine Augen entdeckten in der hintersten Ecke auf dem Boden das handliche Stoffbündel, aus dem ein metallener Lauf ragte. Seine Kehle wollte einen triumphalen Ausruf formulieren, sein Arm streckte sich, zu kurz, noch ein Stück näher, als sich draußen vor dem Bunker die bekannten Stimmen vehement mit einer fremden mischten. Erstaunt rekapitulierte er, dass jemand zu ihnen gestoßen sein musste. Etwas zog knurrend an seinem rechten Hosenbein. Was ihm in der Situation blieb, war ein erfolgloser Rückzug. Er musste sich die Stelle merken, an der das Bündel lag. Das Etwas zog und zerrte, ließ sich nicht abschütteln.

Försters Dackel, auf Fuchsbauten abgerichtet, hatte ihn gestellt und apportierte seine Beute, während Herrchen im dämmernden Licht den anderen beiden Männern eine Standpauke hielt.

»Sind Sie von allen guten Geistern verlassen? Was meinen Sie, warum hier die Schilder mit den Warnhinweisen stehen? Bestimmt nicht aus Jux und Dollerei! Immer das Gleiche. Da suchen die ewig Gestrigen nach Resten der braunen Vergangenheit und verlassen sich darauf, dass nichts passiert. Leichtsinn ist das! Kompletter Wahnsinn! Wir wissen nicht, was hier alles in die Luft gehen kann, weil die Metallhüllen durchgerostet sind, und Sie kriechen hier herum wie die Irren.«

Der Ausbruch des grün berockten Mannes mit stattlicher Figur ließ sie eingeschüchtert schweigen.

»Letzte Tage erst der Tote ganz hier in der Nähe und der ganze Polizeiapparat, der den Waldfrieden störte, und heute eine Horde lebensmüder Senioren. Mann, Mann, Mann.«

Alfons fühlte sich vollständig in seiner Furcht bestätigt. Es gab nichts, was sie dem aufgebrachten Forstangestellten entgegnen konnten, außer Dankbarkeit, weil er sie auf ungefährlichen Pfaden aus dem Unterholz führte. Sie traten gemeinsam den Rückzug an. Dann und wann schleifte Alfons einen Absatz über den Boden und hinterließ eine kleine, feine Spur.

»Ich habe das Auto gesehen und mir fast gedacht, wo ich jemanden finden kann. Der Wagen muss weg. Hier ist kein öffentlicher Parkplatz.«

Sie entschuldigten sich in aller Form bei dem Förster und machten sich aus dem Staub. Alfons' Hände zitterten am Steuer.

»Das war ganz schön haarig. Kann doch explodieren, der Wald, alles kann in die Luft gehen. Von wegen harmlos. Ich darf gar nicht weiter drüber nachdenken.«

»Der hätt uns auch anzeigen können. Wenn ich noch mal zur Polizei muss, stellt meine Gattin mir de Koffer vor de Dör.«

Gesthuysen meldete sich vom Rücksitz. »Ist doch nett, dass er's nicht macht. War bloß völlig sinnlos, diese Aktion. Ich weiß einfach nicht, warum lass ich mich immer wieder auf eure spinnerten Ideen ein. Ich könnte friedlich am Hafen angeln ...«

Mitten in seinem Sermon schüttelte Alfons den Kopf.

»War nicht sinnlos, war überaus erfolgreich.«

Er berichtete von seinem Fund, und gemeinsam beschlossen sie, die Kripo zu informieren.

»Das wird die letzten Zweifel ausräumen.« Alfons beruhigte sich, dachte weder an sein Herz noch an die schmerzenden Knie.

Selbst die Kratzer, die die Dackelzähne auf seiner Wade hinterlassen hatten, konnten ihn nicht aus seiner Euphorie holen.
Nun würde sich alles aufklären.
Und wenn der Täter ihnen zuvorkäme? Stoff für neue Albträume.

Theresa hockte vor ihrem Notizblock.
»Thriller erster Klasse, Opa. Ihr seid echt noch mal in diesen verminten Wald gegangen und habt unter Todesgefahr nach der Waffe gesucht? Voll krass.«
Seine Enkelin tauchte mit Begeisterung in seine Erzählungen ein und verfolgte ehrgeizig den Plan, etwas Druckreifes daraus zu machen.
»Die Zeit, als Oma so sauer auf dich war, hab ich gut in Erinnerung. Immer wenn ich Mom fragte, was los ist, sagte sie, nichts für dich, und ließ mich im Regen stehen. Andauernd hing sie am Telefon und redete auf Oma ein. So veraltete Sprüche hab ich mitgekriegt, nicht voreilig die Brocken hinwerfen, sich nicht aus der Reserve locken lassen, abwarten und Tee trinken. Ich glaube, Oma war voll auf Trennungstrip. Scheidung im Alter ist ja kein Tabu mehr.«
Das schockierte Alfons, denn nie hätte er gedacht, dass Irene ihn nach so vielen Jahren verlassen könnte. Und wie sollte er, bitte schön, ohne sie auskommen? Morgen würde er ihr rote Rosen schenken.
»Alles in Ordnung zwischen uns. Keine Sorge, mein Kind.«
»Und Charlotte hat ihren Bullen tatsächlich hier bei dir kennengelernt! Gibt es bei den Kripoleuten noch jemanden in der Kategorie?«
Alfons musste lachen. Immer schön pragmatisch, die gute Theresa, immer im Hinterkopf, was sich noch erreichen ließe. Ganz seine Gene.
»Nein, die anderen sind zu alt für dich. Außerdem reicht ein Krimineller pro Familie.«
»Ihr habt weiter bei den Ermittlungen mitgemischt?«

»*Logisch, denn wir hatten schließlich nichts zu verbergen, nur zu gewinnen.*«
Draußen bog ein PT Cruiser rasant in die Einfahrt.
»*Oma kommt. Wir wechseln besser das Thema.*«
Beide hielten sich einen Zeigefinger vor den Mund und zwinkerten sich zu. Irene stöckelte energisch durch das Haus, kam in die Küche.
»*Hier seid ihr. Hallo. Was macht ihr gerade?*«
Theresa schielte zu Alfons und klickte mit ihrem Kuli.
»*Opa hilft mir bei einem umfangreichen Referat über den Wertewandel im Laufe der Zeit. Heute sind wir bei Konflikten in familiären Strukturen. Voll die Ahnung hat er.*«
Alfons nickte. Und die Intelligenz war auch von ihm, eindeutig.

Burmeester konnte nicht glauben, dass er in diese noble Einfahrt biegen sollte, schlich zum zweiten Mal daran vorbei und hielt einige hundert Meter weiter am Haus Duden. Er suchte den Zettel mit der Adresse und verglich. Stimmte. Momentan war es besser, alles doppelt und dreifach zu überprüfen, bevor er sich auch nur einen kleinen Patzer leistete. Die Chefin war geladen, und das aus gutem Grund. Der Gedanke an Charlotte ließ ihn lächeln, fast schon blöd grinsen, fand er bei einem Blick in den Rückspiegel. Er bereute diesen zauberhaften Nachmittag kein bisschen.

Konzentrier dich, redete er sich zu und blickte auf die Notizen unterhalb der Anschrift. Bernhard Fallenahr, pensionierter Bankdirektor, Einlieferer einer ungewöhnlich großen Menge Antiquitäten in ein niederländisches Auktionshaus. Inkognito. Auftrag: herausfinden, ob diese Reichtümer eine illegale Herkunft haben. »Erster Eindruck« stand da noch.

Einige allgemeine Informationen über Fallenahr wusste er von seiner schönen Lotte, aber nichts Genaues. Einen Augenblick lächelte er noch und fuhr danach zielstrebig seinen alten roten Polo vor den wasserspuckenden Karpfen in Fallenahrs Einfahrt.

Hier wohnt die Kohle, dachte er. Ihm kamen die Löcher in den Sinn, in denen er teilweise gelebt hatte. Schlafsäle im Ashram seiner Mutter. Abstellkammern von Bekannten, die ihn aufnahmen, wenn sie allein reiste, das Zimmer bei seiner Mutter mit dem ewigen Dunst von Räucherstäbchen und den vergilbten Wänden, weil neue Farbe angeblich zu viele Giftstoffe enthielt und das Karma störte.

Hier stand er vor dem riesigen, protzigen Eichenportal und fühlte sich klein und mickrig. Tief durchatmen, Schultern straffen. Die Glocke betätigen.

Die Frau, die mit ernstem Gesicht öffnete, fixierte ihn und hauchte eine Art Begrüßung.

»Sie wünschen?«

Es machte Klick bei ihm, und Burmeester hoffte, dass sie diese Bruchsekunde Unsicherheit nicht registriert hatte. Er hatte ihre elegante Art der Präsentation teurer Kleidung schon bei anderer Gelegenheit abgespeichert. Bloß wo?

»Guten Tag. Burmeester, Kripo Wesel, ich würde gerne Herrn Fallenahr sprechen.«

»Treten Sie ein.«

Die Art, wie sie vor ihm herlief, weckte die Erinnerung. Dieser Gang, selbstbewusst, um Aufmerksamkeit heischend, auf hohen Stöckelschuhen sehr weibliche Signale aussendend. Dieser Gang, der ausstrahlte, dass sie um ihre Wirkung wusste. Sie war es also. Burmeester schoss die Erkenntnis durch den Kopf. Sie also war mit dem Kunstsachverständigen in Rees zusammen aus dem Hotel gekommen. Er ließ sich nichts anmerken. Aber ihm war klar, dass sie etwas mit den kriminellen Vorfällen und dem Mord zu tun haben musste. Nur was?

Sie führte ihn in das Arbeitszimmer, ein winziges, dunkles Zimmerchen. Hier residierte ein alter, kantiger Schreibtisch. Dahinter ein wuchtiger Lederstuhl der Marke »Chefsessel«. Zwei Bonsaischalen mit wohlgeformten Zwergkoniferen standen vor dem Fenster, an dem ein Rahmen mit einer farbigen Bleiverglasung hing. Das Glasbild erinnerte ihn an die Tischlampe mit den Libellenmotiven seiner Mutter. Tiffany oder so, nur, die Lampe war kitschig, und dieser Rahmen hatte Ausdruck und Stil. Hier wurden keine

Gespräche geführt, hier wurde zur Audienz gebeten. Der Platz für Besucher war eine schmale, harte Kirchenbank, die seitlich zum Arbeitsplatz des Patriarchen an der Wand lehnte. Besser hätte man nicht das Gefühl vermitteln können, wer hier oben und wer unten war, dachte Burmeester. Hatte sich der Hausherr vielleicht aus dem Charly-Chaplin-Film »Der Diktator« abgeguckt. Sein Gegenüber immer schön erniedrigen. Er fühlte sich unwohl.

Fallenahr betrat den Raum, und Burmeester war überzeugt, dass dieser Mann nie einen Film des Komikers gesehen hatte. Steif wie sein Chefsessel und humorlos wie die Kirchenbank.

»Sie wollen mich sprechen?«

Burmeester erläuterte den Zusammenhang zwischen dem Tötungsdelikt, den Männern der O.P.A.-Initiative, der nationalen Kunstszene und seinen Antiquitäten, die in den Niederlanden zur Versteigerung stünden.

Fallenahr schien aufzuhorchen. Er rückte zweimal mit raschen und identischen Bewegungen sein Jackett in Form.

»Woher wissen Sie das?«

»Das ist unerheblich. Uns wundert nur, dass Sie nicht unter eigenem Namen versteigern.«

»Was wollen Sie damit andeuten?«

»Nichts außer Verwunderung. Wir beleuchten momentan alles, was mit dem An- und Verkauf von Kunst und antiken Gegenständen im großen Stil zusammenhängt.«

»Schauen Sie sich um. Hier gibt es eine Menge Kunst. Alles rechtens erworben. Meine Exfrau war Sammlerin. Ich kann dem nichts abgewinnen. Wo steht geschrieben, dass ich meinen eigenen Namen bei einer Versteigerung angeben muss? Ich habe eben der Einfachheit halber alles in andere Hände gelegt, damit ich mich nicht um jede Kleinigkeit kümmern muss.«

»Die Menge der eingelieferten Dinge machte uns stutzig. Wo hatten Sie die Sammlung untergebracht?«

Fallenahr bemühte sich vergeblich um souveräne Haltung. Seine Antwort geriet eine merkliche Spur zu laut und zu energisch. »Das geht Sie gar nichts an.«

»Bitte beantworten Sie meine Fragen, Herr Fallenahr.«

»Was hat das alles mit Ihrem Fall zu tun?«

»Ich frage, Sie antworten, so sind die Regeln. Was waren Sie von Beruf?«

»Direktor einer namhaften Bank. Aus der Zeit verfüge ich noch über Kontakte.«

Fallenahr wechselte zur Vorwärtsstrategie. Der Verweistonfall war unüberhörbar wie eine Drohung. Wen kennt er wohl, dachte Burmeester, den Staatsanwalt oder die van den Berg? Hatte er das nötig?

»Ein kostspieliges Hobby hatte Ihre Exfrau. Hatte sie eigenes Einkommen?«

»Die Frau an meiner Seite muss nicht arbeiten gehen. Sie hat genug zu tun mit dem Haus und gesellschaftlichen Pflichten.«

Burmeester schaute sich um. »Ihre derzeitige Einrichtung ist auch sehr wertvoll.«

»Kann man so sagen. Diesen Schreibtisch bekommen Sie nicht unter zehntausend Euro. Das Tiffanybild hinter mir ist ein Original und kostet das Zehnfache. Es ist ein gesuchtes Sammlerstück.«

»Da haben Sie aber viele Prämien für gelungene Geschäftsabschlüsse kassiert, oder?«

»Junger Mann, ergehen Sie sich nicht in impertinenten Anspielungen, sondern kommen Sie zum Punkt.«

Burmeesters Ton wurde schärfer. »Das wird uns heute nicht gelingen. Es sei denn, Sie verraten mir Ihre Kontakte zur Kunstszene und zeigen mir beispielsweise Kataloge oder Kaufverträge.«

Die elegante Frau stand plötzlich neben ihm.

»Es klingt so aggressiv hier. Alles in Ordnung, Berni? Denk an deinen Blutdruck.«

Burmeester nahm dem Hausherrn die Antwort ab. »Nichts ist in Ordnung, Frau Fallenahr, da ich mich für seine Kontakte zu Kunstkreisen interessiere und Ihr Mann mir die Antworten verweigert.«

»Mein Name ist van Drehfeld.«

Sie stellte sich hinter Fallenahr, legte ihm eine Hand auf die Schulter und ließ Burmeester nicht aus den Augen.

»Berni, musst du dem jungen Mann antworten? Wir können ja erst mal deinen Bekannten, den Staatsanwalt fragen. Wie hieß der doch gleich?«

Gut pariert, dachte Burmeester, und gleich noch ein bisschen

Druck verteilt. Das funktionierte manchmal in kleinen Städten, in denen fast jeder jeden kannte. Aber hier wirkte es billig.

»Zuständig ist Staatsanwalt Haase. Er ist über unsere Aktivitäten informiert. In solchen Fällen herrscht Informationspflicht. Dies ist Vorschrift und wird bei unseren Ermittlungen sehr engmaschig ausgelegt.«

Der restliche Gesprächsverlauf brachte keine neuen Erkenntnisse. Dazu waren die Fronten zu verhärtet. Burmeester fragte sich, wie man mit dem Gehalt eines Bankdirektors in Wesel, nicht zu verwechseln mit Basel, zu so enormen Reichtümern kommen konnte. Kleidung, Schmuck, der Protzleuchter, alles war in seiner Vorstellung ausgestattet mit imaginären Preisetiketten. Alles Fassade, reine Profilshow. Die beiden hatten keinen Bezug zu den Werten, in denen sie sich bewegten. Vermutlich würde »Berni« für einen guten Preis seiner Perle das Armband vom Handgelenk nehmen und verramschen.

Burmeester verabschiedete sich vom Hausherrn und vom Goldstück, ließ beide in dem festen Glauben zurück, ihn beeindruckt und eingeschüchtert zu haben. Er würde vorschlagen, die eingelieferten Gegenstände im Auktionshaus zu überprüfen. Auf dem Weg zum Kommissariat formulierte er bereits seinen Bericht.

Zehn

Karin Krafft, Tom Weber und Simon Termath saßen übernächtigt im Besprechungsraum am seitlichen Schenkel des U, zu dem die Tische zusammengestellt worden waren. Ihnen war die Anstrengung der letzten Tage anzumerken. Nach der Phase erster Anspannung und unbändiger Energie folgte auch diesmal das Gefühl des Ausgelaugtseins, auch wenn seit gestern eine Menge passiert war. Mit muffeligen Gesichtern saßen die drei vor angeschlagenen Kaffeebechern, jeder wollte ohne große Worte und ohne wichtigtuerische Anweisungen von Frau Doktor van den Berg durch die Besprechung kommen. Sie ließ auf sich warten. Burmeester fehlte.

Staatsanwalt Haase, der verloren am Kopfende des U saß, verkörperte das leibhaftige Gegenteil des ermüdeten Teams. Frische, Vitalität und gute Laune. Er sprang auf, stellte sich vor die Informationswand und betrachtete die Lageskizzen, Fotos, Papierkarten mit Hinweisen und Fragen. Neben dem Großplan des Kreises Wesel mit dem gekennzeichneten Tatort im Xantener Wald und diversen Aufnahmen des Fundortes auf dem Friedhof sowie den unappetitlichen Nahaufnahmen des Opfers waren die wenigen Hinweise aus dessen Hotelzimmer dokumentiert. Haases Handy ließ seine linke Jackentasche vibrieren, er meldete sich, wandte sich nach kurzem Gespräch an das Team. »Frau Doktor van den Berg wird sich verspäten. Wir beginnen jetzt.« Karin Krafft pinnte den Computerausdruck des »Armen Poeten« neben die Dokumente aus dem Xantener Hotelzimmer.

»Das ist es also. Ich kenne es. Ich wusste nicht, dass es geraubt wurde.«

»Siebzehn Jahre ohne erwähnenswerte Fahndungserfolge bei der Suche nach diesem Meisterwerk, da gerät so was Einmaliges schon mal an den Rand des öffentlichen Interesses.«

Haase nickte. »Stimmt, zu der Zeit war ich anderweitig beschäftigt und habe die Schlagzeile nicht bemerkt. Kommen Sie voran?

Sie wissen ja, wir werden nicht verhindern können, dass die Presse uns im Lauf des Tages noch löchert.«

Karin berichtete von der Identifizierung und beschrieb die Verbindung zu dem verschollenen Gemälde.

»Beim Opfer, Matthias Plaschke, hat man noch eine Telefonnummer entdeckt. Eine Handynummer, die in der Abrechnung des letzten Monats unter all den anderen Einzelverbindungsnachweisen mit Datum, Einheiten und Zeitangabe stand. Die Nummer kann jedoch nur geortet werden, wenn telefoniert wird. Man ist vorgewarnt und agiert sehr vorsichtig. Die Frau des Opfers wollte wissen, zu wem sie gehört, und hat dort angerufen. Am anderen Ende meldete sich eine Frau. Es fiel Frau Plaschke schwer, sich an Einzelheiten zu erinnern. Dialektfrei, mittleres Alter, zielstrebig und unbeirrbar. Sie legte auf, als Frau Plaschke nach ihrem Mann fragte.«

»Also keine spektakuläre Entwicklung.«

»Ja, gut, aber wir haben hier keinen auffälligen Dialekt. Nur ein weiterer Hinweis auf die Umgebung von Wesel, wenn man so will.«

»Klar, und auf ein paar andere Flecken in Deutschland. Gibt es eindeutige Hinweise, dass es sich um den ›Armen Poeten‹ handelt?«

»Die Analyse eines kleinen Leinwandstreifens ergab, dass die Farbe in ihrer Zusammensetzung aus der Epoche stammt.«

»Leinwandstreifen? Sie meinen, die haben es zerstört?«

»Nein, Holzpartikel weisen darauf hin, dass es sich wohl um ein Kantenstück handelt, das lange Zeit mit dem Keilrahmen verbunden war. Mit aller Wahrscheinlichkeit ein Stück, das bei der Rahmung verdeckt wird.«

Haase überlegte einen Moment, blickte auf die Pinnwand.

»Ist das Ihr Ressort, Frau Krafft?«

Auf diesen Punkt hatte sie gewartet. Offensichtlich zog er hier die Grenzlinie zum freundlichen Austausch. Wenn sie diesen Fall nicht ans Landeskriminalamt verlieren wollte, kam es auf Überzeugungskraft an. Ihr Fall, ihre Ermittlungen, ohne irgendeinen schlauen Kollegen vom Fachdezernat aus Wiesbaden.

»Dies ist die Mordkommission, Herr Haase. Wir suchen nicht das Gemälde, sondern den Täter. Wenn bei der Gelegenheit, sagen wir rein zufällig, auch noch ein geraubtes Kleinod wieder auftaucht, kann es doch unserer Dienststelle zugute kommen. Auf Kreis- und Landesebene gleichermaßen, oder?«

Wenn er angestrengt nachdachte, bildete sich eine kleine, bizarre Falte zwischen seinen Augenbrauen. Taktieren war Karins Leidenschaft.

»Zwei unterschiedliche Ermittlungen daraus zu machen, könnte den Erfolg gefährden. Kunstraub ist nun mal keine Schwerpunktaufgabe der hiesigen Polizeibehörde. Es gibt keinen einzigen Spezialisten für den Bereich. Wenn ich den Weg im eigenen Haus wähle und dem zuständigen Betrugsdezernat den Ermittlungsauftrag ›Gemälde‹ übergebe, kann es sein, dass der diensthabende Kollege der Fachmann ist, der sonst kleine Fahrraddiebe einlocht.«

Haase blickte kurz auf seine Uhr. Karin musste noch eins zur Sicherheit draufsetzen.

»Fragen Sie den mal, ob er Carl Spitzweg kennt. Garantiert sucht er ihn in der Fahndungsliste.«

»Gut, Frau Krafft, Sie ermitteln mit allen Konsequenzen im Mordfall Plaschke. Meine Rückendeckung haben Sie.« Er schaute sich den Ausdruck des Gemäldes aus der Nähe an. »Natürlich würde es mich freuen, dieses Bild bald in natura betrachten zu können. Geben Sie Ihr Bestes, Frau Krafft.«

Immer doch, Herr Staatsanwalt, dachte sie, während er die Tür hinter sich schloss, und wunderte sich darüber, wie moderat er heute war. Nahezu ausgeglichen. Karin Krafft seufzte tief. Das erleichterte und ließ den Atem fließen.

Burmeester erschien kurze Zeit später, sprühte vor Elan.

»Ich habe euch mal ein paar Minuten allein gelassen, bevor ich den Mann wieder zu sehr auf die Palme bringe.«

Seine Farbenpracht veranlasste den Staatsanwalt immer wieder zu spitzen Bemerkungen.

»Sag nichts, tut mir leid wegen gestern.«

»Schon gut. Ich muss mich wohl auch entschuldigen. Bin über das Ziel hinausgeschossen. Ist die Vertrauensbasis zwischen uns wiederhergestellt?«

»Klar. Man muss ja auch verzeihen können. Aber jetzt zu meinem Besuch gestern bei Fallenahr.«

Er zog eine Diskette aus der Jackentasche und ging zum PC.

»Ich drucke dir eben den Bericht aus.«
»Erzähl lieber. Nicht alle Tage nippt man mit dem Bankdirektor ein Tässchen Tee.«
»Kein Tee, nicht einmal Wasser.«
Burmeester schilderte seine Eindrücke.
»Die leben im Luxus und schätzen es nicht.«
»Das ist kein Verbrechen.«
»Die konnten mir nicht plausibel erklären, warum die O.P.A.-Initiative beauftragt wurde und wo die ganze sogenannte ›Sammlung der Exgattin‹ gelagert war. Dieses Haus ist komplett eingerichtet, kein Platz für weitere zwei Lkw-Ladungen wertvolle Antiquitäten. Jedenfalls nicht, wenn man die Stücke ordentlich präsentieren will. Außerdem frage ich mich, wieso eine Exfrau ihre persönliche Sammlung zurücklässt, wenn sie geht.«
»Musste. Zurücklassen musste. Fallenahr hatte bestimmt einen Ehevertrag. Ein stadtbekannter Fuchs, der etwas Extravagantes an seiner Seite nur so lange verwöhnt, wie es loyal ist.«
»Die aktuelle Frau ist nicht zu unterschätzen.«
»Kommen wir damit weiter?«
»Damit nicht, aber vielleicht interessiert es dich, dass ich ihr schon mal begegnet bin.«
»Wo?«
Er schilderte seinen Verdacht zur Begegnung in Rees. »Frau van Drehfeld war dort. Ihre Bewegungen, ihre Eleganz – das vergisst man nicht. Sie kennt Nauenstein, den sie dort getroffen hat. Sie haben sich zum Abschied zugewunken. Nicht wie Urlaubsbekanntschaften, eher distanziert.«
Karin horchte auf. Das war eine entscheidende Neuigkeit. Sie spürte Jagdfieber.
»Das passt. Beide sind anscheinend stärker involviert, als wir bislang dachten.«
Ab jetzt hieß es, schnell und gezielt zu handeln. Sie erteilte Tom Weber den Auftrag, die Villa Fallenahr zu beobachten.
»Mach ein Foto von jedem, der rein- und rausgeht. Und wenn die Frau das Haus verlässt, folgst du ihr.«
Der Drucker spuckte den umfangreichen Bericht von Burmeester aus. Karin sah aus dem Fenster.

»Ich werde Haase darüber informieren.«

Sie erreichte den Staatsanwalt mobil. Er war noch im Haus und kam umgehend zurück. Burmeester war bereit zur Flucht. Karin signalisierte ihm deutlich, zu bleiben.

Haase schien interessiert. »Fallenahr. Ist mir mal begegnet, der Mann. Ich habe vor Kurzem noch mit der Landrätin über ihn gesprochen. Es gibt begründete Verdachtsmomente, sagen Sie?«

»Auf jeden Fall einen denkwürdigen Zusammenhang.«

Haase griff nach Karins Telefon.

»Ich werde gleich mal hören, ob irgendwas gegen ihn vorliegt. Die Steuerfahndung wird den Namen kennen, wenn die Herrschaften etwas zu verbergen haben.«

Während er einen bestimmten Mitarbeiter suchte, klingelte Karins Handy. Tom berichtete, auf dem Anwesen sei ein Berliner Auto vorgefahren. Karin war wie elektrisiert. Sie sprach abgehackte, kurze Sätze ins Telefon. »Nauenstein, ist es Nauenstein? Also doch! Jetzt schaut er in die Höhle des Löwen. Da hat sich etwas zugespitzt. Ist es wirklich Nauenstein? Tom, nun sag was!«

»Ja, ich spähe, aber ich kann mich nicht zu weit vorwagen. Soweit es zu erkennen ist, kann es sich nur um Nauenstein handeln. Sicher bin ich mir nicht.«

»Bleib dran!«

»Klar. Du, der kommt wieder aus dem Haus, richtig aufgebracht ist der. Redet auf sie ein, gestikuliert wild und schüttelt den Kopf. Jetzt brüllt der, Moment eben.«

Karin hielt sich das freie Ohr zu, um besser verstehen zu können.

»Der droht. Ich kann ihn bis zur Straße hören. Geben Sie mir die Ware, oder Sie werden es bereuen. Die Frau versucht ihn zu umgarnen, aber der ist einfach nur stinksauer.«

Karin stand auf.

»Warte auf mich. Ich bin auf dem Weg. Halte sie fest.«

Haase sprach laut mit dem Staatsanwalt für Steuerdelikte und betonte wichtige Details. Er bemerkte Karins Aufbruch, hielt kurz die Sprechmuschel zu.

»Halt, Frau Krafft. Nicht weglaufen, das hier ist äußerst interessant.«

Karin reagierte mit einer unwirschen Kopfbewegung. Ihre Anspannung wuchs. Wie versteinert stand sie vor der Tür, die Jacke über dem Arm, ihre Autoschlüssel zwischen den Fingern. Wichtige Minuten vergingen, während zwei Berufskollegen sich wohlgelaunt austauschten.

»Ach, was Sie nicht sagen ... Hm, ins Ausland ... Schon seit zehn Jahren im Fokus und 1997 mit einer Selbstanzeige und freiwilliger Nachzahlung davongekommen ... Zweiundachtzigtausend, schon beachtlich. Die ehrenwerten Honoratioren aus der Provinz, immer für eine Überraschung gut ... Was Sie nicht sagen!«

Die ganze Nacht hatte Alfons sich in den Federn gewälzt, war immer wieder durch lebhafte Träume geweckt und von Irene angestupst worden, wenn er, für einen Moment weggenickt, zu laut schnarchte.

Nach dem Frühstück fasste er einen Entschluss. Zumindest Heinz-Hermann musste mit.

»Ich bin mir nicht mehr sicher, ob da wirklich eine Waffe liegt. Die Dunkelheit und der Gestank. Der verdammte Köter an meinem Hosenbein. Vielleicht ist es nur ein Stofffetzen. Lass uns hinfahren und nachprüfen, um was es sich handelt, bevor wir die Kripo umsonst dahin zitieren.«

Heinz-Hermann meinte, auch Gesthuysen gehöre dazu.

Eine Dreiviertelstunde später parkte Alfons mit Gesthuysen am Wald. Heinz-Hermann winkte ihnen zu. Die Fahrzeuge standen diesmal, verborgen vor des Försters Blicken, hinter dem Lamellenzaun der alten Kleiderfabrik.

Der Voerder Prachtkerl trug seinen Freizeitanzug in Tarnfarben, am breiten Allzweckgürtel eine olivgrüne Trinkflasche und ein Taschenmesser von der Größe einer Machete. Ein Spezialist für hochgefährliche Einsätze.

»Allzeit bereit.«

Heinz-Hermann, ganz der Praktiker, verteilte Einweghandschuhe.

»Damit wir keine Spuren hinterlassen. Hab ich immer im Schuppen, sind nützlich zum Anstreichen. Braucht man anschließend nicht de Pfoten in Terpentin einweichen.«

Alfons fühlte sich wie ein Fährtensucher und lotste die anderen mit erstaunlicher Sicherheit in die Richtung des abgelegenen Zielobjekts.

»Na, keinen Schiss mehr wegen der Munition, Herr Direktor?«

»Doch, aber exakt auf diesem Weg sind wir gestern auch gelaufen, da kann also mit Sicherheit nichts passieren. Genau denselben Pfad werden wir auch zurück nehmen.«

»Jawohl, du Pfadfinder.«

Alfons' Zeichen auf dem Waldboden führten sie direkt zu den Bunkerresten abseits des Wegs. Unschlüssig bückten sie sich und starrten in die dunkle Vertiefung zwischen den massiven, niedrig hängenden Betonplatten.

Sie überließen dem Dünnsten den unfreundlichen Weg in den Kriechschacht. Mit angewidertem Gesichtsausdruck begab sich Gesthuysen in die Dunkelheit. Er zwängte sich in den Spalt. Dann war ein Kratzen zu vernehmen, der derbe Stoff seiner Hose schleifte über den Boden. Unflätige Bemerkungen erreichten die Männer, dann ein Jubelschrei. Kurze Zeit später winkte Gesthuysen mit der Beute, krabbelte keuchend ans Licht. Heinz-Hermann faltete das Tuch auseinander und betrachtete eine merkwürdig geformte Pistole, eckig, kantig.

»Was ist das denn?«

»En ganz altes Schätzken. Ich glaub, dat is en Mauser. Guck mal, wie dat Magazin verriegelt is.«

Fast zeitgleich war auf der anderen Rheinseite die heftige Auseinandersetzung vor Fallenahrs Villa vorbei. Der Mann, den Tom Weber für Nauenstein hielt, war nach heftigen Worten in das Berliner Fahrzeug gestürzt, hatte mit quietschenden Reifen das Anwesen verlassen und den wachsamen Polizisten zurückgelassen. Er war zu schnell für einen Verfolger, der erst noch sein Auto aufschließen und starten musste.

Der Aufpasser verließ seinen Posten hinter der Hecke nicht. Unruhig schaute Tom Weber hin und her. Wo blieb Unterstützung, wo war seine Chefin? Das war gar nicht Karin Kraffts Art. Nur ein einzelner Mann war zur Überwachung eingesetzt, wo gab es denn das? Tom Weber hatte sich entschieden. Er würde die Villa beobachten. So war es auch mit Karin Krafft abgesprochen. Der Mann, den er für Nauenstein hielt, den er aber nie genau genug gesehen hatte, um ihn identifizieren zu können, war sowieso längst über alle Berge. Sein Ziel blieb unbekannt. Aber so, wie der davongebraust war, wusste er genau, wohin er wollte. Tom Weber ahnte es nicht einmal. Er würde seine Chefin kontaktieren, sobald sie ans Handy zu gehen geruhte.

Fünfzehn Minuten hatte es gedauert, bis Gesthuysen den Dreck aus dem Schacht von der Kleidung abgeklopft, sein Abenteuer dort unten ausgiebig berichtet und die mitgebrachte Mineralwasserflasche mit einem einzigen, sehr langen Zug geleert hatte. Er zelebrierte die Präsentation des Fundes, den er sorgfältig beäugte und dann mit bedeutungsvoller Geste auf ein ausgebreitetes Tempotaschentuch legte. Auf dem weißen Untergrund und umgeben von feuchterdigem braunen Waldboden stach die metallisch glänzende Waffe hervor. Heinz-Hermann ließ das Magazin ehrfürchtig aus dem alten, aber erstaunlich intakten Stück hinausgleiten und betrachtete die Kugeln. Die Männer wurden abrupt abgelenkt. Seitlich von ihnen, nicht weit entfernt, war ein Geräusch zu hören. Knackende Zweige. In den Wipfeln keckerte ein Eichelhäher.

Heinz-Hermann legte den Finger auf die Lippen, wickelte die Waffe eilig wieder ein und bedeutete Gesthuysen, sie zurückzulegen. Die Furcht ließ ihn in eiliger, aber perfekter Bewegung ins Loch schlüpfen. Mit einem zielsicheren Griff verbarg er die Waffe, wo er sie gefunden hatte, und schon sprang er zurück an die Oberfläche. Es blieb keine Zeit, aufzuatmen. Heinz-Herrmann flüsterte: »Da is wer, kommt mit, besser, wir sind nicht zu sehen.«

Sie verbargen sich für ihr Alter erstaunlich schnell hinter den Mauern der nächstgelegenen Ruine. Angst verleiht Flügel. Fünfzig Meter vom Ziel entfernt. Die Geräusche kamen näher. »Wenn dat en Reh wär, würd der Vogel nich so en Krach machen. Da vorne ist noch jemand.«

Alfons lugte über den Betonklotz. »Ich kann nichts erkennen.«

Der Eichelhäher kreischte lauthals. Diese Waldpolizisten warnten vor Gefahren, die andere Tiere nicht wahrnahmen.

Gesthuysen schob den Kopf ein Stück vor, zog ihn ruckartig zurück.

»Da kommt er. Bewegt sich ziemlich schnell. Keine grüne Kleidung, also nicht der Förster.«

Sie drückten ihre Körper an die kühlen Mauern und trauten sich kaum zu atmen. Alfons hielt es nicht mehr aus und wagte einen neuen Versuch als Beobachtungsposten.

»Kannst du was sehen?«

»Ja, einen Mann. Jetzt bückt er sich, schaut sich um. Der kriecht in den Bunker. Der weiß genau, was er will und wo es ist. Das ist er, wir müssen hier weg, schnell.«

Heinz-Hermann hielt ihn zurück. »Jetzt mal nich et Flattern kriegen, guck lieber, wat der macht.«

»Stimmt. Wenn wir jetzt losspurten, sieht der, wohin wir rennen, und kann uns folgen. Wenn der die Waffe sucht, hat er auch noch Munition.«

Alfons fühlte sich schlecht. Ob sein Herz diese Aktion überstand, war die Frage. Es tröstete ihn ein wenig, dass das Krankenhaus nicht weit entfernt war. Tapfer linste er erneut an der Mauer vorbei.

»Er kommt wieder raus. Ich sehe das Bündel in seiner Hand.« Die sonst klare, starke Stimme wurde noch kleiner und leiser. Alfons schluckte. »Der rollt die Waffe aus dem Tuch und schaut sie an.«

Heinz-Hermann drängte sich an die Kante, um einen Blick zu erhaschen. »Garantiert ist das seine. Nur wer so 'n Schätzken besitzt, guckt et sich so gründlich von allen Seiten an. Jetzt zielt er damit.«

Die anderen lauschten und hörten es auch. Der Unbekannte schoss schauspielernd, ließ die Waffe verbal klicken und lachte. »Jetzt pustet er in den Lauf, wie in einem Western.«

Alfons unterdrückte gerade noch den Zwang, heftig atmen zu müssen, spannte stattdessen seinen Körper an. Dann flüsterte er: »Der kommt in unsere Richtung, sehr flott sogar.«

Sie drückten sich eine Spur fester an das alte Mauerwerk wie in der Hoffnung, ein Stück darin zu versinken. Energische Schritte kamen näher, rücksichtslose Arme streiften Blattwerk beiseite, knickten Äste ab. Der Mann ging in hektischer Eile an ihrem Versteck vorbei und verschwand im Dickicht.

Gesthuysen rührte sich als Erster wieder aus der Starre und ergriff die Initiative. »Wir müssen hinterher. Das ist bestimmt der Mörder. Der haut mit der Tatwaffe ab, und wenn wir ihn verlieren, war alles umsonst. Los, nun kommt schon.«

Alfons blickte unbewegt ins Leere. Dann griff er zum Handy. Wie war noch die Dienstnummer von Karin Krafft?

Endlich legte Staatsanwalt Haase den Hörer auf. In seiner überheblich wirkenden Art winkte er Karin heran.

»Da hatte ich den richtigen Riecher. Es läuft ein umfangreiches Ermittlungsverfahren. Der ehrenwerte Herr Fallenahr hat Geschäfte in Ostdeutschland mit Schwarzgeldern getätigt. Immobilien, Grundstücke, Bauträgergeschäfte und so. Der hat sich von der Goldgräberstimmung nach der Wende mitreißen lassen und versucht, das große Rad zu drehen.«

Das war allem Anschein nach erst der Gipfel des Eisbergs. Die Steuerfahndung hatte eine dicke Akte über Fallenahrs Geschäfte. »Schweiz, Liechtenstein, die Cayman Islands – alles Länder, die in der Finanzwelt eine besondere Rolle spielen, und teils gute Adressen für Briefkastenfirmen. In den Unterlagen sind verschiedene Firmen verzeichnet. Zwischen denen wurden für Scheingeschäfte Zahlungen hin- und hergeleitet. Steuerfrei oder -mindernd, versteht sich. Ein schwer durchschaubares Geflecht. Die Steuerfahndung geht davon aus, dass es gezielt aufgebaut wurde, um Spuren und damit die Wege des Geldes zu verschleiern. Und jetzt der Teil, der Sie interessieren wird. Da ist auch von Geldwäsche durch Antiquitätenkauf die Rede. Diese Sammelleidenschaft hatte einen ganz speziellen Hintergrund, müssen wir vermuten.«

»Herr Haase, mein Kollege hat SOS gefunkt und wartet auf mich. Es gilt, keine Sekunde zu verlieren.«

Wie zur Bestätigung klingelte Karins Handy. Doch der Staatsanwalt war nicht zu stoppen. »Egal, unterdrücken sie jetzt die Bimmelei, denn nun kommt der Clou. Man vermutet einen Zusammenhang zur sogenannten Balkan-Connection. Vor Jahren hat man eine jugoslawische Bande verdächtigt, am Diebstahl der Spitzwegs beteiligt gewesen zu sein. Die hatten es auf Lösegeld abgesehen. Es geht immer nur um Money, Money, Money. Funktionierte wohl bei gestohlenen Turners und einem Caspar David Friedrich. Kontakte zu exakt diesen Kreisen werden Fallenahr nachgesagt. Da staunen Sie, was? Jedenfalls hatten die Männer aus Südosteuropa plötzlich Geld zur Verfügung, und der Kollege von der Steuer verwettet seinen Hintern darauf, dass die entweder ein Gemälde oder sogar die beiden in Berlin geklauten Spitzwegs als Zahlungsmittel bei Schwarzgeldgeschäften mit Fallenahr eingesetzt haben. Ist das eine Nachricht, Frau Krafft?«

Das Objekt der Begierde hing derweil ganz unscheinbar an der Informationswand. Der »Poet« neigte seinen Denkerkopf zur Seite und zwinkerte der Kommissarin zu.

»Das heißt ja, wir sind auf der richtigen Spur. Ich fasse es nicht.«

»Alles nur Fassade bei den feinen Herrschaften. Ich konnte ihn von Anfang an nicht leiden. Wenn ich mir überlege, dass er jahrelang eine Bank mit gutem Ruf geleitet hat, wie die Made im Speck saß. Hinterrücks hat diese mild lächelnde Visage und mit seinen manikürten Fingernägeln in mafiösen Kreisen um Kulturgüter gefeilscht. Widerlich.«

»Der Grund für den Verkauf seiner angesammelten Wertgegenstände könnte demnach entweder Druck aus dem Untergrund ...«

»... oder ein drohendes Verfahren sein, was natürlich auch eine Hausdurchsuchung zur Folge hätte. Richtig. Wenn die Vorwürfe sich erhärten, Frau Krafft, dann reden wir hier nicht von Peanuts, sondern von einem der größten Skandale aus der Finanzbranche, die die Region je erlebt hat.«

Haase sprang auf, tigerte durch das Büro. »Mit einem Schlag würden wir nicht nur eine korrupte lokale Größe zu Fall bringen, sondern dieser Fahndungserfolg würde die Landesebene überschreiten.«

Er straffte sich, strich die Haare zurück, kam gemessenen Schrittes auf Karin zu, bemerkte ihre Blicke auf die Armbanduhr und ihre Unruhe nicht, ignorierte den zappelnden Burmeester neben ihr. »Mit der Aufklärung eines der größten Kunstdiebstähle der Bundesrepublik hätte mein, unser Handeln Konsequenzen bis Berlin.«

»Fehlt uns nur noch das Bild. Herr Haase, um genau dieses geht es hier. Und der Mörder läuft da draußen unbehelligt herum. Mein Kollege wartet auf Unterstützung.«

Sie standen sich dicht gegenüber. In Haases gepflegtem Gesicht bewegte ein unschönes Zucken das rechte Augenlid. Er träumt schon vom Bundesverdienstkreuz am Band, dachte Karin.

»Beeilen Sie sich. Ich erwarte Ihr Bestes. Sie haben uneingeschränktes grünes Licht von mir, Frau Krafft.«

Er stürmte hinaus. Endlich.

»Burmeester, leg Simon eine kurze Nachricht hin und komm. Tom braucht Unterstützung.«

Karin stellte ihr Handy auf Empfang.

Es wurde betriebsam im Hause Fallenahr. Das Garagentor öffnete sich fast lautlos. Tom arbeitete sich vorsichtig durch die Azaleen. Seine neue Position ermöglichte den Blick in die Garage. Der Kofferraum des größeren Fahrzeugs stand offen. Die Frau verstaute einen Hartschalenkoffer und lief zurück ins Haus.

Tom wählte Karin an. Irgendwann musste sie doch rangehen. Erleichtert hörte er ihre Stimme. »Wo bleibst du? Der Berliner ist

schon lange weg. Fünfundzwanzig, dreißig Minuten, schätze ich. War nicht aufzuhalten, raste davon wie ein Irrer. Sein Auftritt hat hier Eindruck hinterlassen. Es wird gepackt. Alles wirkt hektisch und überstürzt. Die Herrschaften planen eine spontane Reise.«
»Bin unterwegs, Haase hat mich aufgehalten. Du erreichst mich mobil. Hundertprozentig! Halt sie auf! Im Ernstfall stell dein Auto vor dem Tor quer. Riskant, ich weiß. Aber wirksam.«

Kaum aufgelegt, klingelte es erneut. Diesmal war es das Diensttelefon. Karin, bereits wieder im Türrahmen, entschied sich in letzter Sekunde, den Hörer abzunehmen. Zunächst verstand sie rein gar nichts.
»Was? Hallo, wer ist denn da?«
»Hier Mackedei, Sie erinnern sich?«
Was für eine Frage.
»Wir haben gestern die Tatwaffe, also eine Waffe, in der Hees gefunden und wollten sie heute früh bergen.«
»Bergen? Was stellen Sie jetzt schon wieder an? Herr Mackedei, ich bin in Eile.«
»Ja, und da ist uns jemand zuvorgekommen. Ein Mann wusste genau, wo sie lag, und hat sie mitgenommen.«
»Haben Sie den Mann erkannt?«
»Nein, die Mauerreste verdeckten ihn. Aber der wusste, wie man die Pistole handhabt. Der kennt sich aus. Wir sind im Verborgenen geblieben und ihm dann gefolgt.«
»Was? Sind Sie verrückt?«
»Wir sind hinter ihm her. In diesem Moment. Berliner Kennzeichen.«
Karin sprang, lief mit dem Hörer am Ohr um den Schreibtisch. Sie gestikulierte wild, als könne sie damit den Anrufer beeindrucken. »Herr Mackedei, machen Sie keinen Blödsinn, es reicht schon bis jetzt. Wo befinden Sie sich?«
»Wir fahren in Richtung Rheinbrücke und sind auf der Höhe

von, Moment, wie heißt das hier? Ginderich. Kurz vor der Spedition Imgrund«
»Bleiben Sie am Apparat.«
Karin raufte sich die Haare. Übereifrige Zeugen waren zu verkraften, aber ein semikriminelles Seniorentrio mit besten Vorsätzen, das Räuber und Gendarm spielte, fehlte ihr noch. Sie wandte sich an Burmeester. »Gib deine Handynummer durch, damit wir mobil in Verbindung bleiben können. Meine bleibt frei für Tom. Herr Mackedei, ich reiche Sie weiter an den Kollegen Burmeester. Geben Sie eine Beschreibung des Fahrzeugs durch. Danach halten Sie sich zurück und fahren brav nach Hause, okay?«
Aufgeregte Männerstimmen schwirrten im Hintergrund.
»Puh, das war knapp. Geht jetzt nicht, sind gerade bei Rot über die Ampel bei Büderich geschliddert und fahren in Richtung Rheinbrücke. Den hätten wir sonst verloren, so schnell, wie der ist.«
Sie reichte den Hörer weiter, wusste genau, dass jeder weitere Appell an Mackedeis Vernunft ungehört verhallen würde. Rüber an das andere Telefon. Wo Termath nur steckte?
Karin kombinierte blitzartig. Der Berliner war von Fallenahr weggerast, ein Auto fuhr jetzt gerade mit großem Tempo in Gegenrichtung zur Rheinbrücke, also nach Wesel. Bei dieser Geschwindigkeit waren der Weg von Lackhausen nach Xanten, das Bergen der Waffe und die Rückfahrt in der bisher abgelaufenen kurzen Zeit zu schaffen. Ein aufgebrachter, zu allem entschlossener Mann war fähig, so schnell an sein Ziel zu kommen. Das konnte nur eins bedeuten. Karin wählte hektisch.
»Einsatzzentrale? Hauptkommissarin Krafft, K1, ich brauche Kräfte nach Lackhausen. Ja, kann eskalieren, wahrscheinlich ist jemand mit einer Waffe unterwegs dorthin. Nein, das Sondereinsatzkommando wäre übertrieben. Ja, eine kleine, effektive Mannschaft. Ich bin in einer Minute auf dem Weg.«
Simon Termath betrat das Büro und wurde sofort von der unvermittelt ausbrechenden Betriebsamkeit erfasst.
»Was ist los?«, rief er den beginnenden Tumult.
»Es läuft auf ein nicht ungefährliches Zusammentreffen mehrerer Beteiligter bei der Villa von Fallenahr hinaus. Der Berliner hat jetzt eine Waffe. Ich fürchte, der fährt zurück zu dem Anwesen.

Zur großen Abrechnung. Die Männer von der O.P.A.-Initiative folgen ihm gerade nach Lackhausen. Das riecht nach Eskalation. Ruf Tom an und warne ihn, der ist vor Ort.«
Ein Wink, und Burmeester stand mit seinen Autoschlüsseln neben ihr. Sie kramte in ihrer Tasche. »Wir nehmen meinen. Der ist schneller.«

Tom hatte nun die Straße und die Vorgänge in der Garage vollständig im Blick und bestaunte das umfangreiche Gepäck der Herrschaften. Fallenahr setzte das Fahrzeug in die Einfahrt, startklar in Richtung Tor. Er wirkte ungeduldig. Das Garagentor schloss sich wieder.
Verdammt, wo war die Verstärkung? Er wählte Karins Nummer.
»Das wird langsam eng. Anscheinend ist das Auto gepackt, und sie hat noch was vergessen, da, jetzt kommt sie mit so einem Kosmetikköfferchen und steigt ein, nein, die geht noch einmal ins Haus. Der Mann tobt hinter dem Steuer, der will weg. Das wird mir zu brenzlig. Ich geh jetzt raus und zeig dem meinen Dienstausweis.«
»Lass das, Tom, das ist zu gefährlich. Der kriegt gleich noch Besuch, davon bin ich überzeugt. Gefahr von Waffengewalt. Bleib, wo du bist, und lass das Handy an.«
Die hat leicht reden, dachte Tom, und wenn die feinen Pinkel weg sind, kriege ich den Ärger. Mit seinem Partner Jerry zusammen wäre das hier kein Problem, aber der musste ja seine Wurzeln suchen. Verdammt. Er überprüfte seine Waffe.

Burmeester klammerte sich an den Haltegriff. Seine Chefin raste mit aufgesetztem Blaulicht über die lang gestreckte vierspurige Reeser Landstraße. Sein Handy klingelte.

»Charlotte, jetzt nicht, ich muss die Leitung freihalten. Ja, ich dich auch.«
Karin sagte nichts und verkniff sich einen schnippischen Kommentar, als sich das klappbare Kleinstgerät erneut meldete. Mackedeis aufgeregte Stimme konnte Karin bis zur Fahrerseite hin hören.
»Wir sind gleich da, bestimmt geht es zu Fallenahr, ich kenne doch den Weg. Nur noch eine Kreuzung an der Brüner Landstraße und dann noch eine kurze Strecke ins Hinterland. Ich wette, es hat mit dem alten Bild zu tun, richtig?«
Karin nahm Burmeester das Handy aus der Hand, legte die Verbindung mit Tom in die Mittelkonsole.
»Welches Bild? Was wissen Sie, Herr Mackedei? Sie haben uns nichts von einem Bild erzählt.«
»Wir haben gedacht, das sei unwichtig. Außerdem hat sie uns die Leinwand sofort abgenommen, als wir sie im Keller gefunden haben. Ein Spitzweg, ein Gemälde auf einem Stück Leinwand. Hinter den ganzen Möbeln, in einem Holzkasten. Das war was Berühmtes, das ahnten wir, aber sie sprach von Fälschung. Achtung, Kurve, und durch. Außerdem hatten wir ja genug Probleme mit dem, Sie wissen schon. Da habe ich nicht mehr an das Bild gedacht.«
»Herr Mackedei, wir sind auf dem Weg, halten Sie sich zurück. Bitte!«
Sie griff zum anderen Handy.
»Tom, gleich geht es rund. Die feinen Leute besitzen das Bild tatsächlich, und der Berliner ist fanatisch genug, um es sich mit Waffengewalt zu holen.«
»Dieses olle Bild? Hier? Alles wegen diesem Schinken, ist doch nicht zu glauben.«

Nauensteins Wagen driftete mit quietschenden Reifen in die Einfahrt. Kieselsteine stoben in die Rabatten. Fallenahr fuhr los. Beide Fahrzeuge rasten zwischen steinernen Löwen in der schmalen Einfahrt aufeinander zu, stoppten mit nur wenigen Zentimetern Abstand zwischen den Stoßstangen, Türen flogen auf.

Nauenstein zerrte Fallenahr vom Sitz, befahl seiner Frau, die Tür zum Haus aufzusperren. Alle drei liefen zum Eingangsportal, Tom sah die Waffe an Fallenahrs Kopf.

»Wo ist das Bild? Ihr wolltet abhauen, was? Ist es noch hier oder im Auto? Los, ich gehe nicht ohne den Meister.«

Karin bog in die Einfahrt. An der Straße hielt das Fahrzeug mit den drei Verfolgern. Die zuckenden Blaulichter mehrerer Einsatzwagen kamen in Sicht.

Karin zog ihre Dienstpistole und schrie: »Schluss mit dem Spiel. Nauenstein, ich verhafte Sie wegen des dringenden Verdachts, Matthias Plaschke ermordet zu haben. Legen Sie die Waffe auf den Boden.«

Nauenstein ließ sich nicht stoppen.

»Ich will das Bild. Erst sagt mir dieser Verbrecher, wo das Bild ist. Wenn ich es sichergestellt habe, lasse ich die beiden gehen. Und wenn die Polizei mir in die Quere kommt, werde ich schießen.«

Demonstrativ drehte er Fallenahr mit der Pistole an der Schläfe ins Sichtfeld. Blanke Angst sprach aus dessen flackernden Augen.

»Ich, ich weiß doch nichts. Meine Frau weiß, wo es ist, ich habe mit diesem Geschäft nichts zu tun.«

Lou van Drehfeld starrte auf die durchgeladene Waffe in Nauensteins Hand. In schriller Tonlage versuchte sie, den Wütenden zu stoppen.

»Tun Sie ihm nichts, bitte. Es ist wahr. Ich wollte es verkaufen. Jahrelang verstaubte es unbeachtet im Keller, aber bitte glauben Sie mir, ich weiß nicht, wo es ist. Man hat es uns gestohlen.«

»Sei still, sonst ergeht es dir wie dem anderen Armleuchter, diesem Plaschke. Der wollte mich hintergehen. Er hatte mir auch das Bild versprochen, wollte mich linken, genau wie ihr. Was seid ihr nur für oberflächliches Pack! Nur das Geld im Kopf, immer nur Geld, Geld. Verdammt, hier geht es um etwas ganz anderes. Ignorantes Gesindel.«

Fallenahr nutzte die Gelegenheit, als Nauenstein für einen Moment seine Worte mit ausholenden Gesten unterstrich, rannte los, erreichte das schützende Auto der Kommissarin und verbarg sich schluchzend hinter der Wagentür.

»Der Mann ist wahnsinnig, helfen Sie!«

»Berni!«

Nauenstein ließ Lou van Drehfeld das Garagentor öffnen und zerrte sie, wie einen Schutzschild vor seinem Körper, ins Innere. Mittlerweile verteilten sich mehrere Beamte in der prachtvollen Parkanlage. Sie wirkten grotesk zwischen Terrakottakübeln und zarten Heckenröschen.

Jemand tippte Karin auf die Schulter. Sie drehte sich hastig um. Das O.P.A.-Team duckte sich hinter ihr.

»Herr Mackedei, was machen Sie hier, und wie sind Sie überhaupt auf das Gelände gekommen?«

»Wir haben dem Beamten da vorne erklärt, wir sind wichtige Mittelsmänner, da hat er uns durchgelassen. So kann das hier nicht weitergehen. Frau Krafft, wir müssen Ihnen etwas sagen.«

»Nicht jetzt! Sie sehen doch, was hier los ist. Sie verziehen sich gefälligst hinter die Absperrung, sonst lasse ich Sie abführen.«

»Es ist enorm wichtig.«

»Burmeester, schaff sie mir aus den Augen, bevor ich mich vergesse.«

»Schon gut, wir gehen. Sie werden schon sehen, was es bedeutet, uns zu ignorieren.«

Die drei Männer zogen sich schmollend hinter den nächsten Rhododendron zurück. Karin hatte den Weg wieder frei für Aktionen, um Nauenstein in die Enge zu treiben.

»Geben Sie auf, hier gibt es keinen Ausweg für Sie!«

Zuerst kam Lou van Drehfeld ins Blickfeld, verheult, die Schminke um die Augen zu schwarzen Flecken verlaufen. Ihr teures Kostüm war derangiert, die Frisur zerzaust. Nauenstein stand dicht hinter ihr, die Waffe auf sie gerichtet.

»Das Bild. Sie wissen, um was es hier geht.«

Der Lauf der Waffe drückte sich in ihre Wange. Sie zitterte und versuchte, ihre Stimme unter Kontrolle zu bekommen.

»Ich schwöre, es ist fort. Ja, wir haben dem Mann vom Museum auch einen Brief geschickt, der sollte auch zahlen. Wir brauchten Geld, wollten doppelt abkassieren. Und ich wollte, dass die alte

Geschichte nicht wieder hochkocht. Berni, erzähl ihnen doch, wie sie dir geschildert haben, wie einfach das Bild zu stehlen war. Wie wir mit dem Wissen ein Druckmittel in die Hand bekamen. Da mussten ein paar Leute verdammte Angst haben, dass ihre unverantwortliche Leichtsinnigkeit beim Kunstraub herauskommen würde. Sag doch was.«

Karin konnte die feinen Speicheltröpfchen von Fallenahr auf ihrer Wange spüren. Er hockte neben ihr und flüsterte inbrünstig.

»Nichts ist wahr, die versucht, ihren Kopf zu retten, und würde jede Geschichte dafür erzählen.«

Nauenstein ließ sich nicht beeindrucken.

»Und? Weiter!«

»Verabredung über eine Zeitungsanzeige. Der hat mich so bedrängt, hatte Angst, dass ich ihn betrüge. Dem ging es nicht um das Bild, sondern um seinen Ruf, seine Existenz, sein berufliches Überleben. Der war total in Panik, der wollte einen Schlussstrich ziehen. Unbedingt. Ja, es war falsch, zweimal kassieren zu wollen.«

Sie schlang sich schützend die Arme um den Leib, rang nach Fassung. »Dann kamen Sie. Ihnen hätte ich den Triumph gegönnt. Sie schienen mir seriös, Sie sollten es zurückbringen. Meinen Sie, in so einer Situation würde ich lügen, wenn ich das Bild hätte? Es ist nicht da, verstehen Sie doch!«

Theresa knibbelte nervös den Nagellack von ihren Fingern und ließ Alfons nicht aus den Augen.

»Du bist dabei gewesen? Mit richtig großem Polizeieinsatz und so? Ich kann's nicht glauben. Mein Opa war Augenzeuge bei einer Geiselnahme mit Waffengewalt. Das war doch voll gefährlich. Hattest du keine Angst?«

Und ob, dachte Alfons.

»Nein, ich stand ja in Deckung. Die Kripo hatte alles unter Kontrolle.«

»Und warum musstest du mittendrin die Kommissarin sprechen?

Voll hohl, du kennst doch die Frauen. Wenn wir uns mal auf eine Sache konzentrieren, dann darf man uns nur im äußersten Notfall stören.«
»Ich hatte gute Gründe.«
»Auf die bin ich gespannt. *Erzähl schon, ich platze sonst vor Neugier.«*

Alfons und Gesthuysen standen hinter den Büschen des Anwesens und lauschten. Ab und zu piepste ein Funkgerät. Alfons blickte sich um. Erstaunt nahm er zur Kenntnis, dass Heinz-Hermann nirgendwo zu sehen war. Wohl kurz zum Pinkeln hinter einen Busch verschwunden, dachte er noch. Dann nahmen die Ereignisse seine volle Konzentration in Anspruch. Alfons horchte auf. Kaum merklich war etwas durchgehuscht. Für Bruchteile von Sekunden im Hintergrund des Geschehens.

Auch Karin nahm den Schatten einer Bewegung wahr, wo keiner sein konnte. Sie ließ die geöffnete Garage nicht mehr aus dem Blick. Nichts. Sie konzentrierte sich auf Nauenstein und Lou van Drehfeld, bis Burmeester ihr auf die Schulter tippte und zur Garage wies.

Hinter der Seitenwand verborgen lugte ein Mann zur Szene auf dem lavendelumrahmten Rondell. Heinz-Hermann Trüttgen stand da, wo er absolut nicht hingehörte.

Karin war fassungslos. »Schau dir das an. Einer von diesen Grauen Panthern. Wie kommt der dahin, und was wird das?«

Burmeester versuchte, die Lage betont sachlich zu beschreiben. »Der kennt sich doch hier aus, schließlich sind die tagelang hier gewesen. Hier vorn konzentriert sich alles auf Nauenstein, da wird er durch den Garten geschlichen sein. Was bezweckt der damit?«

»Weiß ich nicht. Irgendwas hat der in der Hand.«
»Sieht aus wie ein Holzscheit für den Kamin.«

Sie winkte ihm mit einer kleinen, abwehrenden Geste zu. Nauenstein sollte nicht bemerken, dass ihn jemand von hinten beobachtete. Heinz-Hermann Trüttgen sollte genauso lautlos verschwinden, wie er aufgetaucht war. Aber er ignorierte die zaghaften Bewegungen der Hauptkommissarin.

Mit einer flinken Bewegung stand er hinter Nauenstein, hob den Arm zum Schlag. Der drehte sich um, wich ein paar Schritte zurück, richtete seine Pistole mit beiden Händen auf sein neues Ziel, legte den Finger um den Abzug. Eiskalt drückte er ab.

Niemand regte sich in der Einfahrt zur Villa. Blätter rauschten sacht, der Karpfen spuckte unbeirrt eine dünne Fontäne in das pompöse Marmorbecken.

Kein Schuss war gefallen.

Nauenstein starrte seine Waffe an.

Noch hing der Schreck wie nasses Sackleinen schwer in der Luft, und Karin registrierte, dass Heinz-Hermann Trüttgen Nauenstein die Schusswaffe souverän aus der Hand nahm. Völlig gelassen drehte er dem Schützen den Arm nach hinten und schob den verdutzten Mann von Fallenahrs Frau fort. Fünf Beamte in Grün stürmten herbei und drückten Nauenstein zu Boden. Handschellen klickten.

Karin lief zu Trüttgen, konnte nicht freundlich und verständnisvoll reagieren, konnte nur vor Erleichterung brüllen.

»So viel Leichtsinn, Sie hätten sterben können!«

Der grauhaarige Mann lachte. »Wieso denn?«

Er griff in seine Hosentasche und hielt ihr eine Handvoll Patronen entgegen.

»Ich hab doch im Wald de Kugeln aus 'm Magazin geholt. Wer Kinder und Enkel hat, so wie ich, der sollte dran denken, Waffe und Munition an verschiedenen Stellen zu lagern. Mach ich quasi automatisch. Entladen und sichern. Noch Fragen, Frau Krafft?«

»Was, wenn er nachgeladen hätte?«

»Der is gefahren wie en Pottsau, da kann man nich gleichzeitig mit beiden Händen die Kügelkes innet Magazin drücken.«

Da stand der praktische Niederrheiner, lächelte, griff nach ihrer Hand und ließ die Patronen eine nach der anderen hineinkullern. Der stille Held stemmte die Hände in die Hüften. Langsam, breitbeinig wie Schimanski früher nach dem erbitterten Straßenkampf und dem Sieg über die gefährlichen Gangster im Duisburger Hafen, schlenderte er zu seinen Freunden, ließ sich auf die Schulter klopfen.

Die Ereignisse hatten sich überschlagen, unerwartet und hektisch war es zum großen Knall gekommen. Die Fragestunde für die neugierige Pressemeute wurde offiziell auf den nächsten Tag verschoben. Keine Zeit, und mit unfertigen Halbheiten würden sich die Schreiber sowieso nicht zufriedengeben.

In den drei Vernehmungsräumen schwitzten die Beschuldigten, flossen Tränen, man schwieg oder redete wie ein Wasserfall. Frau Doktor van den Berg und Staatsanwalt Haase nahmen an unterschiedlichen Sequenzen teil, stellten zusätzliche Fragen, ein Kommen und Gehen. Ein Wust an mühselig erarbeiteten, säuberlich zu sortierenden Informationen brachte Antworten auf offene Fragen, und bis in die Nacht hinein wurden Berichte getippt und Haftbefehle ausgestellt. Erschöpfung statt Jubel, verblassende Euphorie hinterließen nichts weiter als einen Kater im Gemüt.

Elf

Leicht übernächtigt, aber pünktlich und aufgeräumt setzte sich Karin Kraffts Team in den Besprechungsraum der Kreispolizeibehörde. Die Pressekonferenz, die kurzfristig für elf Uhr angesetzt worden war, konnte planmäßig beginnen.

Es gab keinen Grund für tief bohrende Fragen. Hier wurde offensichtlich nichts verschleiert oder hinter dem Berg gehalten. Keine Kunstpause, kein Seitenblick, der den zahlreich erschienenen Presseleuten Anlass zu Zweifeln gab. Detaillierte Informationen zu der erfolgreichen Ermittlung des K1 wurden souverän präsentiert.

Der Mord war aufgeklärt, der Täter festgenommen, niemand sonst war zu Schaden gekommen, jedenfalls nicht ernsthaft. Das Geständnis lag protokolliert vor Karin. Staatsanwalt Haase und die Leiterin der Kreispolizeibehörde van den Berg saßen starr nebeneinander, während Hauptkommissarin Krafft die Einzelheiten des Falles bekannt gab. Haases Laune hatte arg gelitten, ihm war nicht nach Schlagzeilen und Profilshow zumute. Er verfolgte die aufkommenden Fragen distanziert.

»Wo hielt sich das Opfer in der Zeit zwischen seinem Verschwinden und dem Zeitpunkt seiner Ermordung auf?«

»In einer der kleinen privaten Bed-and-Breakfast-Pension vermutlich, das überprüfen wir noch im Detail. Sein Auto wurde heute morgen erst auf einem Parkplatz in Xanten entdeckt. Im Wageninneren fanden wir die Karte einer Frühstückspension aus Sonsbeck. Die Spurensicherung ist gerade dort.«

Ein Fernsehreporter stieß wie drohend ein Mikrofon in Karins Richtung, während ein Zöpfchenträger die Kamera direkt auf ihr Gesicht hielt. Dann schoss der Fernsehmann seine Frage ab: »Wieso gerieten das Opfer und der Mörder mit so fatalen Folgen aneinander? Dieser Nauenstein hätte nur warten müssen, bis ihm die reife Frucht in den Schoß fiel! Wissen die Ermittlungsbehörden noch mehr?«

Karin ließ sich nicht provozieren und setzte zu einer wohlformulierten Erklärung an. »Das Opfer Plaschke hatte wohl erkannt, dass seine Pläne nicht aufgingen, dass er weder an das geklaute Spitzweg-Gemälde kommen würde noch den Erpresser still halten konnte. Er glaubte wohl nicht an die angekündigte Vernichtung des Gemäldes, fürchtete um seine Existenz und wurde gleichzeitig zum Gejagten, nachdem er geglaubt hatte, er könne diese Rolle abgeben und selbst zum Jäger werden. Er meinte, es schlau eingefädelt zu haben, um mit dem Bild nach Berlin zurückkehren zu können und es ein für alle Mal verschwinden zu lassen. Da hat Plaschke wohl Plan und Realität verwechselt. Dazu kamen bei ihm Panik und regelrechte Todesängste auf, weil ihm der übermächtige Nauenstein hartnäckig auf den Fersen blieb. Am Tag seines Verschwindens aus dem Hotel wollte Nauenstein mit ihm verhandeln. In seinem Zimmer schlug er ihn zunächst nieder und durchsuchte alles nach Hinweisen auf den Verbleib des Bildes. Plaschke flüchtete panisch, hielt sich verborgen. Das alles ist ihm über den Kopf gewachsen.«

Die Hauptkommissarin nutzte eine Kunstpause, um die Stimmung zu testen. Die Journalisten notierten eifrig, sie konnte weitermachen. »Nauenstein überwachte das Hotel in den nächsten Tagen. Am Mittwoch, dem zweiten Juni, kurz nach Sonnenaufgang, hat Plaschke jedenfalls klammheimlich seine Sachen aus dem Zimmer des Hotels Neumaier holen wollen. Er war ein einfacher Mann, er dachte in eher schlichten Strukturen und war wahrscheinlich auch ein bisschen arglos. Er wollte seinen Koffer wiederhaben. Mehr nicht. Da hat er riskiert, ins Hotel zurückzufahren. Dabei hat der Täter ihn abgepasst und unter Waffengewalt gezwungen, in sein Auto einzusteigen. Nauenstein fuhr mit ihm auf gut Glück in Richtung Wald und geriet per Zufall zu den ehemaligen Bunkeranlagen. Er wollte ihn als einen lästigen Konkurrenten um das Spitzweg-Gemälde – ich zitiere – ›aus dem Weg haben‹ und wurde beim Abgang von den Männern der O.P.A.-Initiative gestört. Er versteckte die Tatwaffe, ließ das Mordopfer liegen, weil er nicht mehr die Zeit hatte, es zu verscharren, und machte sich davon.«

Karin Krafft nahm sich eine kurze Verschnaufpause, und schon hagelte es neue Fragen.

»Wie gelangte der Erpresser zu dem Bild?«

»Durch kriminelle Schwarzgeldgeschäfte. Fallenahr nutzte schon während seiner Zeit als Bankdirektor nicht nur seriöse Geschäftskontakte, sondern verhandelte ebenso in Kreisen mit mafiaähnlichen Strukturen.«

»Warum wollte er es jetzt loswerden?«

»Fallenahr befand sich in einem Liquiditätsengpass und wollte das Bild zu Geld machen, um seinen Lebensstandard zu sichern. Gleichzeitig ließ er einen riesigen Posten Antiquitäten im Schätzwert mehrerer hunderttausend Euro in ein Auktionshaus in den Niederlanden transportieren. Hier wird noch auf den rechtmäßigen Besitz hin geprüft. Außerdem liegt eine Anzeige wegen Steuerhinterziehung vor. Seine Lebensgefährtin van Drehfeld stand ihm als willige und eifrige Helferin zur Seite.«

»Haben die drei gestanden?«

»Es liegen Geständnisse von den drei Beschuldigten und entsprechende Haftbefehle vor. Im Falle der drei älteren Männer, die das Mordopfer verschwinden lassen wollten, wird noch eine Anzeige wegen Verschleierung einer Straftat erwogen. Andererseits haben sie uns maßgeblich bei den Ermittlungen geholfen. Das wird man berücksichtigen.«

»Was ist mit dem berühmten Bild?«

»Das Anwesen von Herrn Fallenahr ist gründlich durchforstet worden. Es ist nicht aufzufinden. Die Spur verliert sich im Nichts. Nach dem Mordfall ist das jetzt der eigentlich interessante und immer noch nicht aufgeklärte Kriminalfall. Das Geheimnis um den ›Armen Poeten‹ ist also noch nicht gelüftet. Das müssen wir offen zugeben.«

An diesem Punkt machte sich eine allgemeine Unruhe breit. Der Mord war geklärt, okay. Aber am Niederrhein war ein Kunstwerk verschwunden, das jedes Kind kannte. Das roch nach Schlagzeilen. Weitere Fragen prasselten auf den Staatsanwalt und die Hauptkommissarin ein.

»Werden Sie weiter danach suchen?«

»Sie hatten das Werk in Reichweite. Wer hat versagt?«

Staatsanwalt Haase beugte sich vor und übernahm die Antwort.

»Weitere Ermittlungen fallen nicht in das Ressort von Hauptkommissarin Krafft. Dafür sind die Beamten der Sonderabteilung aus dem Landeskriminalamt Stuttgart sowie das Bundeskriminalamt zuständig. Wenden Sie sich bitte bei weiteren Fragen zu dem verschwundenen Gemälde dorthin.«

Er hatte souverän pariert, aber die Enttäuschung war ihm anzusehen. Kein Ruhm, keine Ehrung von höchster Stelle, kein medienwirksamer Auftritt als Held der bundesdeutschen, nein, der europäischen Kulturszene. Kein Bundesverdienstkreuz.

Die Journaille murrte. Und das würde sie weitergeben. Bundesweit.

Am Nachmittag traf sich Karin mit Maarten im »Eiscafé Teatro« am Xantener Marktplatz. Rund um den Norbertbrunnen hatte der Gärtner mit der Soulstimme Blumentöpfe mit exotischen Stauden und Zitrusbäumchen drapiert. Daneben zogen sich Reihen bunter Saisonpflanzen malerisch auf dem Kopfsteinpflaster lang. Die letzten Touristengruppen mit ihren Stadtführerinnen schoben sich an den dicht besetzten Tischen vorbei.

Karin nahm dem Kellner Andrea die obligate Formulierung ab.

»Die Commissaria bekommt einen Campari Orange.«

Genau das. Sie nickte lächelnd.

Es war ihr noch nicht möglich, den Fall auch innerlich zu den Akten zu legen. Maarten kannte diesen Zustand zwischen Euphorie und Entspannung. Er hörte aufmerksam zu. Im Mittelpunkt ihrer lebhaften Ausführungen stand nicht etwa der Erfolg, sondern die Unauffindbarkeit des alten Gemäldes.

»Das wurmt dich, he?«

»Ich kann den Staatsanwalt in diesem Fall richtig gut verstehen. Natürlich hätte ich auch gerne mit dem Bild geprahlt. Überleg mal, meinem Kommissariat gelingt solch ein sensationeller Fund. Das ist, als würdest du auf Katakomben stoßen, die den archäologischen Park mit dem Domkapitel verbinden. Die Weltpresse würde sich anmelden.«

»Du kannst ja richtig verbissen sein.«

»Kennst du doch. Wenn ich mir was in den Kopf gesetzt habe, lasse ich so schnell nicht locker.«

»O ja, *kenn ick well*.«

Er strich ihr eine Haarsträhne aus dem Gesicht und sah sie kurz mit dem gewissen Ausdruck an, der sie jedes Mal aufs Neue dahinschmelzen ließ.

»Ich werde Henk in Nijmegen anrufen. Am Wochenende fahren wir zwei hin und suchen noch einmal ganz gründlich nach geheimen Verstecken in den Möbeln. Wenn der Spitzweg dort ist, finden wir ihn.«

»Lieb von dir. Stell dir vor, wir beide halten dieses einmalige Werk in Händen. Ich würde glatt vor Ehrfurcht erstarren.«

»Du? Erstarren? Nicht länger als einen Atemzug. Dann würdest du tief Luft holen und der Welt mitteilen, dass du dieses Spiel gewonnen hast.«

Die zähe Kommissarin und der »Arme Poet« – dieses Kapitel war noch nicht zu Ende geschrieben. Es fiel ihr schwer, bis zum Wochenende zu warten.

Samstag früh gegen sieben brachen sie auf. Über Land fuhren sie, ließen Kleve und Kranenburg hinter sich, passierten den alten Grenzübergang bei Wyler. Beim Anblick der alten verrottenden Zollgebäude schien es ihnen, als wäre die Zeit stehen geblieben. Gleich hinter der Grenze änderte sich das Landschaftsbild. Maarten steuerte über Berg en Dal Richtung Nijmegen. Hügelig und kurvenreich war diese Gegend, völlig untypisch für das Land.

»Mich fasziniert immer wieder, dass es in den Niederlanden auch Hügel gibt.«

»Fast wie im Sauerland, he?«

»Die Hügel ja, aber die kleinen Häuser mit den liebevoll gestalteten Fenstern ohne Gardinen widersprechen deutscher Wohnkultur.«

»Dabei haben die stofffreien Fenster eine ganz andere Geschichte. Da wollte in grauen Vorzeiten ein findiger Minister mal Geld in Form einer Gardinensteuer eintreiben. Was du heute bewunderst, ist nichts anderes als bürgerlicher Widerstand.«

»Da schau an, die Niederländer sind also genauso erfinderisch im Schröpfen der Geldsäckel wie unsere Politiker. Ist es noch weit?«

»Höre ich da eine Spur Ungeduld heraus? Wir sind gleich da.«

Maarten bog an der Peripherie von Nijmegen von der Hauptstraße ab und hielt auf dem ehemaligen Gelände eines Ausfluglokals.

Karin sah sich skeptisch um. »Hier?«

»Nein, hier wird nur demnächst versteigert. Wir warten eben auf Henk, damit der Cityguide uns zu den diversen Lagerhallen geleitet. Hatte ich dir nicht erzählt, dass wir quer durch die Stadt müssen?«

Ein Geländewagen hielt neben ihnen, ein smarter, gut aussehender Mann in hautengen Jeans und T-Shirt stieg schwungvoll aus. Maarten lief ihm entgegen. Es folgte eine Männerbegrüßung auf Niederländisch, laut, schulterklopfend, alte Schulfreunde, die sich freuten, einander zu sehen. Karin gesellte sich zu ihnen. Henk betrachtete sie ungeniert von oben bis unten, sie fühlte sich taxiert wie eine Porzellanpuppe.

Ein knapper, ihr unverständlicher Dialog zwischen den Männern folgte, bis Maarten die beiden miteinander bekannt machte. Henk griff ihre Hand, hielt sie mit beiden Händen fest, drückte sie mit einer vertraulichen Geste gegen seine Brust. Zu vertraulich für eine kurze Bekanntschaft.

»Du bist also das Prachtweib, wegen dem unser bester Boulespieler nicht mehr zu den Turnieren kommt.« Und zu Maarten gewandt: »Warum hast du sie mir so lange vorenthalten?« Maarten lachte. »Schau, was deine Hände machen. Genau deshalb, du alter Gauner.«

Wieder vertiefte Henks Blick sich in Karins Augen.

»Lasst uns starten. Es gibt eine Menge Arbeit, wenn wir alles genau durchsuchen wollen. Ein Spitzweg bei meinen Auktionsposten, unglaublich!«

Im eher unscheinbaren alten Gewerbegebiet hatte Henk zwei Hallen angemietet, in denen lange Reihen alter Möbel standen.

Karin staunte über die Masse hochwertiger Antiquitäten. Maarten schaute sich suchend um.

»Ihr habt neu sortiert.«

»Ja, so ist es übersichtlich für die Vorbesichtigung, und gleichzeitig ist die Reihenfolge festgelegt, in der die Gegenstände abgeholt werden.«

»Das heißt ja, wir müssen mit den Listen von Reihe zu Reihe, weil alles nicht mehr nach den Einlieferern, sondern nach Epochen und Stil geordnet ist.«

Mutlosigkeit nahm Anlauf auf das Dreamteam vom Niederrhein. Henk schmunzelte.

»Ich hab einen Praktikanten zwei Tage lang gut beschäftigt. Ihr müsst nur auf orange Punkte achten, ich habe alles kennzeichnen lassen. Frontseite, oben und links.«

Er verteilte Notizblöcke aus der Gastronomie und Kugelschreiber.

»Notiert euch die Positionsnummern, vorne rechts, damit wir einen Überblick haben und kein Stück vergessen. Wäre doch zu ärgerlich, wenn einer meiner Kunden zweihundert Euro ausgibt und daheim ein unschätzbares Gemälde findet.«

Den Rest des Tages öffneten sie Schranktüren, klopften Seitenwände ab, zogen Schubladen heraus, leuchteten Innenräume aus, lagen auf dem Boden, um unter die Schränke zu blicken, rückten, räumten, um Rückwände zu inspizieren. Sie lösten vorsichtig altes Wachstuch von Einlegeböden, lugten in Ritzen und Spalten. Nichts.

Mit verdreckten Fingern, die verschwitzten Haare aus der Stirn streichend, hockte Karin auf einer Tischkante.

»Es muss hier sein, das gibt's doch nicht.«

Henk gesellte sich neben sie. Wieder um einiges zu nah.

»Was macht dich da so sicher?«

»Ein ideales Versteck. Irgendwer mischt sich ganz unauffällig unter deine Kunden. In der Auktion hebt er für ein bestimmtes Stück so lange seine Karte, bis er den Zuschlag hat. Er bezahlt bar, lädt ein, fertig.« Eine gute Theorie, fand Karin und fragte sich, warum sie bei den Mordermittlungen nicht schon darauf gekommen war. Fallenahr hätte den Trick mit dem Rückkauf planen können, genauso wie die angeblich so arglosen Männer von der O.P.A.-Initiative. Sie merkte auf, erläuterte Henk ihre Gedanken. Er überlegte einen Moment lang. »Gut möglich, schlaue Idee. Was ist mit den drei Männern, die alles hergebracht haben?«

»Was soll mit denen sein, die haben das Bild nicht mehr gesehen, seit die Frau des Hauses es mitnahm.«

»Und das glaubst du denen?«

Karin schwieg. Waren die alten Schlitzohren am Ende zum großen Trick fähig, um das Bild unbemerkt selbst einzukassieren? Wieso nicht? Schließlich hatten die Männer versucht, eine Leiche verschwinden zu lassen.

Henk räsonierte in ihre Gedanken hinein. »Das ganze Zeugs hier steht in Gefahr, vor der Auktion beschlagnahmt zu werden. Die Behörden sind sich noch nicht einig. Kleiner Grenzkonflikt. Ein Horror für mich. Die drei alten Einlieferer wirkten so seriös in ihrer Art. Ich hab immer über deren Ernsthaftigkeit gelächelt. Harmlose Geister unterschätzt man gerne.« Beiläufig, jedoch eine Spur zu langsam streifte Henks Hand Karins Oberschenkel.

»Verdammt!« Sie sprang auf.

»Warum habe ich die drei nicht auch zum Thema Bild verhört? Blind, ich muss total blind gewesen sein. Großvaterkomplex oder so, ein Impuls, die Alten zu schonen.«

Karin bewegte sich im Laufschritt durch die Halle, ruderte mit den Armen, verfluchte ihre Kurzsichtigkeit. Maarten kam beunruhigt aus der Nebenhalle und steuerte auf Henk zu. Der hob abwehrend die Hände.

»Ich habe mit dem Tobsuchtsanfall nichts zu tun. Das ist dienstlich.«

Karin tauchte hinter einem flämischen Schrank auf.

»Ich werde diese O.P.A.s in die Dienststelle zitieren.«

Maarten ahnte, was in ihr vorging. »Du bist nicht dafür zuständig. Dein Job ist getan. Die Mordkommission hat gute Arbeit geleistet, das ist anerkannt, und Kunstraub ist nicht dein Ding. Wenn was dran ist, musst du den Fall abgeben.«

Karin schaute ihn wortlos wütend an, kramte ihr Handy aus der Jackentasche und klingelte Burmeester an. Sie erläuterte ihm ihre aufflackernde Vermutung.

»Kann ich mir beim besten Willen nicht vorstellen. Charlotte sagt, die haben superviel mit ihrer Initiative zu tun und sind lammfromm.«

Im Hintergrund quasselte eine Frauenstimme.

»Sie sagt, die drei planen demnächst Altherrenurlaub auf Texel.«

»Nicht gerade eine renommierte Adresse, um Kunst zu verhökern.«

»Sag ich doch. Die sind zufällig in den Schlamassel geraten und ansonsten echte Opas eben.«

»Sag mal, du vertraust deinem Freund Henk?«

Maarten schaute Karin mit ernster Miene in die Augen.

»Unbedingt. Er ist zwar ein Weiberheld, aber ein verdammt ehrlicher.«

Auf dem Rest des Heimwegs schwieg Karin beharrlich. Ihre Gedanken kreisten um das verschwundene Bild und um die Vermutung, dass drei ältere Herren sie hinters Licht geführt haben könnten. Dass sie schlauer gewesen sein könnten als die ausgebuffte, erfolgreiche Hauptkommissarin. Maarten griff zu einer bewährten Ablenkungsmaßnahme. Statt von der A57 direkt nach Xanten zu fahren, steuerte er sein Auto an Alpen vorbei, durch Büderich und über die Weseler Rheinbrücke, fuhr am Preußen-Museum nach links auf die Reeser Landstraße und dann fast bis zur Kreispolizeibehörde. Gerade als die versonnene Karin Krafft genervt nachhören wollte, was sie zu später Stunde an ihrer Dienststelle sollte, bog Maarten nach links in eine unscheinbare Straße zum Flugplatz in der Rheinaue ab. Er parkte wenig später an der blüten- und blumenübersprenkelten Einfassung des Lokals »Tante Ju« unter dem Bogen der alten und im Zweiten Weltkrieg zerstörten Eisenbahnbrücke. Sie mochte den herrlichen Blick auf die Rheinwiesen und die in diesem Juni erstaunlich früh wärmende Sonne, die gerade unterging und dabei den Fluss und den fernen Horizont in ein schon unverschämt romantisches Abendrot tauchte. Er hoffte in der

Kombination mit ein paar Pils auf die Art von Feierabendstimmung, von der sich Karin hier so gerne ablenken ließ. Heiko, der Wirt, schlappte heran und grüßte mit einem lässigen Spruch. Er brachte zwei Pils und dann noch zwei Pils. Maarten lächelte und sprach, Karin sinnierte und schwieg. Das änderte sich auch später auf dem Heimweg nicht.

Mitten in der Nacht stand Karin auf. Maarten wunderte sich, fand sie in der Büroecke ihres Wohnzimmers. Sie hockte mit angezogenen Knien vor dem Schreibtisch und starrte auf eine Abbildung in Moritz' Lesebuch. Armer Poet, dachte sie, endgültig verschollen.

Maarten schnupperte an ihrem Haar, während er über ihre Schulter schaute und seine Arme kräftig um sie schlang. »Komm zurück ins Bett. Unser Dach ist dicht und die Schlafstätte wesentlich komfortabler. Wir haben uns, also sei glücklich, lass das Grübeln und folge diesem überaus charmanten Kerl.«

Epilog

Zwischen Löhnen und Spellen, inmitten von Feldern und Äckern, lag Gesthuysens alte Laube. Eingerahmt von Holunder und Weißdorn verwilderten Obstbäume auf der sommerbraunen Wiese. Der Eingang zu der windschiefen Holzhütte stand offen. Gesthuysen öffnete eine quietschende Schranktür, von der Schichten alten Lacks splitterförmig abblätterten. In der hintersten Ecke des Kleiderschranks fand er, was er suchte, ein abgewetztes Behältnis aus derbem Leder, das einer Arzttasche aus dem vorigen Jahrhundert nachempfunden war. Noch ein paar Klamotten einpacken, viel würde nicht nötig sein. Urlaub. Er ließ die beiden Metallbügel auseinanderschnellen und verstaute, was er mitnehmen wollte.

Die drei Männer der O.P.A.-Initiative waren ganz schön ins Schwitzen gekommen nach der unseligen Geschichte mit dem Toten. Alfons hatte befürchtet, die negativen Schlagzeilen würden das Unternehmen in Verruf bringen, und wollte die Flinte ins Korn werfen.

Das Gegenteil war der Fall. Die lokalen Presseberichte erwiesen sich als erstklassige Werbekampagne. Innerhalb kürzester Zeit konnte sich das Trio vor Aufträgen kaum retten. Keine großen Sachen, dafür massenweise, oft handlich kleine, banale Dienstleistungen. Meist waren es alleinstehende Kundinnen jenseits der besten Jahre, die es erotisierend fanden, die ältlichen Helden für bestimmte Zeit um sich zu scharen. Sie wurden verwöhnt mit Snacks, Getränken und schmachtenden Blicken, wurden an der Hand zu defekten Nachttischlampen oder gerissenen Zugbändern der Schlafzimmerrollläden geführt. Alle drei fühlten sich gebauchpinselt. Das schmeichelhafte Gefühl war anfänglich äußerst angenehm. Im Laufe der Zeit entwickelte es sich zum blanken Stress. Sie wünschten nur noch, dass Ruhe einkehren möge.

Kurz bevor sie das Handtuch werfen wollten, äußerte Alfons die rettende Idee. Vor allem Gesthuysen war begeistert. Betriebsferien. Alfons besaß seit Urzeiten ein Ferienhaus auf Texel, wo sie ein wenig ausspannen könnten. In dem kleinen Hafen Oudeschild lag das Segelboot eines Freundes, das sie sich leihen könnten, um frische Seeluft zu schnuppern.

Männerfreizeit. Frischer Fisch und keine Frauen. Es war, als hätte Gesthuysen schon ewig auf diese Gelegenheit gewartet. Die anderen fanden es ein wenig merkwürdig, dass es den alten Frauenheld auf die familientaugliche Ferieninsel zog. Sie holten ihn ab und beäugten seine Tasche, die schon bessere Zeiten gesehen hatte.

»Hat et nich gereicht für en anständig Köfferken? Hatten se doch bei Aldi im Angebot.«

»Würden wir im Hilton absteigen, würde ich dich am Lieferanteneingang absetzen.«

Gesthuysen lümmelte sich auf den Rücksitz. »Guckt nur immer schön auf weiße Söckchen und so. Die inneren Werte zählen, auf die kommt es an. Aber wem sag ich's denn.«

Schon auf der Autobahn Richtung Arnheim scherzten sie gelöst und locker, manchmal derb, und freuten sich auf die Auszeit. Auf der Fähre, die von Den Helder aus Richtung Texel fuhr, standen sie nebeneinander an der Reling und ließen den Blick zum Horizont schweifen. Heinz-Hermann gefiel die Aussicht.

»Fast wie zu Hause. Man kann weit gucken, ohne dat et Auge gestört wird.«

Vom Fährhafen aus fuhren sie über die Inselhauptstadt Den Burg nach Oudeschild. Der malerische Hafen bot die perfekte Kulisse für das erste Bier des Tages. Sie prosteten sich zu. Drei gut erhaltene Seebären in Sweatern, die ihr Gesicht in die Sonne hielten und das lebhafte Treiben um die Fischer- und Ausflugsboote beobachteten.

Gesthuysen hatte seine olle Tasche neben sich abgestellt, was die anderen argwöhnisch beäugten.

»Willst du dich hier öffentlich umziehen, oder warum schleppst du das Ding mit?«

»Ich wollte die inneren Werte nicht allein auf dem Parkplatz lassen. Teure Autos verleiten zu Blödsinn.«

Er bugsierte das hässliche Monstrum zwischen die Stühle, öffnete wie beiläufig die Metallbügel, aber so, dass der Inhalt sich den anderen offenbarte. Alfons kapierte nichts. Erst als Heinz-Hermann kreidebleich wurde, sah er genauer hin. Ein Holzgegenstand ragte aus der Öffnung. Eine Kassette, deren Seitenbrett Gesthuysen aufklappte. Mit hochroten Köpfen hingen die drei zwischen Tisch und Stühlen gebeugt über dem Arztkoffer.

»Erzähl mir nicht, dass es das ist, wofür ich es halte.«

»Schon mal in einem gewissen Keller gesehen. Du bekloppten Hund, du.«

Aus der Öffnung der Kassette zog Gesthuysen ein Stück Leinwand. Sichtbar wurde ein Schirm, ein Mann mit Schlafmütze ins Kissen gelehnt, Bücher vor einer primitiven Schlafstätte. Alfons blickte als Erster wieder auf, seine Augen wanderten umher, als fürchte er einen unliebsamen Beobachter.

»Mach die Tasche zu.«

Gesthuysen reagierte. Klapp. Ihre Sitzposition veränderte sich. Auf den Schreck noch ein Bier.

»Jetzt sag was.«

»Es hat zu doll in den Fingern gejuckt. Diese ganze Bude voller Zeugs, das keinen interessierte. Keiner hatte den Überblick, und ich, Walter Gesthuysen, bekenne mich zu Rechtschaffenheit. Gelitten habe ich, das könnt ihr glauben. Ich hatte gesehen, wie sie das Ding hinter so einem protzigen Schreibtisch unter den Heizkörper schob, und irgendwann ging ich wieder Raucherpause machen.«

»Und dann hast du?«

»Richtig. Ich habe es mitgenommen. Die Alte log ja, ohne rot zu werden. Wenn eine Frau über einen wertlosen Gegenstand so viel redet, dann stimmt was nicht.«

»Was hast du dir dabei gedacht?«

»Ich wollte es zuerst versilbern. Mann, *der* Glücksgriff. Nach Malle hätte ich abhauen können, mir für den Rest meines Lebens die Sonne auf den Hintern scheinen lassen.«

»Du kommst doch nie aus Voerde weg.«

»Das war's nicht. Ich habe im Internet Informationen zu dem Bild gesucht und viel gelesen. Immer wieder hab ich davorgesessen. Es macht dich kirre. Das lässt dich nicht mehr los. Ich konnte auf einmal nicht mehr an Verkauf denken. Den Alten unter dem Schirm an irgendeinen Idioten verkaufen? Nee, nicht mit mir. Und jetzt ...«

»Ja?«

»Jetzt kann ich es nicht mehr zurückgeben. Mensch, da wurde jemand für umgebracht. Haben wir doch alle nicht gewusst. Ich würde drinhängen und nicht mehr rauskommen, und euch könnte ich nicht mehr in die Augen sehen.«

Vor ihnen lud ein Fischer Kunststoffkisten mit seinem Fang aus.

»Außerdem ist es verschwunden. Hat die Kommissarin selber gesagt. Stand in allen Zeitungen. Das Bild von Spitzweg ist verschwunden.«

Es roch nach Salzwasser und Fisch. Heinz-Hermann murmelte vor sich hin.

»Was sagst du?«

»Et is doch nur eine geniale Fälschung. Hat se doch gesagt. Nix wert.«

»Du weißt doch genau, dass das nicht stimmt.«

»Weiß ich das wirklich? Ich will et gar nich genau wissen. Et is en geniale Kopie, wenn ich et euch sage.«

Gesthuysen nickte. »Ich verstehe.«

Alfons schüttelte den Kopf.

»Wir sitzen hier im Ausland mit einem geklauten Gemälde zu Füßen. Hört das denn nie auf.«

»Doch. Hier gibbet bestimmt irgendwo en Galerie, die Bilderrahmen verkauft. Wir suchen uns en schönet Teil aus, und ich frickel euch die Kopie da rein.«

»Und dann?«

Es hupte störend in die Nordseeidylle.

»Dann hängen wir se in dein Haus hier. Hast doch bestimmt noch en Stücksken Wand frei.«

Alfons schmunzelte.

»Einen prima Platz habe ich. Stabil gebaut, sturmsicher und wasserdicht, Hammer und Nägel sind auch da.«

»Da lass mal den Fachmann ran.«

»Trotzdem finde ich das Ganze nicht in Ordnung, und auf Dauer müssen wir uns was anderes überlegen.«

»Ja, ja. Geritzt, aber jetzt bleibt der ›Poet‹ erst mal hier in deiner Hütte. Braucht auch en bisskon Urlaub, der arme Kerl.«

Irgendwas kam ihm bekannt vor in der Geräuschkulisse rund

um die Hafenkneipe, nur konnte Alfons es zuerst nicht orten. Diese lebensfrohe Stimme, das quirlige Lachen. Dann erblickte er den bunten Smart auf dem Parkplatz und die beiden grellfarbigen jungen Leute, die sich eng umschlungen in ihre Richtung bewegten. Zwei Paradiesvögel zwischen Lachmöwen. Charlotte und ihr neuer Freund Nikolas Burmeester.

»Opa!«

»Was machst du denn hier, mein Kind? Seit Jahren weigerst du dich, mit hierherzukommen, und erzählst mir, Texel sei dir viel zu spießig.«

Händchen haltend standen die beiden vor ihnen.

»Eigentlich ist die Insel auch an konservativer, gutbürgerlicher Beschaulichkeit nicht zu übertreffen, aber die Vermieterin von Nikolas hat uns auf diese Idee gebracht, und da war Nikki nicht mehr zu stoppen. Ich vermute eine gewisse Doppelgründigkeit hinter ihrer Idee. Sie meint, es wäre ein prima Ort zum Flirten. Schließlich hat ihre Tochter diese Erfahrung im letzten Jahr mit ihrem netten Niederländer gemacht. Wir wollen zu Paal neunzehn, genau wie die beiden. In Wirklichkeit wollte sie uns nur aus dem Haus haben. Sie lauscht immer an der Treppe und hantiert mit dem Staubsauger, sobald es bei uns still wird.«

Küsschen.

»Oder sie bringt die Post oder fragt höflich, ob wir Tee mögen, ob sie etwas aus dem Supermarkt mitbringen kann. Das ist nicht Bemuttern, das ist viel schlimmer. Begroßmuttern.«

Wieder Küsschen, bevor Charlotte weiterplauderte: »Erst hatte Theresa auch geplant mitzufahren, aber dann hockte sie sich vor den PC und wird immer noch da sitzen. Die will einen Krimi schreiben, verrückt, nicht? Ich weiß gar nicht, wer Schwesterchen auf so eine spleenige Idee gebracht hat.«

Alfons unterbrach Charlottes Redefluss. »Herr Burmeester ist so still. Ich glaube, er ist sehr erstaunt, uns hier wiederzusehen. Aber keine Angst, wir versprechen, kein Sterbenswörtchen über den Mordfall von Wesel zu sprechen.«

»Bloß nicht, wir sind nicht hier, um an zu Hause zu denken. Wir können euch ja mal besuchen in der familieneigenen Ferienhütte.«

Drei Männer kreuzten die Klingen zur Abwehr.

»Lasst gut sein und habt euren Spaß. Wir wollen uns erholen. Geschlossene O.P.A.-Gesellschaft, du verstehst?«
»Wir müssen mal tüchtig abschalten.«
»Auftanken. All die Aufregung.«
»Unternehmensstrategien durchleuchten.«
Charlotte lachte herzhaft. »Ah, verstehe, Männer unter sich.« Sie hob schulmeisternd den Zeigefinger. »Immer schön artig bleiben.«

THOMAS HESSE/RENATE WIRTH

Thomas Hesse/Renate Wirth
DAS DORF
Broschur, 256 Seiten
ISBN 3-89705-376-4

»Neben der Flut historischer Krimis ist das endlich mal einer, indem mit antiker Waffe ganz modern gemordet wird. Erfrischend auch das Idiom der Bewohner. Witzig und keinesfalls provinziell.«   Rheinische Post

»Ein erfrischender Kriminalroman, witzig und mit Liebe zur niederrheinischen Landschaft und zu den Menschen dort geschrieben.«   Krimi-Forum

www.emons-verlag.de